翰林書房

山口直孝 編

漢文脈の漱石

漢文脈の漱石◎目次

漱石と漢詩文——修辞と批評

齋藤希史

はじめに

漱石における漢詩文について考えることは、近代日本において漢詩文がどのようなものであったか、あるいはより広くとらえて漢文脈がどのようなものであったのか、ありえたのかを考えることになる。近代以前と以降とでは、同じように漢詩文として書かれたものであっても、当然のことながら時代の変化に応じた変容が見られるが、それとともに、あるいはそれ以上に重要なことは、同じ内容や詩句であったとしても、書かれたもの全体におけるその位置が異なっているということだ。西洋の文章が大量に読まれて以来、それらとの関係によって漢詩文が果たす役割は以前とは異なるものになった。英文学を学びつつ、最終的には漢詩文から離れることのなかった漱石は、こうした問題を考える上で、欠かせない作家と言えよう。漢詩制作を業とした漢詩人ではないからこそ、漱石から見えてくるものがある。

その作業を進める上で、ここでは二つの観点を提示しておきたい。修辞と批評である。

漱石が文章を組み立てる上で漢詩文の修辞法や語彙を利用したことは、改めて言うまでもないことだろう。漱石が作家として活躍した二十世紀には、すでに口語文体が普及していたが、いわば作文資源としての漢語漢文もなお利用されていた。訓読体ないし文語文体の使用も依然として広い範囲にわたっていた。もちろん漱石はことに漢詩文に親しんでいた作家であるから、その文章に漢文脈の修辞を指摘することは難しくない。『吾輩は猫である』の迷亭と独仙のやりとりのような、いわば社交の中で用いられる修辞や、あるいは『虞美人草』のような小説の中で、漢語を多用して美文調に仕立てる修辞などは、見やすい例だろう。

漱石はまた、二十世紀の世界に対する批評的視座として漢詩文の世界を置くこともあった。後述する『草枕』の例などがそれである。旧弊なものと見なされがちな東洋の文化を西洋文明への批評原理として、あるいは対抗原理として位置づける。漢詩文はその表象として機能する。

とはいえ、こうした修辞性と批評性は、言ってみればその表層的な部分であり、漱石固有のものであるよりは、多分に同時代の知識人に共有されている一般的な傾向である。注意すべきは、漱石においてはどちらもそれを踏み台としてさらに次の局面を開こうとしていることであり、それこそが漱石における漢詩文の核心ではないかと考えられるのである。漢詩文の修辞を用いることで、むしろその世界からの離脱を試みること。西洋に東洋を対置させつつも、東洋的価値の称揚に収斂させるのではなく別の問いへと展開させていくこと。そこにこそ、漱石における漢詩文の意義はあったのではないか。ここでは、そうした展開を念頭に置きつつ、個別のテクストに即して論を試みたい。[*1]

一　別乾坤の詩

有名な『草枕』の一節から始めよう。

苦しんだり、怒つたり、騒いだり、泣いたりは人の世につきものだ。余も三十年の間それを仕通して、飽々した。飽き々々した上に芝居や小説で同じ刺激を繰り返しては大変だ。余が欲する詩はそんな世間的の人情を鼓舞する様なものではない。〔…〕ことに西洋の詩になると、人事が根本になるから所謂詩歌の純粋なるものも此境を解脱する事を知らぬ。どこ迄も同情だとか、愛だとか、正義だとか、自由だとか、浮世の勧工場にあるものだけで用を弁じて居る。〔…〕

うれしい事に東洋の詩歌はそこを解脱したのがある。採菊東籬下《きくをとるとうりのもと》、悠然見南山《いうぜんとしてなんざんをみる》。只それぎりの裏《うち》に暑苦しい世の中を丸で忘れた光景が出てくる。垣の向ふに隣りの娘が覗いてる訳でもなければ、南山に親友が奉職して居る次第でもない。超然と出世間的に利害損得の汗を流し去つた心持ちになれる。独坐幽篁裏《ひとりいうくわうのうちにざし》、弾琴復長嘯《きんをだんじてまたちやうせうす》、深林人不知《しんりんひとしらず》、明月来相照《めいげつきたりてあひてらす》。只二十字のうちに優に別乾坤を建立して居る。此乾坤の功徳は「不如帰」や「金色夜叉」の功徳ではない。汽船、汽車、権利、義務、道徳、礼義で疲れ果てた後に、凡てを忘却してぐつすり寐込む様な功徳である。（＊2）

「世間的」と「出世間的」という対比が「西洋の詩」と「東洋の詩歌」という対比に重ね合わされ、陶淵明や王維の詩句が引かれる。ここには、二十世紀の日本において漢詩がどのような位置にあったか、ありつつあったかが明確に示されている。漢詩はもともと「出世間的」な主題、つまり隠逸の主題に限るものではない。陶淵明にも女性の美を描く「閑情賦」があり、近世の日本では土地の風俗を描く竹枝詞というジャンルも広まった。もちろん出世して天下に力を発揮することを望むのも漢詩らしい主題と言える。つまり「世間的」な漢詩は珍しくない。「汽船、汽車、権利、義務」はともかく「道徳、礼義」は漢詩の範疇にも含まれよう。漱石も当然ながらそれは知った上で、「東洋の詩歌」の価値を「出世間的」に置く。

さかのぼって言えば、日本における漢詩もしくはからうたという名称もまた、やまとうたとの対照において現れたものであった。漢と和の対比である。それが近代にいたって、東と西の対比において「東洋の詩歌」となる。そのとき、西洋文明の事物や制度によって組み立てられた現代社会とは異なる価値が想定され、その価値で満たされた「別乾坤」すなわち別天地が漢詩によって現出する。都合のよいことに、隠逸をうたう詩は、たしかに漢詩の大きな伝統でもあった。

しかしながら、漱石はただ漢詩を「出世間的」としてすませているのではない。それによって形作られる「別乾坤」に小説の中で新たな機能をもたせる工夫が凝らされている。『草枕』から、人気のない宿で画工が漢詩を作るにいたるまでの流れをまず見てみよう。

> 夕暮の机に向ふ。障子も襖も開け放つ。宿《やど》の人は多くもあらぬ上に、家は割合に広い。余が住む部屋は、多くもあらぬ人の、人らしく振舞ふ境を、幾曲《いくまがり》の廊下に隔てたれば、物の音さへ思索の煩《わずらひ》にはならぬ。今日《けふ》は一層《ひとしほ》静かである。［…］（六）

「出世間的」と言ってよいであろうし、「暑苦しい世の中を丸で忘れた光景」としてもよいであろう。ここにはたしかに「別乾坤」がある。その上で、彼は自らの心境をこう述べる。

> 余は明かに何事をも考へておらぬ。又はたしかに何物をも見て居らぬ。わが意識の舞台に著るしき色彩を以て動くものがないから、われは如何なる事物に同化したとも云へぬ。去れども吾は動いて居る。世の中に動いても居らぬ、世の外にも動いておらぬ。只何となく動いて居る。花に動くにもあらず、鳥に動くにもあらず、人間に対して動くにもあらず、只恍惚と動いて居る。*3

「別乾坤」において、「世の中」「世の外」といった区別も失って、ただ「何となく動いて居る」と画工は説明する。そしてそれを「恍惚」と称する。さらに次のように続ける。

強ひて説明せよと云はるゝならば、余が心は只春と共に動いて居ると云ひたい。あらゆる春の色、春の風、春の物、春の声を打つて、固めて、仙丹に練り上げて、それを蓬萊の霊液に溶いて、桃源の日で蒸発せしめた精気が、知らぬ間に毛孔《けあな》から染み込んで、心が知覚せぬうちに飽和されてしまつたと云ひたい。普通の同化には刺激がある。刺激があればこそ、愉快であらう。余の同化には、何と同化したか不分明であるから、毫も刺激がない。刺激がないから、窈然として名状しがたい楽《たのしみ》がある。

東洋的な理想郷である「蓬萊」や「桃源」をもちだしながら、そこに描かれるのはいわゆる不老長寿の世界ではなく、春の夕暮れの中に身も心も融解してしまうような心境である。「窈然」も「恍惚」と同じくそうしたさまを形容する。さらに「冲融とか澹蕩とか云ふ詩人の語は尤も此境を切実に言い了せたものだらう」という文もこの後には見える。そして画工はこれを絵にしようと試みたが「とても物にならん」となり、さらに音楽はと思いつくもその技量のなさから諦め、「詩にはなるまいか」と考える。そして、詩は時間の経過を条件として起こる出来事を主とするもので、それが絵画との相違だという十八世紀ドイツのレッシングの説を引きつつ、「余が嬉しいと感ずる心裏の状況には時間はあるかも知れないが、時間の流れに沿ふて、逓次に展開すべき出来事の内容がない。一が去り、二が来り、二が消えて三が生まるゝがために嬉しいのではない。初《はじめ》から窈然として同所に把住する趣きで嬉しいのである」と反論し、「只如何なる景情を詩中に持ち来つて、此曠然として倚托なき有様を写すかゞ問題で、既に之を捕へ得た以上はレッシングの説に従はんでも詩として成功する訳だ」と結論づける。「曠然として倚托なき有様」とは、まさに「恍惚」「窈然」「冲融」「澹蕩」として形容されるものだ[*4]。

　そうして次のような詩が作られ、読者の前に示される。


青春二三月《せいしゅんにさんがつ》。愁随芳草長《うれひははうさうにしたがつてながし》。閑花落空庭《かんくわくうていにおち》。素琴横虚堂《そきんきよだうによこたふ》。蠨蛸掛不動《せうせうかかりてうごかず》。篆煙繞竹梁《てんゑんちくりやうをめぐる》。

独坐無隻語《どくざせきごなく》。方寸認微光《はうすんびくわうをみとむ》。人間徒多事《じんかんいたずらにたじ》。此境孰可忘《このきやうたれかわするべけん》。会得一日静《たま〳〵いちじつのせいをえて》。正知百年忙《まさにひやくねんのばうをしる》。

遐懐寄何処《かくわいいづれのところにかよせん》。緬邈白雲郷《めんばくたりはくうんのきやう》。


「遐懐」や「緬邈」など、遠さを示すことばが結びに用いられていることを見ても、「別乾坤」がどのような空間であるかは見やすい。いま坐している「空庭」「虚堂」の時空は遠き「白雲郷」にそのままつらなっている。ほかならぬ『草枕』という小説自体が「時間の流れに沿ふて、逓次に展開すべき出来事」によって構成されていることを考えれば、この「別乾坤」は、小説の叙述に対しても別の空間として機能する。さらに、陶淵明や王維の詩の引用ではなく、漱石の旧作を主人公の詩として作らせていることについても[*5]、作詩の過程を「葛湯を練るとき、最初のうちは、さら〳〵して、箸に手応がないものだ。そこを辛抱すると、漸く粘着が出て、攪き淆ぜる手が少し重くなる。［…］仕舞には鍋の中の葛が、求めぬに、先方から、争つて箸に附着してくる。詩を作るのは正に是だ」と描写することとあわせて、詩の鑑賞ではなく詩の制作、「別乾坤」を表現する実践としての詩が重要であったことがうかがえる。

　さらに興味深いことに、この「別乾坤」はもう一つの別世界へと接続していく。


［…］もう一返最初から読み直して見ると、ちよつと面白く読まれるが、どうも、自分が今しがた入つた神境

を写したものとすると、索然として物足りない。序《〔つい〕》でだから、もう一首作つて見やうかと、鉛筆を握つたまま、何の気もなしに、入口の方を見ると、襖を引いて、開け放つた幅三尺の空間をちらりと、奇麗な影が通つた。はてな。

画工は詩を作り続けてこの「別乾坤」を継続しようとしたのだが、そこに「奇麗な影」が通った。そして「余は詩をすて、入口を見守る」と「振袖姿のすらりとした女」が現れる。美しい女性、つまり那美によって画工は「別乾坤」から引き出されてしまうのだが、そこが「世間的」なものかと言えば、そうではない。それはまた別の異世界のものとして描かれる。例えば那美の描写を列挙すれば、「向ふ二階の椽側を寂然として歩行《あるい》て行く」「重き空気のなかに蕭寥と見えつ、隠れつする」「腰から下にぱつと色づく、裾模様は何を染め抜いたものか、遠くて解《わ》からぬ。只無地と模様のつながる中が、おのづから暈《ぼか》されて、夜と昼との境の如き心地である。女は固より夜と昼との境をあるいて居る」であり、さらに次のように描く。

暮れんとする春の色の、嬋媛として、しばらくは冥邈の戸口をまぼろしに彩どる中に、眼も醒むる程の帯地は金襴か。あざやかなる織物は往きつ、戻りつ蒼然たる夕べのなかにつつまれて、幽闃のあなた、遼遠のかしこへ一分毎に消えて去る。燦《きら》めき渡る春の星の、暁近くに、紫深き空の底に陥いる趣である。

女性の美を示す「嬋媛」などのことばと同時に、画工の心境描写で用いられていた一連の語彙と近接する「冥邈」「幽闃」「遼遠」が用いられ、もう一つの「別乾坤」への入り口があることが示される。この後に続けて「太玄の闇《もん》おのづから開けて、此華やかなる姿を、幽冥の府に吸ひ込まんとする」であるとか「黒い所が本来の住居で、しばらくの幻影《まぼろし》を、元の儘なる冥漠の裏《うち》に収めればこそ、かように間靚《せい》の態度で、有と無の間に逍遥してゐるのだらう」などと言うのは、女性が幽玄の空間から現れて、幽玄の空間に帰っていくことを示しているが、この空間を「白雲郷」の対としてとらえることもできる。また、「有と無の間に逍遥してゐる」などは、先に見た画工の境地に用いても自然ではありつつ、それとは異なる女性の描写として用いられている。どちらも漢文脈の修辞ではあるが、ただ、漢詩文においては脱俗の隠者と妖艶な美女はそれぞれコードを異にしていて、同居することはない。隠者も仙女もどちらも山に住むが、同じ家に住むことはないのである。

漱石は、そこをつなげることで、小説の興趣を作りあげる。こうした修辞の交錯は一つの技法と見なしてよく、『草枕』の別の箇所にも指摘しうる。画工が木瓜を見て詩を作る場面。

　ごろりと寐る。帽子が額をすべつて、やけに阿弥陀となる。所々の草を一二尺抽《ぬ》いて、木瓜の小株が茂つてゐる。［…］評して見ると木瓜は花のうちで、愚かにして悟つたものであらう。世間には拙を守ると云ふ人がある。此人が来世に生れ変ると屹度木瓜になる。余も木瓜になりたい。［…］

「拙を守る」は、陶淵明の「帰園田居」詩の其一に「開荒南野際、守拙帰園田」とあるように、まさに隠者らしい生き方とされるもので、画工はその木瓜を見ながら次の詩を作る。

出門多所思。〔もんをいでておもふところおほし〕春風吹吾衣。〔しゆんぷうわがころもをふく〕芳草生車轍。〔はうさうしやてつにしやうじ〕廃道入霞微。〔はいだうかすみにいりてかすかなり〕停筇而矚目。〔つゑをとどめてめをそそげば〕万象帯晴暉。〔ばんしやうせいきをおぶ〕
聴黄鳥宛転。〔くわうてうのゑんてんたるをきき〕観落英紛霏。〔らくえいのふんぴたるをみる〕行尽平蕪遠。〔ゆきつくしてへいぶとおく〕題詩古寺扉。〔しをだいすこじのとびら〕孤愁高雲際。〔こしううんさいにたかく〕大空断鴻帰。〔たいくうだんこうかへる〕
寸心何窈窕。〔すんしんなんぞえうてうたる〕縹緲忘是非。〔へうべうとしてぜひをわする〕三十我欲老。〔さんじふわれおいんとほつし〕韶光猶依々。〔せうくわうなほいいたり〕逍遥随物化。〔せうえうしてぶつくわにしたがひ〕悠然対芬菲。〔いうぜんとしてふんぴにたいす〕

この詩もまた、先の詩と同様に漱石が熊本で作ったものを用い、[*6]詩境も通じている。「寸心何窈窕」、心は何と奥深いことか、「縹緲忘是非」、遠くはるかな心持ちで是非の判断も忘れる、などは「恍惚」「窈然」の世界であり、「逍遥」「悠然」などもそれに似つかわしい。そしてここでも、「別乾坤」が現出して画工が「あゝ出来た、出来た。是で出来た」と満足しているところへ、突然「エヘンと云ふ人間の咳払《せきばらい》が聞えた。こいつは驚いた」と場面が転換する。「別乾坤」は消え、声の響いた方には男が現れ、やがて那美の姿も見える。

小説としての『草枕』は、漢詩文の修辞が二つの異世界の表象のために、すなわち俗世間から離れた隠者的な世界としての異界と、仙女もしくはファム・ファタール的な女性のいる異界というものの表象のためにそれぞれ用いられつつ、それらを接続する役割を果たすことによって成立している。例えば「窈窕」という漢語は、精神や自然の奥深さも女性の美しさも示すオノマトペであるけれども、そうした漢語の特性をうまく用いて、伝統的な漢詩文では別々のコードである脱俗と美女とを交錯させ、それによって那古井の宿という舞台を成り立たせている。その意味で漱石の小説における漢文脈の修辞は、従来の漢詩文の世界をそのまま持ってきて依拠するというものではなく、小説というテクストにおいて最も有効となるように組み直されているのだとしてよいだろう。

二　切り離される修辞

明治三十九年（一九〇六）に書かれた『草枕』における漢文脈の修辞をそのようなものであったとするなら、翌年に書かれた『虞美人草』ではその修辞はどのように展開しているのか。漱石の小説の中でもとりわけ美文調と評される『虞美人草』が修辞の資源として漢詩文を利用していることは一見して明らかであるが、しかしよく読めば、そこにはたんなる利用としてはとらえきれない方法を見ることができる。[*7]

『虞美人草』は、「顔も体軀《からだ》も四角に出来上がつた男」宗近と「細長い男」甲野が比叡山を目指す場面から始まる。山道を急ぐ宗近を先に行かせて休む甲野の述懐をまず見てみよう。

あとは静《しづか》である。静《しづ》かなる事定つて、静かなるうちに、わが一脈の命を託すると知つた時、この大乾坤のいずくにか通う、わが血潮は、粛々と動くにもかかわらず、音《おと》なくして寂定裏《じやくぢやう》に形骸を土木視して、しかも依稀たる活気を帯ぶ。生きてあらんほどの自覚に、生きて受くべき有耶無耶の累《わづらひ》を捨てたるは、雲の岫を出で、空《そら》の朝な夕なを変《か》はると同じく、凡ての拘泥を超絶したる活気である。[…]（一）[*8]

ここで言う「依稀たる活気」は、「恍惚」や「窈然」と形容される那古井の宿の画工の境地にも通じよう。「出世間的」としてもよい。さらに甲野は「赤も吸ひ、青も吸ひ、黄も紫も吸ひ尽くして、元の五彩に還す事を知らぬ真黒な化石になりたい」と思い、「それでなければ死んで見たい。死は万事の終である。また万事の始めである」とも考えるが、こちらは那美が現れて消える「幽闃のあなた、遼遠のかしこ」あるいは「幽冥の府」に通じよう。もちろんここではまだ藤尾は登場していないから、こうした修辞はむしろ布石として機能する。ちなみに甲野がなりたいと言う「化石」は、『虞美人草』の最後のクライマックスにおいて、「藤尾の表情は忽然として憎悪《ざうを》となつた。憎悪《ざうを》は次第に嫉妬となつた。嫉妬の最も深く刻み込まれた時、ぴたりと化石した。」「化石した表情の裏で急に血管が破裂した。紫色《むらさきいろ》の血は再度の怒を満面に注ぐ」（十八）と呼応している。『草枕』における漢文脈の交錯した修辞が、より技巧的に用いられているとしてよい。

そして藤尾は次のように登場する。

紅《くれなゐ》を弥生《やよひ》に包《つつ》む昼酣《ひるたけなは》なるに、春を抽《ぬき》んずる紫《むらさき》の濃き一点を、天地《あめつち》の眠れるなかに、鮮《あざ》やかに滴《した》たらしたるが如き女である。［…］静かなる昼の、遠き世に心を奪い去らんとするを、黒き眸《ひとみ》のさと動けば、見る人は、あなやと我に帰る。半滴のひろがりに、一瞬の短かきを偸《ぬす》んで、疾風《しっぷう》の威を作《な》すは、春に居て春を制する深き眼《まなこ》である。此瞳《ひとみ》を遡つて、魔力の境を窮むるとき、桃源に骨を白うして、再び塵寰に帰るを得ず。ただの夢ではない。模糊たる夢の大いなるうちに、燦《さん》たる一点の妖星が、死ぬるまで我を見よと、紫色《むらさきいろ》の、眉近く逼るのである。女は紫色《むらさきいろ》の着物《きもの》を着て居る。（二）

ここに持ち出された「桃源」は、仙境というよりも二度と帰れない死の世界である。そしてその死は「紫の女」が招き寄せる。『草枕』における「紫深き空の底」を思い起こせば、那美から藤尾へと続く系譜が「紫」を基調にしていることは明らかで、それは幽明の境を現出させる時空の象徴でもある。甲野は山道から見えた琵琶湖の景色を「夢のやうだ」と言い、「ずつと向ふの紫色《むらさきいろ》の岸」とも言う。もちろん甲野と藤尾は相容れない関係なのだが、しかし修辞の上では連続する存在となっている。

こうした修辞の交錯の軸となっているのは、「虞美人草」というタイトルによってそれに擬せられていることが読者に印象づけられた藤尾である。終章で藤尾の亡骸の枕に立てられた屛風に描かれた虞美人草にいたるまで小説ではいっさいその花には言及されず、いわば藤尾と虞美人草との関係はタイトルの仄めかし以外に根拠をもたない。虞美人草が項羽の愛姫虞美人に由来することは読者には周知のことである一方、虞美人のイメージが藤尾に重ねられることはない。藤尾の相手である小野は項羽とはほど遠い人物と見るよりほかなく、藤尾の死にいたるまでの経過も項羽と虞美人の故事を想起させせない。漱石のみならず当時の読者には身近であった『古文真宝』には宋の曾鞏作とされる七言古詩「虞美人草」があるものの、漱石はその修辞を利用することはない。むしろ名前が印象づけられるのはクレオパトラである。つまり、漢文脈の修辞を読者には想起させながら、その常套から離れたところで小説を組み立てようとしているのである。

その一方で、紫という色による修辞は藤尾の上にくどいほどに重ね塗りされる。そもそも藤尾という名自体が、藤の花が垂れ下がったさまを連想させるように、紫の修辞によって生まれたものである。そして藤という植物が、幹のくねるさまから蛇を想起させ、また他の樹木に巻き付いて育つことから、主家を脅かす邪悪なものと見なされる場合があったことは、例えば白居易の五言古詩「紫藤」にも見えるとおりだ。紫という色を孔子が憎んだとも『論語』には記されている。[*9] しかしそれらの漢詩文が典拠として用いられることはない。強いて言うなら、典拠はむしろ藤尾という女性の存在そのものであり、それが紫の修辞を成り立たせている。漢文脈を用いつつ、肝心なところを切断することで、漢文脈の修辞の類型から切り離された小説としての修辞を組み立てようとしているのである。

形式と主題が古くから継承されてきた漢詩文と異なり、二十世紀の小説はきわめて可塑的で実験的なジャンルであった。表現というものの一つの実験の場だったと言ってもよい。漱石は、自らも慣れ親しみ、当時の人々にも共有されていた漢詩文の修辞を土台にしつつ、それを超えたところでことばがどういう力を持ち得るのか、そうした修辞がどういう意味を持ち得るのかということを実験したのではないか。

それはまた、『虞美人草』で議論される名と実の問題ということともかかわると考えられる。

「雅号は好《い》いよ。世の中にはいろいろな雅号があるからな。立憲政体だの、万有神教だの、忠、信、孝、悌、だのつて様々な奴があるから」

「なるほど、蕎麦屋に藪が沢山出来て、牛肉屋がみんないろはになるのもその格だね」

「そうさ、御互に学士を名乗ってるのも同じ事だ」（一）[*10]

宗近と甲野の間で交わされたこの会話は、修辞的な「雅号」をめぐるものであったが、それはまた、真実を口にしようとしない藤尾の母への批判へと通じている。

謎《なぞ》の女は宗近《むねちか》家へ乗り込んで来《く》る。謎《なぞ》の女の居る所には波《なみ》が山《やま》となり炭団《たどん》が水晶と光《ひか》る。禅家では柳は緑《みどり》花は紅《くれない》と云ふ。あるいは雀はちゆ〳〵で烏《からす》はかあ〳〵とも云ふ。謎《なぞ》の女は烏《からす》をちゆ〳〵にして、雀をかあ〳〵にせねば已《や》まぬ。[…]（十）

名が正されなければ実が乱れるという観念は儒学において伝統的なものであるが、漱石がそれを小説の主題として『明暗』にいたるまで繰り返していたことには注意すべきである。あることばがどのような事実、現実を代表しているのか、あるいは代表していないのか、嘘とは何か、まこととは何かという問いは、まさに漱石的な課題であった。

藤尾という女性を小説の中心形象として作り上げる中で、紫にかかわる修辞をさまざまに重ね、しかもそれを元の文脈から切り離して機能させ、藤尾という人物として、切り離された修辞それ自体として作動させたこともまた、この小説の全体の主題ともなる名と実の問題、すなわち実から浮遊した名が世にあふれていること、そしてそれをどのようにしたらよいのかという課題とかかわってくるのではないか。それはたんに漢文脈の修辞を活用したということではなく、修辞そのもののありかたについて問い返す営為であった。

三　病中のリアリティ

漱石が『草枕』や『虞美人草』によって小説家としての世界を作り上げつつあった時期は、青年期から続いていた漢詩の制作が中断された時期でもあった。漱石の漢詩制作は、大学を卒業するまでの第一期、松山中学赴任から英国留学までの第二期、明治四十三年の修禅寺の大患前後の第三期、自ら描いた南画に題した詩が多く見られる第四期、晩年の『明暗』執筆時の第五期に区分されると考えられるが[*11]、この区分で言えば第二期と第三期の間こそが漱石が小説に専念していく時期で、『草枕』で用いられた熊本時代の漢詩がそうであるように、『草枕』や『虞美人草』に用いられた漢文脈の修辞は、言わば第二期までの蓄積を資源として行われたのであった。

そして『虞美人草』を一つの極点として、漱石は漢詩文の修辞から小説の主人公を遠ざけていく。『三四郎』『それから』『門』の主人公たちは、いずれも漢詩文の世界からは遠い。『門』から例を引こう。歯医者の待合室の場面である。

［…］宗助は大きな姿見《すがたみ》に映《うつ》る白壁《しらかべ》の色を斜めに見て、番《ばん》の来るのを待《ま》つてゐたが、あまり退屈になつたので、洋卓《テーブル》の上《うへ》に重《かさ》ねてあつた雑誌に眼《め》を着《つ》けた。一二冊手に取つて見ると、いづれも婦人用のものであつた。宗助は其口絵《くちゑ》に出てゐる女の写真を、何枚も繰り返して眺《なが》めた。夫から「成効」と云ふ雑誌を取り上げた。其初めに、成効の秘訣といふ様なものが箇条書《がき》にしてあつたうちに、何でも猛進しなくつては不可《いけ》ないと云ふ一ヶ条と、たゞ猛進しても不可《いけ》ない、立派な根底の上《うへ》に立つて、猛進しなくつてはならないと云ふ一ヶ条を読んで、それなり雑誌を伏せた。「成効」と宗助は非常に縁の遠いものであつた。宗助は斯ういう名の雑誌があると云

ふ事さへ、今日《こんにち》迄知らなかつた。それで又珍《めづ》らしくなつて、一旦伏せたのを又開《あ》けて見ると、不図仮名《かな》の交《まじ》らない四角な字が二行程並んでいた。夫《それ》には風碧落《かぜへきらく》を吹《ふ》いて浮雲《ふうん》尽《つ》き、月東山《つきとうざん》に上《のぼ》つて玉一団《ぎよくいちだん》とあつた。宗助は詩とか歌《うた》とかいふものには、元《もと》から餘《あま》り興味を持《も》たない男であつたが、どう云ふ訳か此二句を読んだ時に大変感心した。対句《ついく》が旨《うま》く出来たとか何とか云ふ意味ではなくつて、斯《こ》んな景色《けしき》と同じ様な心持《こゝろもち》になれたら、人間も嬉嬉《さぞうれ》しからうと、ひよつと心が動いたのである。宗助は好奇心から此句の前に付いてゐる論文を読んで見た。然し夫《それ》は丸で無関係の様に思はれた。只此二句が雑誌を置いた後《あと》でも、しきりに彼の頭《あたま》の中《なか》を徘徊した。彼の生活は実際此四五年来斯ういふ景色に出逢つた事がなかつたのである。

[*12]（五の二）

婦人雑誌の口絵の女性の写真を見て、それから「成効の秘訣」を箇条書きにした記事を読んで、いったん伏せた雑誌をまた開けると漢詩の対句が目に入る。しかしそれは漢詩や漢字ではなく「仮名の交らない四角な字」と書かれる。こうした漢詩が宗助の目には見慣れない距離感や異物感をともなっていることを端的に示しているのである。同時に、宗助は「どう云ふ訳か此二句を読んだ時に大変感心」する。距離はありながら、「斯んな景色と同じ様な心持になれたら、人間も嬉嬉しからう」と憧憬の念をもたれる世界として漢詩文はある。『草枕』や『虞美人草』においては、漢詩文を小説の中に組み入れ、小説として仕立て直すという手法がとられていたのが、ここでは漢詩文は小説世界の外部に属するものとして分離され、主人公の行動原理を相対化するものとして機能している。そのぶん、小説においては主人公の現実世界が美文調ではなく口語体の内言や会話によって微細に描かれることになる。

小説から分離され、漱石自身が作ることもなくなった漢詩は、明治四十三年、胃潰瘍のための入院をきっかけに、ふたたび漱石の手に戻ることになる。六月十八日から入院していた長与胃腸病院を退院する七月三十一日の日記に次のように記される。

一昨日森円月の置いて行つた扇に何か書いてくれと頼まれてゐるので詩でも書かうと思つて、考へた。沈吟して五言一首を得た。

来宿山中寺、更加老衲衣、寂然禅夢底、窓外白雲帰。

十年来詩を作つた事は殆んどない。自分でも奇な感じがした。扇へ書いた。

（明治四十三年　日記六[*13]）

人に求められての詩作であり、ほぼ偶然と言ってよいきっかけによって、漱石はまた詩を書く。病院という現実の空間から山中の寺に場面を移し、「衲衣」つまり僧侶を置き、世から離れた「禅夢」の中で窓から白雲が山に帰るのを眺める。あるいは病院の窓から白雲が見えていたのかもしれない。

この詩は、宗助が待合室で見た対句と同じ世界に属するものとしてよいだろう。作中人物のみならず、漱石にとっても漢詩は現実世界の苦しみを癒すものとなっていた。そのことは、八月の修禅寺での大吐血以後、さかんに作られた漢詩へと続いていく。修禅寺の大患を回想した『思ひ出す事など』から引いてみよう。

其時余は三山君に、

遺却新詩無処尋。嗒然隔牖対遥林。斜陽満径照僧遠。黄葉一村蔵寺深。
懸偈壁間焚仏意。見雲天上抱琴心。人間至楽江湖老。犬吠鶏鳴共好音。

と云ふ詩を遺《おく》つた。巧拙は論外として、病院に居る余が窓から寺を望む訳《わけ》もなし、又室内に琴を置く必要もないから、此詩は全くの実況に反してゐるには違ないが、たゞ当時の余の心持を咏じたものとしては頗る恰好である。宮本博士が退屈をすると酸がたまると云つた如く、忙殺されて酸が出過《です》ぎる事も、余は親しく経験して居る。詮《せん》ずる所、人間は閑適《かんてき》の境界に立たなくては不幸だと思ふので、其閑《かん》適を少時《しばらく》なりとも貪《むさぼ》り得る今の身の嬉《うれ》しさが、此五十六字に形を変じたのである。

尤も趣《おもむき》から云へばまことに旧《ふる》い趣である。何の奇もなく、何の新もないと云つても可《よ》い。実際ゴルキーでも、アンドレーフでも、イブセンでもシヨウでもない。其代り此趣《おもむき》は彼等作家の未だ嘗て知らざる興味に属してゐる。又彼等の決して与からざる境地に存してゐる。現今の吾等が苦しい実生活に取り巻かれる如く、現今の吾等が苦しい文学に取り付かれるのも、已を得ざる悲しき事実ではあるが、所謂「現代的気風」に煽《あほ》られて、三百六十五日の間、傍目《わきめ》も振《ふ》らず、しかく人世を観じたら、人世は定めし窮屈で且つ殺風景なものだらう。たまにはこんな古風の趣が却つて一段の新意を吾等の内面生活上に放射するかも知れない。余は病に因つて此陳腐な幸福と爛熟な寛裕《くつろぎ》を得て、始めて洋行から帰つて平凡な米《こめ》の飯《めし》に向つた時の様な心持がした。（四）[*14]

七月に作った「来宿山中寺」の設定がより具体的に書きこまれ、一つの世界としてのリアリティを獲得している。ここには一見したところ『草枕』で言及されたような「出世間的」がそのまま繰り返されて現れているとも言えそうである。ゴーリキーやイプセンなどを持ち出すところを見れば、西と東の対照もなお為されていると見なすこともできる。「洋行から帰つて平凡な米の飯に向つた時の様な心持」とあれば、なおさらその感は強まる。ただ、注意しておきたいのは、『草枕』の漢詩が那古井の宿の空間を表象するものとして作中で機能していたのに対して、ここではあくまで心境の表象を一つの世界として構築したものとなっていることである。小説から分離された漢詩が、小説とは別の独立した世界として浮上し、構築されるようになったのである。ここには那美も藤尾も登場しない。

もう一つ注意すべきは、病気という境遇によって現実が反転したことが、こうした世界の構築に寄与していることである。漱石は、しばらく遠ざかっていた俳句や漢詩を病中に作るようになるが、それは療養という一つの世界に輪郭を与えるものとなっている。病中の療養それ自体が一つの世界として意味づけられ、その意味づけの実践として俳句や漢詩が作られる。それゆえ、漱石は「余が病中に作り得た俳句と漢詩の価値は、余自身から云ふと、全く其出来不出来に関係しないのである」（『思ひ出す事など』五）と言う。平生は「常住日夜共に生存競争裏に立つ悪戦の人」であり、「時には人から勧められる事もあり、偶《たま》には自ら進む事もあつて、不図十七字を並べて見たり又は起承転結の四句位組み合せないとも限らないけれども何時もどこかに間隙《すき》がある様な心持がして、隈《くま》も残さず心を引き包《くる》んで、詩と句の中に放り込む事が出来ない」のだが、病気となれば、そうした境遇から強制的に解放され、日常の現実を顧慮せずに別の世界をつくることができる。そうやって作られた詩は、たとえば次のようなものであった。[*15]

縹緲玄黄外、死生交謝時。寄託冥然去、我心何所之。帰来覓命根、杳窅竟難知。孤愁空遶夢、宛動蕭瑟悲。江山秋已老、粥薬髩将衰。廓寥天尚在、高樹独余枝。晩懐如此澹、風露入詩遅。

冒頭の「縹渺」は、『草枕』にも「縹緲忘是非」の句があったように、初めて使われたものではない。「冥然」「杳窅」「廓寥」なども、画工や甲野による遠きを思う世界を継承するものと言える。結びの「晩懐如此澹。風露入詩遅」などは、『草枕』の中に置かれても不自然ではないだろう。つまり漢詩の空白期を間に置いてその前と後とに分けたとき、前後で詩の主題や語彙がまったく異なるものになったというわけではない。むしろそれを継承した上で、修善寺の大患という自己の体験を経て得られた療養の空間を一つの世界とし、小説世界とは別に打ち立てようとしている点が、漱石にとって漢詩の新たな意義であった。小説の修辞や文明への批評としてよりも、自己のための、あるいは自己の世界のための表現として、漢詩は新たな位置を得たのである。漢詩制作の第四期において、自画に題した詩や人に求められての作がよく見られるようになるのも、このようにして確立した表現世界の基盤があったからであろう。

四　表現の批評として

こうして漢詩の世界を小説とは別に作り上げた漱石は、『明暗』執筆のさいには、日課として詩を作るようになる。久米正雄と芥川龍之介にあてた大正五年八月二十一日の有名な手紙に「僕は不相変「明暗」を午前中書いてゐます。心持は苦痛、快楽、器械的、此三つをかねてゐます。存外涼しいのが何より仕合せです。夫でも毎日百回近くもあんな事を書いてゐると大いに俗了された心持になりますので三四日前から午後の日課として漢詩を作ります。日に一つ位です。さうして七言律です。中々出来ません。厭になればすぐ已めるのだからいくつ出来るか分りません」[*16]と書いてあることも、よく知られている。小説とは別の世界に入るために七言律詩が日課として書かれているわけだが、手紙の結びに、この手紙を書くことについても、「私はこんな長い手紙をたゞ書くのです。永い日が何時迄もつゞいて何うしても日が暮れないといふ証拠に書くのです。さういふ心持の中に入つてゐる自分を君等に紹介する為に書くのです。夫からさういふ心持でゐる事を事業で味つて見るために書くのです。日は長いのです。四方は蟬の声で埋つてゐます」とあることも、それとつながっている。「永い日」は漱石的な主題と言えるもので、『草枕』でも『虞美人草』でもそれはしばしば現実を離れた世界の表象として描かれる。漱石はその時間に手紙を書くという行為によって実質を与え、ゆるぎないものとし、世界として構築しようとする。別の言いかたをすれば、日が永いから手紙を書くのではなく、手紙を書くことで日を永くしているのである。七言律詩という規則の縛りの大きい詩型をわざわざ選んで書くのも、詩を書くのに時間をかけるためだ。

では、午前中に書かれていた『明暗』において、手紙はどのようなものだったのであろうか。お延が夫の津田との暮らしについて実家に知らせる場面から引いてみよう。

　彼女の気分は少し軽《かろ》くなつた。彼女は再び筆を動《うご》かした。成るべく父母の喜《よろ》こびさうな津田と自分の現況を憚りなく書《か》き連《つら》ねた。幸福さうに暮《くら》してゐる二人《ふたり》の趣が、それからそれへと描出された。感激に充《み》ちた筆《ふで》の穂先《さき》がさら〳〵と心持《こゝろもち》よく紙《かみ》の上《うへ》を走るのが彼女には面白かつた。長い手紙がたゞ一息《ひといき》に出来上《あが》つた。其一息《ひといき》が何《ど》の位の時間に相当してゐるかといふ事《こと》を、彼女は丸で知らなかつた。（七十八）*17

ここで書かれるのも「長い手紙」である。しかし漱石の手紙とは異なって、お延の手紙は、父母が喜ぶように、自分たち夫婦の幸福そうな現況をただ書き連ね、しかもさらさらと筆はすべる。長い手紙によって永い日を味わうのではない。

　読者は手紙の内容が事実とは距離があると気づきながら、お延の思いこみがそれを事実として書かせてしまうさまを目の当たりにする。そしてお延は心の中で父母に「この手紙に書《か》いてある事《こと》は、何処《どこ》から何処《どこ》迄本当です。嘘《うそ》や、気休《きやすめ》や、誇張は、一字もありません」とわざわざ語りかける。もちろん傍目にはいろいろと問題がありそうに見えても、「私《わたくし》は上部《うはかは》の事実以上の真相を此所《こゝ》に書《か》いてゐます。それは今私《わたくし》にだけ解《わか》つてゐる真相なのです」と断言する。さらに、「私《わたくし》があなた方《がた》を安心させるために、わざと欺騙《あざむき》の手紙を書《か》いたのだといふものがあつたなら、其人は眼《め》の明《あ》いた盲人《めくら》です。其人こそ嘘吐《うそつき》です」とまで言う。藤尾の母が名と実との関係を攪乱したように、お延もまた「事実以上の真相」があるのだと言い張って、真実の所在をわからなくしてしまう。

　しかし『明暗』において名と実との関係を乱すのはお延だけではない。入院中の津田が、暇つぶしにと岡本がお延に持たせた英語の小話集を読んで、「娘の父が青年に向つて、あなたは私の娘を愛してお出なのですかと訊」く話に目が留まる場面がある（百十五）。「お嬢さんの為なら死なうと迄思つてゐるんです。」「すぐあの二百尺もあらうといふ崖の上から、岩の上へ落ちて、めちやくちやな血だらけな塊りになつて御覧に入れます」などまくし立てる青年に、父親は「実を云ふと、私も少し嘘を吐く性分だが、私の家のやうな少人数な家族に、嘘付が二人出来るのは、少し考へものですからね」と答える。そしてこう続く。

嘘吐《うそつき》という言葉《ことば》が何時《いつ》もより皮肉に津田を苦笑させた。彼は腹《はら》の中《なか》で、嘘吐《うそつき》な自分を肯《う》けがふ男であつた。同時に他人の嘘《うそ》をも根本的に認定する男であつた。それでゐて少しも厭世的にならない男であつた。寧ろ其反対に生活する事《こと》の出来《でき》るために、嘘《うそ》が必要になるのだ位に考へる男であつた。彼は、今迄斯ういふ漠然とした人世観の下《もと》に生《い》きて来《き》ながら、自分ではそれを知らなかつた。彼はたゞ行《おこな》つたのである。［…］

『虞美人草』では藤尾の母にほぼ限定されていた「嘘」が、ここではお延も津田も、あるいは他の登場人物までにも及んでいる。一読すればわかるように、『明暗』は会話においてもことばの裏を読みあう小説であり、「嘘」とは何か、何が「嘘」なのかという問題が主題化されている。それはまた、ことばによる表現とは何か、表現は何をなしうるのかという問題へと読者を、そして漱石を導いていく。

そしてその問題は、このころ作られていた詩にも特徴的に見いだすことができる。たとえば次のような詩。

詩思杳在野橋東、景物多横淡靄中。細水映辺帆露白、翠雲流処塔餘紅。桃花赫灼皆依日、柳色糢糊不厭風。
縹緲孤愁春欲尽、還令一鳥入虚空。
（大正五年八月三十日）*18

ここにも「縹渺」が用いられ、桃花源のイメージも用いられているが、注意したいのは起句の「詩思」の語である。詩を作ることそれ自体に詩の中で言及することが、この時期の詩には多いように思われる。もとより、詩にしようとしてもなかなか詩にならないというような修辞法は古くからあるもので珍しくはない。ただ、右の詩ではまず冒頭から、詩を作ろうとする思いもぼんやりしたままに郊外の橋の東にいて、と始められる。そしてその思いに呼応して景物もまた淡いもやの中にある。言わば、詩の世界を作ろうとしている境地そのものが楽しまれていて、詩が生成される過程がこの詩の副旋律になっているところが特徴的なのである。

先に挙げた『思ひ出す事など』の池辺三山にあてた詩の句、「新詩を遺却して尋ぬる処無し、嗒《とう》然として牖《まど》を隔てて遥林に対す」もまた、こうした詩の生成の自覚と連なっているように思われる。「新詩」は、『思ひ出す事など』自筆稿によれば、最初は「好詩」であったのを「旧詩」とし、最後に「新詩」と推敲しているのだが[*19]、いずれにしても自分がいったん作った詩を捨てて、さらに詩材を求めることもせずに、ぼんやりと窓から向こうの林を眺めているといった、いわば詩作を意識的に離れる境地を得て、そこからまた詩が生まれていくという流れになっている。

ここには、人がことばというもの、何かの表現というものについて、それが指し示すものと同一だとも、あるいは指し示すものが本当に存在するとも完全に信じることはできないながらも、表現を重ねていかざるを得ない、それによって世界を作らざるを得ないという試みが内包されているように思われる。その意味では、小説において追求される名と実の問題、嘘の問題とも通底する。

さらに、漱石が遺した詩稿に推敲の跡が数多く見られることについても、表現行為の再認識としての詩作という観点から見直すことができるだろう。『草枕』における「葛湯」の比喩のように、詩語をあれこれ入れ替えながら完成へと向かっていく営為そのものが漱石にとっては重要であった。先述のように七言律詩を日課としたのは、そうした推敲の時間をわざと長くするためであったとも言える。漱石は第二期には五言古詩の佳作があり、第三期と第四期では絶句もさかんに作っているが、第五期は日課としたこともあって七律が圧倒的に多い。古詩は句数や平仄の縛りがなく、絶句は律詩の半分ですむ。それなのに七律を選んだことには、やはり意味があったと考えるべきであろう。

もう一つ留意すべきは、漱石の詩には禅の世界と近接するものが多く、ことに晩年の詩においては禅語もしくは禅語をまねた表現が積極的に詩に用いられていることである。たとえば次のような詩。

人間翻手是青山、朝入市廛白日閒。笑語何心雲漠漠、喧声幾所水潺潺。誤跨牛背馬鳴去、復得龍牙狗走還。
抱月投炉紅火熟、忽然亡月碧浮湾。（大正五年十月十六日）[*20]

ことに後半の四句は文字通り解しては何のことかわからない。こうした表現を漱石が禅に興味をいだいていたことの、あるいは漱石が禅の境地を自らのものにしようとしていたことの証左もしくは帰結として位置づけることもできようが、一方で、こうした表現を、名と実の問題、言語表現の不可能性の問題としてとらえなおすこともできるだろう。漱石が詩の表現として禅を取り入れるのは、ただそれが「閑適」の境地に近いからだけではない。ことばから離れることが禅の中心的な課題になっていることも大きくかかわっているだろう。

おわりに

以上見てきたように、漱石にとっての漢詩は、表現そのものへの批評的実践としてあったと捉え直すことができる。批評もまた一つの表現であってみれば、それによって表現を批評することは自己言及的な実践になるのだが、それこそが、小説も漢詩も含めて、漱石の表現行為における批評性を示しているのではないだろうか。

漱石における漢詩文は、たしかに美文の資源であり、西洋に対する東洋の価値や現代文明への批判的視座を示すものとして機能した。だが、そこにとどまったのではないところに、むしろその意義はあると認められる。真率の表現とは何か。その問いの実践として、漱石の漢詩は小説とともにあったのだと見ておきたい。

注

1 漱石における漢詩文と小説との関係については、小稿「漱石における漢詩文――小説とのかかわりから」（『漢文教室』二〇三、大修館書店、二〇一七）に概略を述べた。本稿と行論や挙例に重複するところがある。

2 『漱石全集』第三巻（岩波書店、一九九四）による。［…］は中略。『全集』編集部によって付されたルビ（〔〕で示されたもの）は適宜省略した。以下同。

3 △で示した傍点は引用者。以下同。

4 こうした漢語の位相については、北川扶生子『漱石の文法』（水声社、二〇一二）第二章「美文と恋愛」を参照。

5 この詩は明治三十一年三月、熊本で作られている。『漱石全集』第十八巻（岩波書店、一九九五）「67〔春日静坐〕」。

6 『漱石全集』第十八巻、「65〔春興〕」。

7 『虞美人草』の修辞については、小稿「『虞美人草』――修辞の彼方」（『叙説』三八、二〇一一）において論じた。本稿と行論や挙例に重複するところがある。また、前掲『漱石の文法』第二章を参照。

8 『漱石全集』第四巻（岩波書店、一九九四）による。

9 「子曰、悪紫之奪朱也、悪鄭声之乱雅楽也、悪利口之覆邦家（子曰く、紫の朱を奪うを悪む也、鄭声の雅楽を乱すを悪む也、利口の邦家を覆すを悪む也）」（『論語』陽貨篇）。

10 傍点は原文。

11 「漱石漢詩文年表」（『漢文教室』二〇三、大修館書店、二〇一七）を参照。

12 『漱石全集』第六巻（岩波書店、一九九四）による。

13 『漱石全集』第二十巻（岩波書店、一九九六）による。

14 『漱石全集』第十二巻（岩波書店、一九九四）による。

15 『思ひ出す事など』十五。原文の圏点は省略し、奇数句の句点を読点に換えた。

16 書簡2448。『漱石全集』第二十四巻（岩波書店、一九九七）による。

17 『漱石全集』第十一巻（岩波書店、一九九四）による。

18 『漱石全集』第十八巻、「149〔無題〕」。

19 『漱石全集』第十八巻、「90〔無題〕」注による。

20 『漱石全集』第十八巻、「192〔無題〕」。

〈文〉から〈小説〉へ――漱石作品における漢語・漢文脈と読者

北川扶生子

はじめに

小説家・夏目漱石にとって、漢学とは何だったのだろうか。とりわけ朝日新聞に入社し、近代小説を書き継ぐ試行錯誤の日々のなかで、漢学はどのような位置を占め、どんな役割を果たしたのだろうか。遺作となった『明暗』（『東京朝日新聞』・『大阪朝日新聞』一九一六［大5］年五月二六日～一二月一四日）を執筆しているあいだ、午前中に小説を書き、午後には漢詩を作っていた、というエピソードは、両者の相容れなさを語るものとして夙に知られている。人事と自然。俗と雅。プロットのある小説と絵画に似る漢詩。開化の象徴としての小説と、江戸の遺産としての漢学。なるほど両者の隔たりは大きい。「漢学に所謂文学と英語に所謂文学とは到底同定義の下に一括し得べからざる異種類のものたらざる可からず［…］余が此時始めて、こゝに気が付きたるは恥辱ながら事実なり」との『文学論』（一九〇七［明40］年、大倉書店）序文における苦々しい述懐を思い起こしてもいい。

しかしながら、漱石の紡いだ小説の言葉を詳細に辿ってゆくと、漱石自身によってその相容れなさを強調された漢学と英文学は、あるいは絡み合い、あるいは補い合って、いまだ定かならぬ「小説」という新しいジャンルの姿を手探りしていた明治期の文学史に、独自の可能性を示している。

本稿では、漱石が小説に用いた文体と語彙を、新聞小説家としての始発期前後の作品を中心に検討し、世紀転換期の帝国主義体制の帰結として要請された小説ジャンルの確立と、漱石の骨肉としてあった江戸の遺産としての漢学とが、ほかならぬ小説の言葉という次元でどのように絡み合い、ぶつかり合ったのか、その格闘の現場を検証してみたい。

この検証にあたって重要なのは、漱石が新聞小説家になった、ということである。漱石作品のジャンルと文体は、『虞美人草』(『東京朝日新聞』・『大阪朝日新聞』一九〇七〔明40〕年六月二三日～一〇月二九日)の前後で一変している。『虞美人草』以前に見られた多様なジャンルと文体は、『虞美人草』以後は姿を消し、漱石の小説は基本的に言文一致体によるリアリズム小説の枠内に収まってゆく。この変化はなぜ起こったのか。本稿ではこの問題を、小説に用いられる語彙や文体と、読者との関係から考える。

漢学の倫理や趣味や発想は、漱石自身のみならず、漱石の小説においても大きな位置を占めている。しかしそれは読者との隔たりに出会って、少しずつ姿を変え、不在によってその存在感を示すというふうに変わってゆく。そこでまず、小説における漢語・漢文脈の役割を確認し、漢文脈の変容のプロセスという点から漱石の小説を概観したい。

一章ではまず、明治期には文というジャンルがあり、それが漢文脈を含む多様な文学ジャンルと文体を保持する器としても機能していたことを確認する。続いて二章では、新聞小説家になる前の漱石の作品が、文の特色を備えており、文として読まれたことを述べる。三章では、新聞読者との出会いが漱石の文体を変えた様を、四章では、そのなかで漢語が果たした機能を考える。

一　文というジャンル

ここでは、戦前期に広く浸透していた文というジャンルについて概観し、このジャンルが近代以前の文芸諸ジャンルと文体を保持する場として機能していたことを紹介する。

『虞美人草』以前に書かれた漱石の作品は、多様なジャンルにわたっている。漢詩文は、正岡子規をはじめとする、二〇代における友人関係の要となるジャンルである。漱石は、自分が子規に認められたのは漢詩文が上手いという評価のためであったと回想している。[*1] 漢詩文は知識人男性同士の友情を築く文学ジャンルであり、漢詩文が書けるというのは、この時期互いを信頼するに足る人物と認めるにあたって重要な要件だった。また、漱石は、小説を書き始める前にすでに、ホトトギス派の俳人として知られていた。『草枕』（『新小説』一九〇六［明39］年九月）はみずから「俳句的小説」と名付け、「プロットのない小説」を目指した作品である。さらに、『吾輩は猫である』（『ホトトギス』一九〇五［明38］年一月〜一九〇六［明39］年八月）は江戸の滑稽本のスタイルを骨子としている。

これら新聞小説家以前の漱石作品を理解するには、文というジャンルが当時あったことを知らなくてはならない。大岡昇平は、文というジャンルについて、次のように回想している。[*2]

ここで、「小説」でもなく「詩」でもなく「文」ということについて、ちょっといっておきたいことがあります。現在でいえば、「文章」とでもいうべきか。漱石自身に「永日小品」という題名があり、「小品文」の名がこのころから、「中学世界」など投書雑誌にありました。原稿用紙二、三枚の短文で、措辞が整い、音読して耳に快く、美しいのが理想でした。漱石にも中学時代から漢文、擬古文の「作文」があります。

図１　「倫敦塔」扉

図２　雑誌『文章世界』創刊号

むろん「倫敦塔」は、時評家に学者の書いた「短編小説」として受け取られたのですが、それ以前から「美文」というジャンルがあったことを忘れてはなりません。大町桂月、竹島羽衣、塩井雨紅〔ママ〕共著『美文韻文花紅葉』（明治二十九年）とか、高山樗牛『わが袖の記』（三十年）、国木田独歩『武蔵野』（三十一年）、徳冨蘆花『自然と人生』（三十三年）などです。自然描写が主ですが、読んで耳に快いものでした（図１）。

戦前期に活躍した作家の個人全集にも、「小品」と題された巻があることが珍しくない。小品の名称は現代ではほとんど忘れられているが、大岡が指摘するように、戦前期の文芸雑誌や教科書、雑誌投稿欄には、小品文を含む様々な文が掲載されていた。また、この時期投書・投稿専門雑誌も数多く発行されている。たとえば、作文雑誌『文章世界』（図２）の投稿欄には、叙事文・叙情文・日記文などの名称が見られる。『ホトトギス』は日記文を広く募り、みずからの日常が書くに値するものであるという新しいテーマの発見へと読者を導いた。つまり、文というジャンルがあり、そこには「小品文」「美文」など様々なジャンルがあった。そしてそれは、読者の作文という実践と深く結びついていたのである。[*3]

『国立国会図書館蔵　明治期刊行図書目録』[*4]を見ると、明治期に発行された作文書はおよそ二七〇〇点におよぶ。これはもっとも刊行点数の多い近代小説に次ぐものである。明治という時代は、日本語の激変期であり、広い社会階層の人々が、いかに書くかという共通の課題を共有していた時代でもあった。そして、テレビもインターネットもないなか、書くことは大きな喜びだった。活版で印刷され、汽車で地方にまで運ばれた雑誌は、それまでにない規模の読者共同体を立ち上げ、その新しい舞台に自らの文章と名を刻むことは、多くの読者にとって心躍る娯楽でもあったのである。

こうした作文書を開くと、「文範」と称して作文の手本のアンソロジーが掲載されている。たとえば、代表的な作文書である杉谷代水・芳賀矢一合編『作文講話及文範』（一九一二［明45］年、冨山房）の下巻は「文範」編であるが、その目次には、以下のような文章が掲載されている。どのような文章がお手本として示されているか、ジャンル、タイトル、作者、出典の順に記す。

＊記事文：川蒸気（永井荷風「冷笑」）・飯待つ間（正岡子規）・倫敦塔（夏目漱石）・桜田門外の変（島田三郎「開国始末」）・熊本守城概記（谷干城）・第六次旅順攻撃第二回港口閉塞（公報）・第三軍司令官復命書（乃木希典「官報」）・富士川の急瀬（遅塚麗水「富士川を下る記」）・武蔵野日記（国木田独歩「武蔵野」）・大火と大風と遷都（鴨長明「方丈記」）・耶馬溪図巻の記（頼山陽・原漢文）

＊叙事文：電話（二葉亭四迷「其面影」）・のっそり十兵衛（幸田露伴「五重塔」）・伊達政宗（新井白石「藩翰譜」）・鳥居強右衛門忠節の事（湯浅常山「常山紀談」）・貪婪國（瀧澤馬琴「夢想兵衛胡蝶物語」）

＊叙景文：夕雲（島崎藤村「破戒」）・春の海（徳冨蘆花「自然と人生」）・高山の霧の声（小島烏水「白峰山脈縦断記」）・靄の這う里川（泉鏡花「草迷宮」）

＊議論文：西郷隆盛論（尾崎行雄「読売新聞」別天地）・春畝先生の一生（山路愛山「伊藤博文論」）・非人情美（夏目漱石「草枕」）・死して惜しまる、人たれ（嘉納治五郎「国士」）

文の下位ジャンルには、ほかに叙情文、美文、写生文、小品文、紀行文、書簡文、日記文などがあった。そして、作文書にはしばしば華族や名士の揮毫が巻頭に掲載されている。たとえば、馬場峯月編、三宅雪嶺・大町桂月校閲『作法文範　文章大観』（一九一二［大正元］年一一月、帝国実業学会）の巻頭には、天皇の和歌が掲げられ、「枢密顧問官正三位勲一等男爵 藤原朝臣正風謹書」と添えられている。

こうした作文書の編集からわかることはいくつかある。ひとつは小説の一節が、それ以外の様々な文章のジャンルと同一の、「文章」というテーブルの上に並べられて、書くことの手本として使用されているということである。今ひとつは、社会規範としての役割である。この「文範」には、政治家・軍人・儒学者・戯作者・教育家など、いわゆる「名士」とされた幅広い人々の文章が収められている。つまり、ちゃんとした文章が書けるようになるということは、社会とは相容れない個人の内面を表現することなどではなく、これら名士を頂点とするピラミッドを登る競争に参加してゆく自分を作るということなのである。そして、文学や小説という領域も、虚構世界に心を遊ばせる喜びのためだけにあるのではなく、読者の書く営みをパイプとして、社会に接続されている。

この文というジャンルと、作文という読者の実践を、本稿ではとくに漢文脈に注目して考えてみたい。結論から述べれば、文は、日本語の文体が言文一致体に収束してゆく明治三〇年代から四〇年代はじめの時期において、それ以前の多様な文体を保持する場として機能した。文壇では自然主義文学を中心に言文一致体小説の優勢が明確になりつつあった時期に、作文の分野、とくにその一分野である美文と呼ばれる領域では、古い文体を使いこなすことが重視されていたのである。言文一致体の母胎となる写生文は、この美文を仮想敵として立ち上げられたのであり、明治三〇年代後半の時点では、美文の方が大衆的であった。高須梅渓はこの時期の事情を次のように回想している。[*5]

私が「新潮」の前身「新声」の記者をしてゐた時分、文学上、二つの興味ある現象を見た。それは日清戦争前後から美文と称する一派が勃興した事、今一つは「ホトトギス」の創刊と共に写生文が流行した事である。今日美文や写生文の名称は全く忘れ去られたが、それらが流行した時分は誰れも彼れも美文または写生文に筆を着けるといふ勢で、すこし誇張していふと、文学青年を風靡したのである。

型に則って文章を綴る美文は、この時期においては、写生文から言文一致体へと至る写実系の文体よりも、大衆性を持っていた。このあたりの事情について、木村毅は次のように述べている。[*6]

いまは冠履が転倒し、西洋思想の普及と共に『文学界』に興味を寄せる者は年を追うて多いが、桂月一輩の美文韻文を語る人はなくなった。しかし明治時代においては、それは『文学界』にまさる「青年の書」だった事を忘れてはならない。その事を書いていない今の明治文学史には大きな欠漏がある。

美文は、小説の文体が言文一致体に統一されてゆく明治四〇年前後に、漢文脈を含む古典的な修辞の型を保持する役割を果たした。しかも一般の読者は美文の方に馴染んだのである。いずれにしても、美文を含む文というジャンルは、フィクションとノンフィクションを問わない自由さを保ち、一方で文は人なりという人格主義とも深く関わっていた。

二　漱石と文

漱石の作品もまた作文の手本として広く用いられた。たとえば、大町桂月『作例軌範 文章宝鑑』（一九二五年、大盛堂）は、『虞美人草』の一節を「汽車」というタイトルを付して叙事文の文範として掲載している。そして頭注には、

> 漱石氏の文体は警をもつて鳴る。「十把一束云々」の形容の如きも人間を野菜物か何かに扱つたのである。尤も時によると警の為に警を称へたやうな嫌味もないではない

とある。作文という領域が、文体や修辞という面に注目して、小説の文章を味わうまなざしを持っていたことがわかる。そして、「倫敦塔」（『帝国文学』一九〇五［明38］年一月）や『虞美人草』は、『草枕』と並んで作文書に収録されることのもっとも多い漱石作品であったと思われる。*7

図3　『草枕』を収録した作品集『鶉籠』

始発期の漱石作品が、作文の手本として広く用いられたことは、この時期の漱石が、多様な文体を小説の構成力として利用するという選択をしたことと密接に関わっている。端的に言えば、漱石の文体は、晩年に至るまで、意味伝達以上に過剰なものをはらんでおり、修辞という側面に読者の注意を引くという

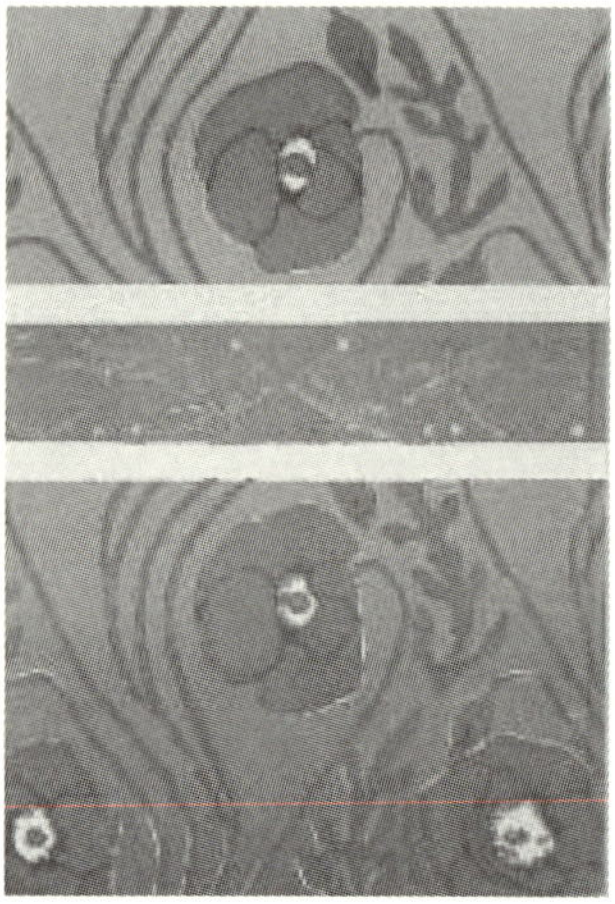

図4 『虞美人草』初版

特色を持っている。[*8] 本論では、とくに『草枕』と『虞美人草』の検討を通してこの特色について考えてみたい。

『草枕』（図3）は、漱石みずから、俳句的な、プロットのない小説を目指したと述べる、野心作である。全十三章から成る本作は、ひとつの章がひとつの場面で構成されており、章／場面が変わると、文体も変わる。たとえば、第五章では、滑稽本を思わせる床屋談義が、軽妙な言文一致体で繰り広げられる。第六章では、幻想世界の美女が漢語を多用した凝った美文調で綴られ、漢語が他界的な美の演出に利用されている。これ以外にも、英詩や漢詩が引用され、多様なジャンルに出自を持つ表現が、モザイクのように互いに溶け合うことなく並置されている。

ただし、この絢爛たる文体の饗宴のなかで、漢語は独自の位相を占めているように思われる。画工は、

> 余は明かに何事をも考へて居らぬ。又は慥《たし》かに何物をも見て居らぬ。わが意識の舞台に著るしき色彩を以て動くものがないから、われは如何なる事物に同化したとも云へぬ。去れども吾は動いて居る。世の中に動いても居らぬ、世の外にも動いて居らぬ。只何となく動いて居る。花に動くにもあらず、鳥に動くにもあらず、人間に対して動くにもあらず、只恍惚と動いて居る。〔…〕普通の同化には刺激がある。刺激があればこそ、愉快であらう。余の同化には、何と同化したか不分明であるから、毫も刺激がない。刺激がないから、窈然として名状しがたい楽がある。〔…〕沖融《ちゅうゆう》とか澹蕩《たんとう》とか云ふ詩人の語は尤も此境を切実に言ひ了せたものだらう。（六）

と述べており、彼が追い求める境地は、漢語なら一語で言えるのに、小説にすると数多くの言葉を費やしても到達ができない、と読めるのである。『草枕』は、小説が詩に到達しようとして叶わないという身振りをも示している。『虞美人草』(図4)ではどうだろうか。『虞美人草』でもおおむね、ひとつの章がひとつの場面から構成されており、場面が変わると文体も切り替わる。たとえば、藤尾が登場する第二章は次のように始まる。

紅を弥生に包む昼酣《たけなは》なるに、春を抽んずる紫の濃き一点を、天地《あめつち》の眠れるなかに、鮮やかに滴たらしたるが如き女である。夢の世を夢よりも艶に眺めしむる黒髪を、乱るゝなと畳める鬢の上には、玉虫貝を冴々と菫に刻んで、細き金脚にはつしと打ち込んでゐる。静かなる昼の、遠き世に心を奪ひ去らんとするを、黒き眸のさと動けば、見る人は、あなやと我に帰る。半滴のひろがりに、一瞬の短きを偸んで、疾風の威を作すは、春に居て春を制する深き眼である。此瞳を溯つて、魔力の境を窮むるとき、桃源に骨を白うして、再び塵寰《じんかん》に帰るを得ず。只の夢ではない。模糊たる夢の大いなるうちに、燦たる一点の妖星が、死ぬる迄我を見よと、紫色の、眉近く逼るのである。女は紫色の着物を着て居る。(二)

ここでは、言文一致体では排除されてゆく漢語と美文調が、恋の相手にふさわしい非日常的な女を演出するために駆使されている。

これ以外にも、漢文脈は様々に利用されている。たとえば、藤尾の死後に綴られる甲野の日記は、漢文調で綴られている。

道義の実践はこれを人に望む事切なるにも拘はらず、われの尤も難しとする所である。悲劇は個人をして此実

践を敢てせしむるが為に偉大である。（十九）

ここで漱石は、漢文調が持つ公、正義、男性性というニュアンスを、小説を推進する力として最大限に利用しようとしている。本作のプロットに無理があることは、執筆時から読者に意識されていた。漱石は小宮豊隆に「藤尾といふ女にそんな同情をもつてはいけない。あれは嫌な女だ。［…］あいつを仕舞に殺すのが一篇の主意である。」という書簡を送っており（一九〇七年七月一九日付）、おそらくは小宮ら若い世代の男性読者に、藤尾への嫌悪は共有されていなかった。こうした物語上の無理を、漱石はおそらくは意識しており、それゆえ漢文調の文体の持つ力で、それを乗り切ろうとしたのである。

三　読者の文体感覚の変化

しかしながら、教育カリキュラムが変化し、江戸期の学芸諸ジャンルの教養は、急速に文学読者から失われてゆく。明治期における漢学の地位の低下と教育カリキュラムの変化に伴い、漢文を読めても書けない世代が育ってくる。文壇では言文一致体による自然主義小説が台頭する。

『虞美人草』の文体をめぐる以下の対照的な感想は、文体をめぐって様々な感性が混在していたこの時期の、読者層による嗜好の違いをあぶりだしており興味深い。自然主義の作家・正宗白鳥は、『虞美人草』の文体を全面的に貶した。[*9]

「長編虞美人草」の前半は、かういふ捉へどころのない、美文で続くのだからたまらない。私はさきに、漱石を無類の名文家と云つたが、名文家と云ふよりも美文家と云つた方が、一層適切である。兎に角、彼れは美文的饒舌家である。

美文という言葉が、悪文、冗長さ、過剰さなどを含意した貶し言葉になるのは、写生文や自然主義文学の台頭するこの時期からではないかと思われるが、これに対し、明治文学研究者の柳田泉は対照的な感想を残している。[*10]

柳田　一般の読者はそこまでは、白鳥みたいな見方はできなかった。一般の読者が感心したのは「虞美人草」あたりの華やかさで驚かされて、あの系統の文章に驚いたわけです。〔…〕批判はそのあとから生まれた。〔…〕文字でも、的れきとして光ったとかいうやつを文章に必ず書く。中学生はそういう文句を書かないと先生もいい点をくれない、またこっちもそういう文章を書かないと、文章がわからないような気がしていちじ大いに蔓延したものですね。「海光的れきたり」とかくと朱で圏点だ。大笑いです。

図５　山田美妙『美文活法』表紙

柳田のこの回想が、自嘲とともに語られている点に、戦後にまで続く文体感覚が雄弁にあらわれている。それは修辞への嫌悪であり、「率直にありのままに」表現することを至上とする文章観の呪縛である。そこでは「ありのまま」もまたひとつの制度であることは見失われる。いずれにせよ、始発期の漱石が多様な文体の力を利用しようとしていたちょうどその時期、読者からはそのような多様な文体を味わう力が失われつつあったのである。

大量に発行された美文マニュアルはそのような事情を側面から示している。美文マニュアルとは、美文を書くために必要な語彙を、季節やテーマ毎に分類して掲載し、句や文の用例を示した本である。たとえば、山田美妙編纂の『美文活法』（一八九九年七月、青木嵩山堂、図5）は、全編を「四季新年」「春」「夏」「秋」「冬」「山」「水」「天」「地」「人」などに分類し、「春」の項目には、「春雨」「春宵」「新柳」「流鶯」といった語彙を示し、「句例」として「春雨山の緑を拭ふ」「弱柳なよやかに風に靡く」「閨裡の香炉冷却せり」などといったフレーズを掲載している。これらをちりばめて、美文が書けるようにという配慮がなされているわけである。これは裏返せば、こうしたマニュアルがなければ、もはや美文を書けない読者が、一定規模で形成されつつあったことを示している。

四　近代小説のなかの漢語・漢文脈

『虞美人草』以後、漱石の小説は、言文一致体によるリアリズム小説の枠内に収束してゆく。『草枕』や『虞美人草』のように、多様な文体を並置することで小説を推進する方法は、それまでの発表媒体である同人誌・学術雑誌・文芸雑誌よりもはるかに広汎な読者を前にして封印される。しかしながら、漢学や漢語が発想の源になるという事態は、晩年の『明暗』まで続いたのではないだろうか。ここでは、『それから』（『東京朝日新聞』『大阪朝日新聞』一九〇九［明42］年六月二七日〜一〇月一四日）『門』（『東京朝日新聞』『大阪朝日新聞』一九〇七［明40］年三月一日〜六月一二日）『明暗』の三作品から、漱石の小説における漢文脈の帰趨を見定めたい。

漱石の近代小説のなかでは最も完成度が高いと思われる『それから』で、主人公の代助は、父の部屋に掲げられた『中庸』の一節を記した額に強い嫌悪を抱く。

親爺の頭の上に、誠者天之道也《まことはてんのみちなり》と云ふ額が麗々と掛けてある。先代の旧藩主に書いて貰つたとか云つて、親爺は尤も珍重してゐる。代助は此額が甚だ嫌である。第一字が嫌だ。其上文句が気に喰はない。誠は天の道なりの後へ、人の道にあらずと附け加へたい様な心持がする。　（三）

漢学の倫理を自身と一致させることのできた父に対し、代助は父の倫理をずらすことで、父からの離反を果たしてゆく。物語は、父の援助を拒絶して、友人の妻と生きる道を選び取るまでの代助の葛藤を描くが、その際彼の思考の核となったのが、漢学に由来する語彙であった。

彼は三千代と自分の関係を、天意によつて、――彼はそれを天意としか考へ得られなかつた。――醗酵させる事の社会的危険を承知してゐた。天意には叶ふが、人の掟に背く恋は、其恋の主の死によつて、始めて社会から認められるのが常であつた。彼は万一の悲劇を二人の間に描いて、覚えず慄然とした。　（十三）

自然の児にならうか、又意志の人にならうかと代助は迷つた。　（十四）

「矛盾かも知れない。然し夫《それ》は世間の掟と定めてある夫婦関係と、自然の事実として成り上がつた夫婦関係とが一致しなかつたと云ふ矛盾なのだから仕方がない。僕は世間の掟として、三千代さんの夫たる君に詫まる。然し僕の行為其物に対しては矛盾も何も犯してゐない積だ」［…］「其時の僕は、今の僕でなかつた。君から話を聞いた時、僕の未来を犠牲にしても、君の望みを叶へるのが、友達の本分だと思つた。それが悪かつた。今位頭が熟してゐれば、まだ考へ様があつたのだが、惜しい事に若かつたものだから、余りに自然を軽蔑し過すぎた。僕はあの時の事を思つては、非常な後悔の念に襲はれてゐる。自分の為ばかりぢやない。実際君の為に後悔してゐる。僕が君に対して真に済まないと思ふのは、今度の事件より寧ろあの時僕がなまじいに遣り遂げた義侠心だ。君、どうぞ勘弁して呉れ。僕は此通り自然に復讐《かたき》を取られて、君の前に手を突いて詫まつてゐる」

代助は涙を膝の上に零した。平岡の眼鏡が曇つた。

（十六）

誠、天、自然は、いずれも漢学倫理の核となる概念であるが、儒教の経典においては政治の領域と個人の領域を貫通して機能するこれらの概念が、男女関係や内面の領域における、異なる意味に転用されている。つまり、「純乎たる一編の恋愛小説」[*11]と絶賛された『それから』の恋愛が成り立つためには、漢学の概念の再利用が必要だったのである。士大夫同士の絆に匹敵するものとして男女関係が立ち上げられるためには、漢学の倫理の再利用が必要だったことが、漢語の用いられ方からわかる。

自然や天という語彙は、『明暗』に至るまで漱石作品の構成の核に、位相を異にする超越語として登場し続けた。この点が、近代小説としての致命的欠陥と批判されてもきた。[*12]『明暗』では、漢詩文の教養に自己同一化しない男性が初めて主人公に据えられる。

彼は自分の持つて来た本に就いては何事も知らなかつた。お延の返しに行つた本に就いては猶知らなかつた。劃の多い四角な字の重なつてゐる書物は全く読めないのだと断つた。それでも此方から借りに行つた呉梅村詩という四文字を的《あて》に、書棚を彼方此方と探して呉れたのであつた。父はあつく彼の好意を感謝した。……

（七十九）

津田が「自然」に罰されるというプロットを示唆しつつ、『明暗』は中絶している。漢語は漱石の小説のなかに、物語を裁く超越語として存在しつづけた。漢学の倫理は、それを持たないこと、そこに空白があるということの強調によって、空集合のようにその存在を示して終わる。

漢学の遺産は、小道具としても漱石作品に利用されている。『虞美人草』では死んだ藤尾の枕元に酒井抱一の屏風が逆さに立てられる。

> 逆に立てたのは二枚折の銀屏である。一面に冴へ返る月の色の方六尺のなかに、会釈もなく緑青を使つて、柔婉なる茎を乱るる許に描た。［…］——花は虞美人草である。落款は抱一である。（十九）

また、『門』でも、宗助が父から譲り受けた抱一の屏風が、雨靴を買うために売り払われる。

> 納戸から取り出して貰つて、明るい所で眺めると、慥《たし》かに見覚のある二枚折であつた。下に萩、桔梗、芒、葛、女郎花を隙間なく描いた上に、真丸な月を銀で出して、其横の空いた所へ、野路や空月の中なる女郎花、其一《きいち》と題してある。宗助は膝を突いて銀の色の黒く焦げた辺から、葛の葉の風に裏を返してゐる色の乾いた様から、大福程な大きな丸い朱の輪廓の中に、抱一と行書で書いた落款をつく〲と見て、父の生きてゐる当時を憶ひ起さずにはゐられなかつた。
>
> 父は正月になると、屹度此屏風を薄暗い蔵の中から出して、玄関の仕切りに立てて、其前へ紫檀の角な名刺入を置いて、年賀を受けたものである。（四）

妻のお米の提案で、この屛風を売り払う顚末が、『門』の前半部分のストーリーを構成している。漢学や文人趣味という父の遺産が息子に受け継がれないという事態が、象徴的に描かれているのである。

漱石において、漢学と小説は別々に存在していたわけではなかった。近代日本において、小説というジャンルとその読者がつくられていく時期に、大きな役割を果たした漱石は、小説のなかで漢文調や漢語をいかに利用できるかという試行錯誤を繰り返していたのである。

始発期において、読者層の作文実践と、多様な文体を利用しようとした漱石の方向性は一致していた。しかし読者の文体への感性は、言文一致を自然な唯一の文体と感じる方向に急速に変化してゆき、漱石自身も新聞という媒体に活躍の場を移すことによって、そうした読者の動向を無視することはできなくなった。しかしながら、新聞小説という場においても漱石は、漢語とその背後にある漢学の利用を、様々に試みていた。

これら一連の漱石の工夫、試行錯誤をどう評価するかは、我々の文学観にかかっているように思われる。たとえば泉鏡花、保田与重郎、三島由紀夫らの作品を読むとき、漱石が示した可能性がいくばくか引き継がれているようにも思われる。繰り返すが、始発期の漱石作品は、言文一致体による客観小説とは異なる小説の可能性を示しており、それは読者にも共有されていたのである。漱石だけではない。露伴、鴎外らの作品も、こうした観点から再評価される必要がある。

注

1　談話「正岡子規」（『ホトトギス』一九〇八［明41］年九月一日）に「其頃僕も詩や漢文を遣つてゐたので大に彼の一粲を博した。僕が彼に知られたのはこれが初めであつた。或時僕が房州に行つた時の紀行文を漢文で書いて其中に下らない詩などを入れて置いた、其を見せた事がある。処が大将頼みもしないのに跋を書いてよこした。何でも其中に英書を読む者は漢籍が出来ず、漢籍の出来る者は英書は読めん、我兄の如きは千万人中の一人なりとか何とか書いて居つた」とある。

2　大岡昇平『小説家夏目漱石』（一九八八年、筑摩書房）

3　世紀転換期の作文と文学読者の関係について、拙著『漱石の文法』（二〇一二年、水声社）で詳しく検討した。

4　国立国会図書館整理部編『国立国会図書館蔵 明治期刊行図書目録 第四巻 語学・文学の部』（一九七三年、国立国会図書館）

5　高須芳次郎（梅渓）「美文及写生文流行時代」（『早稲田文学』、一九二六年四月）

6　木村毅「連載・明治文学余話21」（『明治文学全集77』月報、一九七一年、筑摩書房）

7　「草枕」の一節を収録した作文書について、管見に入ったものを、拙著『漱石の文法』（二〇一二年、水声社）第二章第二節に示した。

8　この点から漱石作品を検討したものに、佐藤信夫『わざとらしさのレトリック 言述のすがた』（一九九四年、講談社学術文庫）、中村明『吾輩はユーモアである 漱石の誘笑パレード』（二〇一三年、岩波書店）などがある。

9　正宗白鳥「夏目漱石論」（『中央公論』一九二八年六月）

10　柳田泉・勝本清一郎・猪野謙二編『座談会明治文学史』（一九六一年、岩波書店）における柳田泉の発言。

11　猪野謙二『明治の作家』（一九六六年、岩波書店）

12　代表的なものに、江藤淳『夏目漱石』（一九五六年、東京ライフ社）、柄谷行人『畏怖する人間』（一九七二年、冬樹社）がある。

※　漱石テクストの引用は、『漱石全集』（一九九三－一九九九年、岩波書店）に拠り、適宜ルビを省略した。

漱石の漢詩はいかに評価・理解されてきたか？
――近世・近代日本漢詩との関係性に着目して

合山林太郎

はじめに

夏目漱石は、生涯で二百余首の漢詩を作っており、その詩調は、若年期、松山・熊本時代、修善寺の大患の頃、『明暗』執筆期など、制作時期により変化している。

明治期には、専門漢詩人をはじめ、政治家から文学者まで多くの人々が漢詩を作っているが、その詩がどのように批評され、理解されてきたかについては、なお十分に把握されていない。西郷隆盛や乃木希典などの詩は、制作直後に、新聞や雑誌などによって、人々の親しむところとなったが、漱石の場合、一部の詩が小説などに引用され、公の眼に触れた以外は、自身の手帳などに書き留められたままであった。その詩が広く知られるようになったのは、大正七年（一九一八）に『漱石全集』第一〇巻「初期の文章及詩歌俳句」が刊行され、また、同八年（一九一九）に『漱石詩集』が出版されて以降であった。

しかし、その漱石の漢詩は、今日、漢詩史上高い評価を受け、盛んに研究がなされている。この間にどのような事情があったのだろうか。本稿では、漱石漢詩の評価や注釈の歴史について、その要点を述べ、漱石漢詩の理解に関するいささかの私見を提示する。

一　戦前における漱石漢詩への高評価――謝六逸と堀口九萬一

漱石漢詩の研究の黎明期の業績としては、漱石の女婿である松岡譲の『漱石の漢詩』（十字屋書店、一九四六年）や和田利男の『漱石漢詩研究』（人文書院、一九三七年）などが有名である。しかし、それ以前の一九二〇年代から、様々なかたちで議論されている。

この時期の漱石漢詩への言及において特徴的であるのは、日本人が作る漢詩に対して強い批判の中、例外的に漱石の詩を評価するという論法が取られているということである。その背後には、漢詩の中国語文芸としての性質についての認識の深まりがあり、また、日本人の作る漢詩にはいかなる意味があるのかという問いかけがあった。

まず、取り上げるべきは、中国人の日本文学研究者謝六逸（一八九六〜一九四五）の漱石漢詩に対する評「日本古典文学に就て」（『改造』大正一五年〈一九二六〉七月特別号）である。この文章は、後述するように吉川幸次郎によって言及され、後に一海知義によって、再発見・紹介されることとなる。[*1]

謝六逸の文章は、日本文学全体について論究したものであり、漢詩についての批評はその一部に過ぎない。彼は、日本人が漢詩を盛んに制作することについて、否定的に論じている。彼は、日本には和歌や俳諧などの優れた詩のジャンルがあるのに、何故漢詩を作るのかと問いかけ、菅原道真「不出門」の「都府楼纔看瓦色、観音寺只聴鐘声（都府楼は纔《わづ》かに瓦の色を看る、観音寺は只《た》だ鐘の声を聴く）」について、白居易の詩を模倣しており、「幼稚笑ふべきである」と批判している。

その上で、日本人の作った詩で例外的に優れているものとして、漱石の「斜陽満径照僧遠、黄葉一村蔵寺深（斜陽　径に満ちて　僧を照らすこと遠く、黄葉の一村　寺を蔵すること深し）」（「〔無題〕」、明治四三年〈一九一〇〉一〇月一六日の作、『思ひ出す事など』四に引用）を挙げている。ただし、漱石の詩がすべてよいと主張しているわけではなく、「〔筆者注　漱石が〕斯様な漢詩を作られることは、真に欽佩に値するが、惜しい哉《かな》多くない」と述べてもいる。

また、堀口九萬一《くまいち》（一八六五～一九四五）の「漱石の詩を論じ併せて日本の漢詩に及ぶ」（『Pantheon』八号、昭和三年〈一九二八〉一一月）も重要な文章と言える。九萬一は、外交官であり、漢詩人としても知られていた。詩人・翻訳家堀口大學の父にあたる。和田利男は、『漱石漢詩研究』（前掲）において、自著刊行以前に発表された、漱石漢詩に関する論考を丹念に拾っているが、その中の一つとして、九萬一のエッセイを挙げている。

九萬一は、漱石の漢詩について、「在来の日本の漢詩と異つてゐて、全く一風変つた、所謂個性のある漢詩である」と述べている。その上で、明治初期を代表する専門漢詩人森春濤の「新秋野望」（『春濤詩鈔』巻二）や「新秋」（同）などの詩を挙げ、これらを古い言葉を継ぎはぎにして作られた「読者に何の感動も与へぬ」ものであると断じている。その上で、漱石の詩は、これらとは異なり、「人となりがよく現はれて居るのみならず、其の時々の気分さへ、誠によく写し出されて居」り、精彩を放っていると論じている。ただ、音韻などは中国語と全く異なることから、日本人が作る漢詩は、「その存在が不自然であり、而して無理があ」る、いわば擬古の性質が強いものであり、漱石の詩もこの欠点は免れていないと断じている。

九萬一は、漱石の詩のうち、優れたものとして、「菜花黄朝暾、菜花黄夕陽。菜花黄裏人、晨昏喜欲狂（菜花朝暾に黄に、菜花　夕陽に黄なり。菜花　黄裏の人、晨昏　喜びて狂はんと欲す（略））」という印象的な出だしによって始まる「菜花行」をはじめ、情緒味豊かな叙景・抒情詩をいくつか掲げているが、その中でも、先に謝六逸が挙げた「斜陽…」の聯を「何等の佳趣ぞ」と称賛している点は興味深い。

謝六逸、堀口九萬一ともに、中国語の言語環境の中で漢詩がどのようなものであるかを理解している。すなわち、日本人の漢詩は、中国語の語法や音韻を十分に把握せずに作るため、修辞の点で拙く、多分に模倣の要素を含むと考えている。別の言い方をすれば、日本人が中国語を理解せず、訓読などを用いて詩を制作していることについて、強い懸念を示している。

謝六逸は中国人であるからこのようなことが理解されるわけであるが、九萬一も、中国人の教師に就き、漢詩を中国語で音読した場合の感覚を知っていた。いわば、日本の文化圏から離れたところで漢文学に触れた人々が、日本人の漢詩の本質的な意味を考えた結果、高く評価し得るものとして浮かび上がってきたのが、漱石の詩であったということのようなのである。

二　吉川幸次郎の漱石漢詩評価とその背景

戦中戦後にかけては、先に述べた和田、松岡両氏の業績が刊行された。松岡は、自身の著者を「初学者向け」のものであると述べており、漱石の漢詩に対する評価については抑制的である。一方、和田は、漱石の詩を、「彼独自の個性を存分に発揮した真の創作」（七頁）と評し、「徒らに風花露月の文字を弄する閑人の遊戯とは、其の根本に於いて相違してゐる」（一八頁）と論じている。和田はまた、漱石の詩の特徴を、「没個性的な作品が多い」従来の日本人の漢詩の中にあって、珍しく「個性が豊かに浸透してゐる」（二一頁）とも表現しているが、これは、先に見た堀口九萬一の議論を参照したのであろう。

その後、漱石の漢詩は、中国文学者の吉川幸次郎（一九〇四〜一九八〇）という強力な支持者を得ることとなる。一九五〇年代以降、吉川が『続人間詩話』（岩波書店、一九六一年、初出「人間詩話」五十六、五十七〈『図書』九三、九四号一九五七年五月、六月〉）や『漱石詩注』（岩波書店、一九六七年）によって漱石の詩を推奨し、これにより、社会的にひろくその価値が認識され、また詳細な注解により、読者に近い存在となった。

吉川は、漱石の詩を「思索者の詩」であると評し、他の多くの日本人による漢詩とは異なる性格を持つと述べた。すなわち、日本漢詩について、五山文学や良寛の詩などの例外を除き、「思索」という要素を欠いている中で、漱石の詩にはそれがあると論じている。

より詳細に論じるならば、吉川は、漢詩が「直観」の言語芸術であるがゆえに、その基盤に「思索」がなければならないと説く。たとえば、自然詠であっても、「単に『風雲月露』の美しさを、感覚的にとらえ、咏嘆するだけではいけない。花が散る、日が落ちる、そこに人間の運命なり使命への関心が、反映しなければならない」（『漱石詩注』岩波文庫版、一一頁）と説明する。しかし、日本の文学の伝統には、こうした「思索」を忌避し、「感覚」に流れる傾向があると吉川は述べている。その上で、日本人の漢詩にもその性質が見られるが、漱石はその中にあってきわめて特殊な位置を占めると論じている。

堀口九萬一の例のように、漱石の漢詩を他の日本人の漢詩、とくに明治期の専門漢詩人と対置させる論法は、吉川以前から存在した。吉川は、こうした流れと同じ方向を向きながら、漱石自身の発言を詳細に点検しつつ、その位置づけについて、明瞭な説明を付与し、飛躍的に理解を深めたとも言い得よう。

こうした吉川の評価の背後にも、中国の学者たちの漱石漢詩に対する理解があった。吉川は漱石の漢詩について、本稿において、すでに言及した謝六逸をはじめ、傅仲濤《ふちゅうとう》など、複数の中国の文人が漱石の詩を高く評価していたことを記している。海外からの眼差しが、その評価に影響を与えたと考えられる。

また、吉川の漱石の漢詩に対する関心は、東方文化研究所（現在の京都大学人文科学研究所）の集まりの中で醸成されたものでもあった。中国学者であり、後に漱石の漢詩についても注釈を施す飯田利行は、昭和一五年（一九四〇）、東方文化研究所の茶話会に参加した際の出来事として、狩野直喜（一八六八〜一九四七）が、中国の知識人が、日本には三人の詩人がいるとして、鷗外、漱石、狩野自身を挙げたという逸話を紹介している。[*2]この茶話会には吉川も参加していたという。

席上、狩野直喜は漱石の漢詩を揶揄し、「漱石の詩はあれでも詩か」と発言したとされる。その評価がなお揺れ動いていたことを示すものとして興味深いが、同時に、ここでも中国の文人が漱石の詩を好んでおり、そのことを東方文化研究所の面々は知っていたという点が注意される。

吉川の漱石漢詩についての認識には、先行の著述と似た部分もあるが、個々の詩のいずれを好むかという点では評価が異なっている。吉川は、自身が最も好む漱石の詩として、「淋漓絳血腹中文、嘔照黄昏漾綺紋（淋漓たる絳血　腹中の文、嘔《は》いて黄昏を照らして　綺紋を漾《ただよ》はす）」という詩句を含む、修善寺の大患時に作られた吐血の詩を挙げている（『続人間詩話』）。吐瀉物を詩に詠うというのは珍しいが、漱石は、それをそのまま詠うのではなく、「腹中文」などの表現を用いて、自身の文学への態度についても示している。漱石の詩の個性の強さや内面性に焦点をあてた評価と言える。

三　様々な注釈とその特色

吉川の業績の後に複数の注解が刊行された。中村宏（舒雲）『夏目漱石の詩』（大東文化大学東洋研究所、一九七〇年）、同『漱石漢詩の世界』（第一書房、一九八三年）[*3]、飯田利行『漱石詩集釈』（国書刊行会、一九七六年）、同『新版　漱石詩集』（柏書房、一九九四年）、佐古純一郎『漱石詩集全釈』（二松学舎大学出版部、一九八三年）[*4]、一海知義『漱石全集　第一八巻』（岩波書店、一九九五年）などがそれにあたる。これに加え、和田利男は『漱石の詩と俳句』（めるくまーる社、一九七四年）[*5]し、自身の旧注に漏れた詩の注釈と補綴を行った。

これらの注釈はそれぞれに特色がある。中村注は、本文校訂や韻の齟齬、詩作の周辺事情などを含め、丁寧に解説している。飯田注は、漱石の詩は禅的境地の現れであるとの考えのもと、大胆に釈意している。佐古注は、穏当な語注と現代語訳によって構成されている。一海注は、自身が、注釈の方針について「吉川先生の注釈をそれと明示してできるだけ生かすこと」(「漱石漢詩訳注余談」『漱石と河上肇――日本の二大詩人』藤原書店、一九九六年、六二頁)と記すように、基本的には、吉川注を受け継いで作られている。とくに詩の生成過程についての情報を多く付け加えて成ったものである。

こうした注釈刊行の中で、漱石の詩の象徴的な表現について認識が深まってゆく。抽象的な内容を詠う、あるいは、叙景や抒情の詩句でも寓意をもたせることは、漱石の詩における一つの特徴であるが、その中には、意味が取りにくい詩句も少なくない。これらについて、この時期、様々な議論が積み重ねられている。

一例として、明治二八年(一八九五)五月に作られた七律を挙げよう。この詩は、松山中学へ赴任した後に作られ、五首の連作詩の一篇である。詩稿が残るほか、明治二八年五月三〇日の子規宛の書簡にも記されている。[*6]

破砕空中百尺楼　　空中百尺の楼を破砕すれば
巨濤却向月宮流　　巨濤　却つて月宮に向ひて流る
大魚不語没波底　　大魚　語らずして波底に没し
俊鶻将飛立岸頭　　俊鶻　将に飛ばんとして　岸頭に立つ
剣上風鳴多殺気[*7]　　剣上　風　鳴りて　殺気多し
枕辺雨滴鎖閑愁　　枕辺の雨滴　閑愁を鎖ざす
一任文字買奇禍　　一へに任す　文字の奇禍を買ふを
笑指青山入予洲　　笑ひて青山を指して　予洲に入る

詩の大意を述べるならば、たとえば、次に掲げる佐古純一郎の訳のようになるだろう。「空中百尺の楼をうち砕いて、大波は遂に月宮に向って流れていく。大魚は黙って波の底に沈み、つよいはやぶさは獲物にとびかかろうと岸頭に立っている。剣の上を風がわたって殺気を生じるが、枕辺に雨が落ちてこのような愁いを消してくれる。文学によって思いもかけない災いをうけたが、笑って青山を求めて伊予の国に入った」(『漱石詩集全釈』七八〜九頁)。「俊鶻」や「青山」周辺の表現に一部意訳もあるが、詩の内容をほぼそのまま現代語に置き換えている。

このように、詩句の内容をおおまかに把握することは難しくない。困難であるのは、表現の実質的な意図の把握である。たとえば、大波が「空中楼閣」を破り、月に入るとはどういう意味なのか、「大魚」が語らずにいるとは何のことか、を特定できなければ、詩を理解したとは言えない。また、悩ましいのは、それぞれの詩句に寓意があるのかないのかの判断である。もし、寓意があるとなった場合、今度は、それが何を指すかが問題となる。

四　象徴的表現をめぐる様々な解釈

先に挙げた「破砕空中百尺楼」で始まる詩については、その前半部を中心に様々な議論がある。戦前のものも含め、諸注の示す解釈を見てゆこう。

首聯の意味については、松岡注が「ひと思いに胸中のモヤモヤたる空中楼閣を粉々にやっつけてしまえば、大波は一ペンにこころの奥の院に向かってとうとうと押しよせて行くだろう、痛快だ」と訳している。飯田注(『新版漱石詩集』)は、この箇所を、禅の悟りの境地を述べているという観点から解釈しているが、その大要は、松岡注に似る。すなわち、「日頃、胸の中にもたついているもやもやを敢然として打ち払えば、百尺の楼を摩するほどの大浪、つまり大なる煩悶が、かえって絶対界のさとりに向って流れをかえることになる」と訳している。

これに対し、和田注（『漱石の詩と俳句』）は、この箇所について「痛快」とは反対の心情を詠っており、これらの語が、漱石の松山へ赴く際の心中を表しているのではないかと論じている。すなわち、「「空中百尺の楼」というのは、漱石が心に猫いていた夢や希望をいうのであり、それを「破砕」するというのは、その野望なり抱負なりを思い切って投げ捨て、都落ちを決意したことを指すのではあるまいか」と解釈している。

また、中村注（『漱石漢詩の世界』）は、「空中百尺楼」について、「蜃気楼、あるいは空想・幻想の事物」とし、いずれかは「断定しにくい」と述べつつ、「大波が空中百尺の楼を打砕いて、月の彼方に流れて行く」と訳している。「月宮」について「船中から月の出の海上を見た光景」と注する。吉川注、一海注は語注にとどまり、具体的な理解は示さない。

頷聯については、「大魚」と「俊鶻」が何を指すかをめぐって議論がある。吉川注は「俊鶻」について「先生自身の比喩のように思う」と説明する。一海注は、「俊鶻一搏起てば将に蒼穹を摩すべし」という明治二七年（一八九四）九月四日子規宛書簡中の表現を引きながら、吉川説を肯定している。一方中村注は、「寓意があるとすれば」と断りながら、「俊鶻」の方が「雄飛を試みている子規を指し」、「大魚」の方が漱石自身の心境を表していると説いている。

なお、飯田注は、首聯同様、ここに禅の教えを見ている。たとえば、言葉を発せず、人の目の届かない深海に潜む「大魚」は、不立文字の教えを表すと考えている。

それぞれに理由があり、意義深いが、筆者の考えを述べるならば、この詩を考える場合、まず、その詩稿に「無題」と記されている点に注意する必要があると思う。中国古典詩で「無題」や「失題」などといった場合、自らの心情や思考を暗々裡に詠ったものであることが多い。この詩もそうした伝統を意識し、自らの内面を述べたものと解してよいように思われる。

漱石の詩の多くは「無題」の詩とされるが、それらのほとんどは、元々、題が付けられておらず、後人が、仮に「無題」と名付けたものである（『漱石全集』ではこうした題については亀甲括弧を付して表示する。本論もそれに倣う）。しかし、この詩の場合は、自身でそう記しており、漱石の意識が明瞭にうかがえるのである。

個別の解釈については付け加えるべきものを多く持たないが、たとえば、「巨濤」については、漱石が、波について特殊な感覚を持っていたことを念頭に置かなければならないと思う。前掲子規宛書簡（明治二七年〈一八九四〉九月四日）において、漱石は、湘南海岸の荒れ狂う浪の中に入って、喜びを感じたことを記している。「折柄八朔二百十日の荒日と相成、一面の青海原凄まじき光景を呈出致候。是屈竟（筆者注　全集は「畢竟」かと注す）と心の平かならぬ時は随分乱暴を致す者にて、直ちに狂瀾の中に没して、瞬時快哉を呼ぶ（略）」という記述がそれにあたる。この記述を参考にするならば、詩においても、自らの煩悩（「空中百尺楼」）を波浪が打ち砕くなどといったイメージで理解するのが妥当なのではないだろうか。

頷聯の「大魚」や「俊鶻」は、いずれも力ある生物であり、このとき、漱石が持っていた自信あるいは野心を表すかとも考えるが、今は一つの推測として提示するにとどめたい。

なお、象徴的な表現とは次元が異なるが、尾聯に関しては、「奇禍」が何を指すかも問題となっている。吉川注、一海注、飯田注など多くの注釈が具体的な事件を表すが、詳細は不明と述べている。一方、和田注、中村注は、当時の感慨を述べたものであり、特定の事件を指すのではないと解釈している。

五　漱石漢詩研究の問題点

以上、漱石の漢詩についての評価及び注解の様相について略述した。参照すべき論考は、注釈以外のものも含め、多数に上るのであるが、言及できていないことをお詫びしたい。

さて、最後に、現在の漱石の漢詩理解の上で重要と思われる点について、いささかの私見を述べる。戦前の研究の初発期から、漱石の漢詩は「個性」や「思索」などの言葉で示されてきた。ただ、こうした独自性を最初から、彼の詩は持っていたわけではない。松岡譲が「（筆者注　松山以前の作は）おおむね学習期の習作の香りの抜けない、どことなく子供っぽい作品であった」（『漱石の漢詩』六一頁）と述べるように、明治二〇年代の詩は、平凡な叙景詩や戯詩などが多い。これが松山へ赴いた頃から変化し、他の江戸・明治期の詩とは異なる、抽象的、象徴的な表現を頻繁に用い、内面を詠う詩風へと変化しゆくのである。

まず、考えるべきは、なぜこうした変化が起こったかという問題である。とくに子規の行動と対照するとき、漱石の詩の軌跡はいかにも特異である。子規と漱石は、漢詩文を互いに贈答しあっており、二〇年代半ば以降、子規は、『日本』に集まった漢詩人国分青厓や本田種竹らと交流し、その詩は、より古典的な意味で洗練されたものになっていった。[*8] こうした子規の動向は、漱石も逐一知っていたはずである。[*9] しかし、漱石はむしろ子規やその周辺の漢詩人とは異なる性質の詩を開拓していった。その経緯が明らかになれば、漱石の詩の本質もより確実に把握されよう。

もう一つ考えるべきは、こうした変化が起こる前の、漱石と前代及び同時代の漢詩文化との結びつきである。明治時代の詩人と漱石とが共通の知識基盤を持ち、語彙などに類似性が見られることは、たとえば、小島憲之の「暗愁」の語についての分析（『ことばの重み――鷗外の謎を解く漢語』新潮社、一九八四年）から確認できる。「南出家山百里程、海涯月黒生暗愁（南のかた　家山を出て　百里の程、海涯は月黒くして　暗愁を生ず）」（『木屑録』第四首、明治二二年〈一八八九〉九月）という詩句をはじめ、漱石は「暗愁」という語を多用しているが、これは、江戸後期から明治期までの漢詩を中心に、ひろく一般に使用された「一種の流行語」であったとされる。

江戸時代の詩人との関係について言うならば、頼山陽などからの影響も顕著である。後年、漱石自身に「寛政の三博士（筆者注　古賀精里、尾藤二洲、柴野栗山）の後のものはいやだ。（筆者注　頼）山陽や（筆者注　篠崎）小竹のものはだれてゐて厭味である。自分は嫌ひだ」（「余が文章に裨益せし書籍」（『文章世界』一巻一号、明治三九年〈一九〇六〉三月）などの、山陽に対する辛口の批評があるため、漱石は頼山陽を嫌っていたなどと単純に捉える向きもあるようであるが、若年期の漱石の詩には、明瞭に山陽を模倣した詩句を見出すことができる。

具体的に述べるならば、「出雲帆影白千点、総在水天髣髴辺（雲を出づ帆影　白千点、総《すべ》て水天髣髴の辺に在り）」（『木屑録』第一首）の句は、「雲耶山耶呉耶越、水天髣髴青一髪（雲か山か呉か越か、水天髣髴　青一髪）」（「泊天草洋（天草洋に泊《はく》す）」、『山陽詩鈔』巻四）を踏まえている。また、「西方決眥望茫茫、幾丈巨濤拍乱塘（西の方　眥《まなじり》を決せば望み茫茫たり、幾丈の巨濤　乱塘を拍《う》つ）」（同二首）の句は、「危礁乱立大濤間、決眥西南不見山（危礁乱立す　大濤の間、眥を決すれば西南　山を見ず）」（「阿嵎嶺《あくね》」）に基づいて作っている。これらのことは、一海注において指摘されている。

山陽の「泊天草洋」及び「阿嵎嶺」の二詩は、いずれも江戸・明治期に刊行された詞華集の中に多く収録され[*10]、山陽の詩の中でも名詩として知られていたものである。漱石は、当時の漢詩好きの青年の多くが行うように、その表現を、自らの詩の中に取り込んでいったのであろう。

漱石と江戸・明治の詩人とは対照して論じられることが多いが、以上の例からもうかがえるように、当初、両者の間に大きな違いはなかった。このことは、漱石の詩の性格を考える上で、見過ごしてはならないことのように思われる。

なお、これまでの漱石漢詩の注釈の多くは、こうした江戸・明治期の漢詩文との関わりについて、必ずしも十分には説明していない。たとえば、漱石の詩に「朗晴」という語がある。明治二三年（一八九〇）九月に作られた「送友到元箱根」詩の第一首結句に「還卜朗晴送客帰」（還《ま》た朗晴を卜して客の帰るを送る、晴れの日を選んで、客が帰るのを送るの意）とあるのが、それである。この言葉について、吉川注は、「漢語の辞書には見えない」と述べ、一海注は、吉川注を引用しつつ、「「晴朗」（うららかに晴れる）という語は「世説新語」排調篇などにも見え、平仄（二四不同）の関係で「朗《仄》晴《平》」と転倒させたものか」と説明している。

しかし、この語は江戸の漢詩の中では、頻出するものであり、たとえば、頼山陽に「十日間遊尽朗晴、薄陰昨作好舟行（十日の間遊　尽く朗晴たり、薄陰　昨に好舟の行を作《な》す）」（「至家乃雨（家に至れば、乃ち雨《あめ》ふる）」『山陽遺稿』巻八）などの用例がある。これらを目にし、漱石も自作において使ったと推測するのが自然であろう。[*11]

吉川注において「『佩文韻府』などには見えぬ語」と注される「蚊軍」にも、江戸・明治期の漢詩には多数の用例がある。[*12] データベース[*13]が発達した現在、こうした語彙を特定するのは容易である。補完してゆくことが必要であろう。

おわりに

本稿では、漱石の漢詩がいかなる文脈で評価され、またどのように注解されてきたのかを見てきた。漱石の詩は、その多くが書簡や手帳に書き留められた私的なものであり、注目を浴びるようになったのは、死後、様々な方面から高い評価を得たからである。とくに中国の学者や文人から高い評価を得ていることは注意すべきである。

今日、漱石の漢詩の理解の基盤となっているのは、吉川幸次郎『漱石詩注』及び一海知義『漱石全集』の注解であるが、この他にも様々な解釈が試みられ、その読みの可能性を広げている。これまで、漱石漢詩については、近世や近代日本の専門漢詩人の違いばかりが強調される傾向にあったが、今後は語彙的な調査などを通じて、その連続性とそこからの脱却について、より詳細に見極めてゆく必要があるだろう。

注

1　一海知義「漱石の漢詩と中国」（『漢詩放談』藤原書店、二〇一六年、初出二〇一〇年）。

2　飯田利行『漱石詩集釈』及び『新版　漱石詩集』（前掲）に載る。飯田の伝記については『飯田利行博士古稀記念　東洋学論叢』（国書刊行会、一九八一年）所収「吾がふみよみの路」を参照。なお、加藤二郎「吉川幸次郎『漱石詩注』」（『国文学　解釈と鑑賞』六〇巻四号、至文堂、一九九五年四月）が、この逸事を紹介している。

3　本書において、鄭清茂『中國文学在日本』（純文學月刊社、一九六八年）に言及がある点は、海外からの眼差しが漱石の漢詩の評価に影響を与えた例として興味深い。鄭清茂氏は、国立台湾大学、国立東華大学において日本文学及び中国文学を研究した。

4　本書に先立ち、『共同研究　漱石詩集全釈』として一九七八から八二年まで十の分冊で漱石漢詩の注釈を刊行した。

5　本書の漢詩について考察した箇所については、『漱石の漢詩』（文藝春秋、二〇一六年）のかたちで抜粋・刊行された。

6　詩稿については、『夏目漱石遺墨集』第一巻（求龍堂、一九七九年）に、図版二として掲出される。書簡は、『漱石全集』第二二巻（岩波書店、一九九六年）所収。

7　「鎖」の字は、書簡では「鎖」に作っている。吉川注は、下三連を犯すことになるため、「鎖」を採ると述べている。なお、詩稿には、推敲の跡が見られ、たとえば、首聯の初案は「粉砕空中蜃気楼、洪波却向月中流」となっている。また、書簡では第三句「不語」が「無語」となっており、こちらを本文に採用する注解も多い。

8　子規の漢詩制作の状況及び漢詩人との交流については、加藤国安『漢詩人子規――俳句開眼の土壌』（研文出版、二〇〇六年）及び同『子規蔵書と『漢詩稿』研究』（研文出版、二〇一四年）に詳しい。

9　漱石は、明治二四年（一八九一）八月三日の子規宛書簡において、子規の代表作「岐蘇雑詩」に言及しており、また、明治二九年（一八九六）一一月一五日の書簡では、自身の詩を、子規が懇意にしていた本田種竹に見せるよう要請している。

10　「泊天草洋」は、吉嗣拝山編『寒玉音』（明治四年〈一八七一〉）、『近古詩鈔』、近藤元粋編『評点　今古名家詩文』（明治一一年〈一八七八〉など）に、「阿嵎嶺」は、大槻磐渓編『新選十二家絶句』（嘉永七年〈一八五四〉）、『評点今古名家詩文』（前掲）などに収録されているのが確認できる。

11　頼衍宏「一九六〇年代「和習研究」追考―コーパスに基づく再検討」（『日本研究』五一集、二〇一五年三月）は、吉川幸次郎が『漱石詩注』において和習として挙げた語の中に、中国の文献に使用されているものがあると論じ、この「朗晴」の語についても、唐・段成式の『酉陽雑俎』に見えることを指摘している。筆者は、漱石の読書の様相などから、この語を、頼山陽をはじめとする江戸・明治期の日本漢詩から学んだ可能性が最も高いと考える。

12　大窪詩仏（一七六七〜一八三七）「秋蚊」（『詩聖堂集三編』巻九）において、「涼風恰似天兵降、百万蚊軍一餉鏖（涼風　恰も似たり　天兵の降るに、百万の蚊軍　一餉に鏖《みなごろし》す）」など。

13　江戸・明治日本漢詩文関係の全文検索型データベースとしては、『雕龍日本漢文古籍検索叢書　日本漢詩一〜四』（加藤国安監修、凱希メディアサービス、二〇一一年）などがある。

夏目漱石の風流——明治人にとっての漢詩

牧角悦子

はじめに

漱石最晩年の詩、死のほぼ二〇日前に書かれた「無題」を題とする七律をまず掲げよう。

無題詩一首　大正五年十一月二十日[*1]

眞蹤寂寞杳難尋　真蹤は寂寞　杳として尋ね難し
欲抱虚懐歩古今　虚懐を抱いて古今を歩まんと欲す
碧水碧山何有我　碧水　碧山　何ぞ我有らん
蓋天蓋地是無心　蓋天　蓋地　是れ無心
依稀暮色月離草　依稀《いき》たる暮色　月は草に離《かか》り
錯落秋聲風在林　錯落《さくらく》たる秋声　風は林に在り
眼耳雙忘身亦失　眼耳　雙つながら忘れ　身も亦た失われ
空中獨唱白雲吟　空中に独り唱す　白雲吟

歩くべき正しい道というものがたとえあるとしても、それはひっそりとその姿を隠し、たやすく探し出せるものではない。

それでも私は我執を忘れた澄み渡った心を抱いて、その道を探しつつ過去を、そして現在を歩いていたいと思うのだ。

碧《みどり》に輝く山や川に、どうして我を主張する心があろうか。

果てしなく広がる天も地も、ただ無心に存在するだけだ。

ぼんやりと立ち込める黄昏《たそがれ》の光、それは草を照らす月の影。

サラサラと聞こえる秋の声、それは林に吹きそよぐ風の音。

眼は見ることを止め、耳は聞くことを止め、そして体そのものの存在を忘れる時、
からりと何もない空の中で、私は独り白雲吟を唱うのだ。


この詩には強烈な個性と独自の世界がある。中国の古典詩とも、日本独自の発展を遂げた日本漢詩とも異なる、極めて特殊な境界をこの詩は醸している。二〇日の後には、身体を離れた漱石の魂が、空中に独り白雲吟を唱歌することになったことを考えると、まるで詩讖[*2]のようでもある。しかし、個我を離れた境地を白雲に託して歌う詩を漱石が多く残していることから、この詩は決して詩讖ではない。限りなく無我に近い境地を、しかし漢詩という極度に技巧的な形式で、誰に評価されることも求めず自由に詠ったものが、この詩なのである。

ところで、漱石の漢詩に関する研究は、主なものとして和田利男『漱石の漢詩』[*3]・松岡譲『漱石の漢詩』[*4]・吉川幸次郎『漱石詩注』[*5]・一海知義『漱石全集』漢詩文訳注[*6]などがある。これらは、漱石の文学、あるいは思想理解を目的として掲げ、詩作の背景や詩表現の意味を漱石文学全体との絡みの中で理解しようとする。特に漱石の「則天去

私」の思想が、その詩に如何に現われているのかという視点で漱石の漢詩を解釈する態度が顕著である。また、文豪に対する敬意が先立つあまり、漱石の詩や、詩を語る文章に見える軽みやユーモアや諧謔までも、深刻に理解する嫌いも垣間見える。

漱石の詩は巧拙という点で言えば、巧でもあり拙でもある。全ての詩の技巧が優れているわけではない。良い詩もあれば上手くない詩もあり、技巧を楽しんでいる詩もあれば、素朴さに味わいが滲み出る詩もある。そして特に最晩年の七言律詩には、技巧の巧拙を超えた独特の芸術性がある。

本論では、漱石が漢詩という形態に向き合ったことの意味を、その自身の詩論と詩作から考えてみたい。具体的には漱石が「風流」という言葉で語る作詩の心境と、そこから生まれた詩の品隲を通して、明治・近代という時代に、漱石が漢詩という形態で歌ったことの意味を探ってみることにする。

一　漱石の「風流」

和田利男『漱石の漢詩』は、漱石の漢詩作成の時期を四期に分けて説明する。第一期は少年時代から明治三十三年に英国留学に向かうまでの試作時代。第二期は明治四十三年七月から十月までの修善寺大患時代。第三期は明治四十五年五月から大正五年の春までの南画趣味時代。そして第四期は最晩年大正五年の八月から十一月までの『明暗』時代である。「風流」の語は、このうちの第二期、修善寺の大患の後、俳句や漢詩に向かう心境をいう言葉として語られる。

『思ひ出す事など』五

・余は年来俳句に疎くなりまさつた者である。漢詩に至つては、殆んど当初からの門外漢と云つても可い。詩にせよ句にせよ、病中に出来上がつたものが、病中の本人にはどれ程得意であつても、それが専門家の眼に整つて（ことに現代的に整つて）映るとは無論思はない。けれども余が病中に作り得た俳句と漢詩の価値は、余自身から云ふと、全く其出来不出来に関係しないのである。平生は如何に心持の好くない時でも、苟くも塵事に堪へ得るだけの健康を有つてゐると自信する以上、又有つてゐると人から認められる以上、われは常住日夜共に生存競争裏に立つ悪戦の人である。仏語で形容すれば絶えず火宅の苦を受けて、夢の中でさへ焦々してゐる。……起承転結の四句位組み合せないとも限らないけれども、何時もどこかに間隙がある様な心持がして、隈も残さず心を引き包んで、詩と句の中に放り込む事が出来ない。それは歓楽を嫉む実生活の鬼の影が風流に纏る為かも知れず、又は句に熱し詩に狂するのあまり、却て句と詩に翻弄されて、いら〳〵すまじき風流にいらいらする結果かも知れないが、夫ではいくら佳句と好詩が出来たにしても、贏ち得る当人の愉快はたゞ二三同好の評判丈で、其評判を差し引くと、後に残るものは多量の不安と苦痛に過ぎない事に帰着して仕舞ふ。

（傍線は引用者による。以下同じ）

ここでは、漢詩や俳句を作る際の、実生活とは異なる境地を「風流」と呼んでいる。また、平生は生存競争の中の火宅の人であり、苛立ちの多い生活の中で、心の内を解放する手段として詩や句に向かうことが出来ない、と言う。「いら〳〵すまじき風流にいらいらする」との語から、風流というものを、超俗的な境地であると同時に、そこに心を寄せた詩句を生む行為として認識していることが分かる。

・所が病気をすると大分趣が違つて来る。病気の時には自分が一歩現実の世を離れた気になる。他《ひと》も自分を一歩社会から遠ざかつた様に大目に見て呉れる。此方《こちら》には一人前働かなくても済むといふ安心が出来、向ふにも一人前として取り扱ふのが気の毒がといふ遠慮がある。さうして健康の時にはとても望めない長閑《のど》かな春が其《その》間《あいだ》から湧いて出る。此安らかな心が即ちわが句、わが詩である。従つて、出来栄の如何は先づ措いて、出来たものを太平の記念と見る当人にはそれがどの位貴いか分らない。病中に得た句と詩は、退屈を紛らすため、閑に強ひられた仕事ではない。実生活の圧迫を逃れたわが心が、本来の自由に跳ね返つて、むつちりとした余裕を得た時、油然と漲ぎり浮かんだ天来の彩紋である。吾ともなく興の起るのが既に嬉しい、其興を捉へて横に咬み竪に砕いて、之を句なり詩なりに仕立上る順序過程が又嬉しい。

ここでは、漢詩や俳句というものが、自由な心と安らかな境地から自然と湧いて出てくるもの、「天来の彩紋」であると言い、また自身の詩が、出来栄えや評価と無縁の、自己自身の楽しみとしての創作であることが語られる。

・当時の余は西洋の語に殆んど見当らぬ風流と云ふ趣をのみ愛してゐた。其風流のうちでも茲に挙げた句に現れる様な一種の趣丈をとくに愛してゐた。

秋風や唐紅の咽喉仏

といふ句は寧ろ実況であるが、何だか殺気があつて含蓄が足りなくて、口に浮かんだ時から既に変な心持がした。

風流人未死　病裡領清閑　日日山中事　朝朝見碧山

……余の如き平仄もよく弁《わきま》へず、韻脚もうろ覚えにしか覚えてゐないものが何を苦しんで、支那人に丈《だけ》しか利《きき》目《め》のない工夫を敢てしたかと云ふと、実は自分にも分らない。けれども（平仄韻字は偖置《さてお》いて）、詩の趣は王朝以来の伝習で久しく日本化されて今日に至つたものだから、吾々位の年輩の日本人の頭からは、容易にこれを奪ひ去る事が出来ない。余は平生事に追はれて簡易な俳句すら作らない。詩となると億劫で猶手を下さない。たゞ斯様に現実界を遠く杳《はるか》な心に些《すこし》の蟠《わだかま》りのないとき丈、句も自然と湧き、詩も興に乗じて種々な形のもとに浮かんでくる。さうして後から顧みると、夫《それ》が自分の生涯の中で一番幸福な時期なのである。風流を盛るべき器が、無作法な十七字と、詰屈な漢字以外に日本で発明されたらいざ知らず、左もなければ、余は斯かる時、斯かる場合に臨んで、何時でも其無作法と其詰屈とを忍んで、風流を這裏《しゃり》に楽しんで悔いざるものである。さうして日本に他の恰好な詩形のないのを憾みとは決して思はないものである。

ここでは、日本人にとって詩（漢詩）は、王朝時代から体に染み込んだ一つの形であること、そして平仄・脚韻といった詩の技巧の中に言葉をこめる作業に「風流」を感じることを言う。同じ感興を、漢詩と俳句、あるいは和歌といった別のジャンルで表現することは、日本独特の詩歌創作の特質である。[*7] 漱石もまた、俳句と漢詩の双方で、風流の境地を同時に詠んだ。また、「風流」を「詩」で詠うのは、中国的詩の伝統、少なくとも唐以前の伝統にはない、独特のスタンスである（中国的詩の伝統については後述）。

二　漱石詩に見る「風流」の意

次に、漱石が自身の漢詩の中で、この「風流」をどのように表出しているのかについて見てみたい。

まず、上述の『思ひ出す事など』にも引用される、修善寺の大病後の詩を見てみよう。

無題　明治四十三年九月二十五日

風流人未死　風流　人未だ死せず
病裡領清閑　病裡　清閑を領す
日日山中事　日日　山中の事
朝朝見碧山　朝朝　碧山を見る

風流な事だ　私は未だ死ぬことも無く
病の中ゆえの静かに澄んだ時間を満喫している
まい日まい日　山中の暮らしを事とし
まい朝まい朝　みどりの山々を眺めるのだ

瀕死の大病から生還し、病臥の生活の中で静かな時間を味わい尽くすことを、「風流」と呼ぶ。それは、山々とそこに広がる緑の空間に、心身融合する境地でもある。
次の詩は、修善寺から東京にもどったのち、朝日新聞の主編であった池辺三山に贈った詩であり、同じく『思ひ出す事など』四に引用されるものである。

無題　明治四十三年十月十一日

遺却新詩無處尋　新詩を遺却して處として尋ぬる無く
嗒然隔牖對遙林　嗒然《とうぜん》として牖《まど》を隔てて遙林に対す

斜陽滿徑照僧遠
黄葉一村藏寺深
懸偈壁間焚佛意
見雲天上抱琴心
人間至樂江湖老
犬吠鷄鳴共好音

斜陽　徑に満ちて僧を照らすこと遠く
黄葉　一村　寺を藏すこと深し
偈を壁間に懸くるは佛を焚《や》くの意
雲を天上に見るは琴を抱くの心
人間《じんかん》の至樂は江湖に老ゆること
犬吠《な》き鷄鳴きて共に好音

語釈　「新詩」：自筆校では「好詩」とするが、「旧詩」→「新詩」と重ねて表現を改めた跡がある。「新詩」とは出来たばかりの詩の謂い。

「嗒然」：『荘子』斉物論に「南郭子綦、隠几而坐、仰天而嘘、嗒然似喪其耦」とあり、忘我の境地にある南郭子綦の様子を「嗒然」と言う。また、蘇軾の「書晁補之所蔵与可画竹」の中に「与可画竹時、見竹不見人、豈独不見人、嗒然遺其身」とあり、竹を描く画家の境地が、対象である竹、描く画家、それを見る人すべてを消失する忘我の境地であることを「嗒然」という言葉で表わす。

「黄葉」：これも同じく蘇軾の詩に拠る。「書李世南所画秋景」に「扁舟一棹帰何処、家在江南黄葉村」と。蘇軾詩から引く二語が共に画中の世界を詠むものであることは、漱石のこの句もまた実景ではなく或いは画中の風景を詠っている可能性を示唆する。

「焚仏」：『五灯会元』巻五に見える丹霞焚仏の故事。丹霞禅師は慧林寺で大寒に遇い木仏を焼いて暖をとったという。

「犬吠鶏鳴」：陶淵明「帰園田居」に「犬吠深巷中　鶏鳴桑樹巓」と。陶淵明の詩文に見える理想郷は「桃花源記」の中でも、犬や鶏の鳴き声が響くのどかな田園風景として描かれる。


作ったばかりの詩、その詩作の苦労も喜びもみな忘れて何も求めない心境の中で、

すべてを忘れて窓越しに遥か林を眺めると、
小道いっぱいに満ちる夕日の光が、遠景に立つ僧の姿を照らし、
村一面に広がる黄葉は寺院を深々と包み込んでいる。
壁に懸ける偈《げ》の謂《い》いは、仏の心は仏像には無いと言い、
天上に流れる雲を見ては、琴を抱くごとき自由な心に思いを致す。
この世の中の最上の楽しみは自然の中で老いること、
犬の鳴き声、鶏の鳴き声がみな心地よい、桃源郷の中で。

この詩は詩でありながら「新詩を遺却」、つまり詩を作るという作為を捨て払った無為の境地の中に遊ぶ心地よさを詠った詩である。寺と僧を描く頷聯は、漱石自身が「実況ではない」という通り[*8]、想像上の風景（或いは画中の光景）であり、作為を忘れた嗒然たる境地に浮かんだ心象風景として詠われる。頸聯の「焚仏」は、南宋の禅史『五灯会元』に見える故事。これも外形よりも心の在り様を重視することを言う。尾聯はもちろん陶淵明を下敷きにしている。人為を去る無為自然の桃源郷の象徴としての犬と鶏を詠む。

作詩という作為の否定から始まり、「意」[*9]「心」こそが大事だといい、無為自然の桃源郷への憧憬をうたうこの詩は、しかし一海知義の示す如く数度に亘る改作を経ている[*10]。漱石の「風流」は、自然なる世界への憧れであると同時に、そこから浮かび上がる「意」と「心」を詩という形態に整える作為でもあった。しかしその作為は更に「遺却」されることで、目的化されぬ作為なのであった。

三　晩年の七言律詩に見る詩作の意識

上述の詩作の意識は、晩年になると更に精鋭化してくる。最晩年の連作である「無題」詩の中に、それを見てみよう。

無題　大正五年八月三十日

詩思杳在野橋東　詩思は杳として野橋の東に在り
景物多横淡靄中　景物は多く淡靄の中に横たわる
細水映邊帆露白　細水は邊を映して帆は白を露し
翠雲流處塔餘紅　翠雲の流るる處　塔は紅を餘す
桃花赫灼皆依日　桃花赫灼として皆な日に依り
柳色糢糊不厭風　柳色糢糊として風を厭わず
縹渺孤愁春欲盡　縹渺たる孤愁　春は盡きんと欲す
還令一鳥入虚空　還た一鳥をして虚空に入らしむ

語釈　「詩思」「野橋東」：漱石「題西川一草亭画」に「十年仍旧灌花人、還対秋風詩思新」と、また同「無題」に「裁断詩思君勿嫌、好詩長在眼中黏」とあり、「詩思」は漱石が好んで使う語である。出典は次の句の「野橋東」と合わせて『唐詩紀事』に見える唐鄭棨の故事「吾詩思在灞橋風雪驢背上」。
「桃花赫灼」：『詩経』周南「桃夭」篇に「桃之夭夭、灼灼其華」と。

我が詩情は町外れの橋の東にぼんやりと漂い、外界の風物もみな淡い靄《もや》の中に横たわる。
周辺の緑を映した浅葱色の川面に白帆がくっきりと浮かび、雲の流れる如く茂る緑の中に塔があり余る赤を際立たせる。
燃えるように咲く桃の花は太陽に向かい、柳の緑はぼんやりと霞み風と戯れる。
とらえどころのない孤独の愁いの内に春は終わろうとする。ふと一羽の鳥が虚空の中に飛び立っていく。

第一句は「灞橋詩思」の故事を襲う。新しい詩は出来たか?と聞かれた唐の鄭綮《ていけい》が、我が「詩思」は「灞橋風雪、驢背上に在り」つまり、私の詩情は長安郊外の灞水にかかる橋、そこに降りこめる風雪の中、そして驢馬の背の上にあるのだが、どうやってそれをとって来よう、と答えた故事である。それは、詩は「思い」から生まれるもの、また詩作とは言葉以前の「思い」を言葉に手繰り寄せる行為であることを言う。漱石はこの故事を下敷きにして、言葉以前の思いも目の前の光景も、ともに曖昧模糊の中にあることを言う。

このように首聯においては、ぼんやりとした詩想と輪郭を持たぬ風物をうたうが、頷聯・頸聯では反対に色彩の際立った光景を描く。水辺の白い帆と緑の中の赤い塔、桃と柳の対は、しかし実景ではあるまい。桃花と柳色の対は類型的であり、白い帆と赤い塔の対は描写として煉れていないからである。対句も語彙も非常に抽象的なこれらの描写は、尾聯の「縹渺たる孤愁」を際立たせるためにあると考えられる。「縹渺」は実体の捉えがたいさまを言う。過ぎ逝く春の光景と、とらえどころのない愁いを、虚空に直線的に飛んでいく鳥の飛翔と対照させることで、この詩は一つの境地を描こうとしている。

ところで、漱石晩年の詩作は、そのほとんどが七言律詩である。この七律という、定型の中でも最も難易度の高い詩形は、盛唐の杜甫が確立した。晩年の杜甫の七律は、詩を支えた精神性の高さと表現技巧の精緻さにおいて、他の追随を許さない。杜甫が詩聖と呼ばれた所以は、その詩の芸術性の高さにあった。*11

漱石が大正期以降、杜甫から大きな影響を受けたことは、和田利男『漱石の漢詩』に言う通りであろう。*12 漱石晩年の七律が杜甫詩の風格と類似するのは、漱石の杜甫への傾倒を示している。ただ、杜甫が中国的詩の展開の中で、その最高峰に君臨するのは、その詩が「詩言志」という詩の伝統をまっすぐに引き継ぐからである。「詩言志」は、詩というものが、現実へ向かっていく「志」の表れとしてその価値を有するという中国の伝統的詩歌観である。

風物や情緒を謡いながらも、最終的には大きな意志へと繋がる中国の伝統的な詩のありようと、漱石の漢詩の境界とは異質である。漱石のこの詩は、「縹渺たる孤愁」の語が端的に示す如く、抽象的な愁いを、印象的、あるいは象徴的に描く。晩春の淡靄の中に漂う「思い」を、大空を横切る一羽の鳥の飛翔に対峙させて、とらえどころのない愁いを詠っているのだ。この抽象性や象徴性は、しかし表現における近代性につながっていく。漱石の七律が、語彙や詩想において古典的詩歌の伝統を引き継ぎながらも、極めて新しい境地を切り開いているのは、おそらくこの象徴性にあるだろう。

作詩に関連する詩をもう一首見てみたい。

無題　大正五年九月二十四日

擬將蝶夢誘吟魂　蝶夢をして吟魂を誘わしめんと擬し
且隔人生在畫村　且《しばら》く人生を隔てて畫村に在り
花影半簾來着靜　花影は半簾に來りて靜に着き
風蹤滿地去無痕　風蹤は地に滿ちて去りて痕無し
小樓烹茗輕烟熟　小樓に茗を烹《に》れば輕烟に熟し

午院曝書黄雀喧　午院に書を曝すれば黄雀の喧《かまびす》し
一榻清機閑日月　一榻の清機　閑《しず》かなる日月
詩成黙黙對晴喧　詩成りて黙黙として晴喧に對す

語釈　「蝶夢」：『荘子』斉物論に「荘周夢為胡蝶、栩栩然胡蝶也。……俄然覚、則蘧蘧然周也。」とあり、荘子が胡蝶になった夢から覚めたのち、自分が夢で胡蝶になったのか、胡蝶が夢で荘子になったのか、と夢と現実を相対化した「胡蝶夢」の故事。「烹茗軽烟」：杜牧の「酔後題僧院」に「今日鬢糸禅榻畔、茶烟軽颺落花風（鬢に白いものが混じるようになった私はいま禅寺の長椅子の端に腰かける。茶を烹る煙が、咲く花を散らす同じ風に軽やかに巻き上げられる」と。

荘子の胡蝶夢の世界に入り込み詩心を誘おうと試みて、暫くの間世俗を離れて画中の世界に遊ぶ。花は簾の半ばまで静かにその影を落とし、風は辺り一面を駆け回ると痕も無く去ってゆく。小楼に茶をたてる烟が軽く上り茶の香りが濃厚に立ちこめ、日の高い中庭に書を干せば雀がチュンチュンと囀る。粗末な腰掛に纏《まつ》ろう清らかな心持と静かな時間、一首の詩を書き上げた私はひとり黙って暖かい日差しと向き合っている。

この詩で詠われる詩作の空間は、一つには「胡蝶夢」が「吟魂」を誘う、つまり夢と現実との狭間として、いま一つには現実の空間から隔絶された画中の世界として描かれる。花が影を落とし、風が気儘に吹きすぎる静かな空間、また茶の香り立つ書院の榻《ながいす》、そこに立ちこめる静寂と俗世からの隔離とが、「詩」を「成」す空間なのである。

晩唐の杜牧の風景描写として際立って特徴的な一句（「酔後僧院に題す」に「今日の鬢糸　禅榻の畔、茶烟　軽く颺ぐ落花の風」）を、漱石は度々自身の詩の中に援用する。禅榻の畔に吹きそよぐ風が、花を散らし茶をたてる烟を軽やかにゆらす静かな空間こそ、漱石にとって吟魂を誘う安らぎの場なのであった。

もう一首、同時期の七絶を挙げる。

無題　大正五年十月六日

非耶非佛又非儒　　耶に非ず佛に非ず又た儒に非ず
窮巷賣文聊自娯　　窮巷に文を賣りて聊か自ら娯しむ
採擷何香過藝苑　　何の香を採擷せんとして藝苑を過ぐるや
徘徊幾碧在詩蕪　　幾の碧を徘徊せんとして詩の蕪なるに在るや
焚書灰裏書知活　　焚書せる灰の裏に書は活くるを知り
無法界中法解蘇　　無法の界中に法は蘇るを解す
打殺神人亡影處　　神人を打殺して影も亡き處
虚空歴歴現賢愚　　虚空歴歴として賢愚現る

語釈　非耶一句：白居易「池上閑吟」に「非道非僧非俗吏」とあり、また売茶翁「偶作」にも「非僧非道又非儒」とある。
「無法界」：『景徳伝灯録』巻一に「法本法無法、無法法亦法（法は本と法として無法なるも無法も法として亦た法なり）」と。
「打殺神人」：『臨済録』に「逢仏殺仏、逢祖殺祖、逢羅漢殺羅漢、逢父母殺父母、逢親眷殺親眷、始得解脱」と。

耶蘇《やそ》教徒でも仏教徒でもなく儒者でもない私は、路地裏の売文稼業を自ら聊か楽しんでいる。文藝の園を行き来してもどれほどの香り立つ草花を摘み取ることができようか、猥雑な詩の集積の中をさまよったとてどれほどの佳句を得ることができようか。

書物を焼き捨てたその灰の中に書物の活きる道があり、無法の世界の中に始めて法は蘇るという。神も人も全て打ち倒し姿かたちも消え失せたところ、その虚空の中に始めてはっきりと賢と愚とが立ち現れるのだ。

この詩には、激しい否定が繰り返される。「文」に携わること、「詩」の園に遊ぶことを第一義的に求めない。書も法も、外殻に過ぎない。現実世界のあらゆる価値を脱却した虚空の中に、真の智慧が現れる、というのだ。詩を書くという行為は決して目的化されることはなく、自らの文筆活動も「売文」と戯画化される。晩年の七律は概して「虚空」「虚白」「虚明」の境地に向かい、それらは「空中」「天外」の「白雲」に集約されていく。冒頭に見た「無題」一首の「白雲」も、同様の境地を歌うものであった。

四　漱石にとっての漢詩

如上の自己表現は、ではなぜ漢詩という形態をとったのか。ここでは、漱石の漢詩に対するスタンスについて、ひとつは小説という形態との対比を通して、いま一つには洗練されない詩への批判を通して考えてみたい。

①　小説との対比

晩年の漱石が、『明暗』の執筆と並行して午後の時間に漢詩を書くことを日課としていたことはよく知られる。八月二十一日、久米正雄・芥川龍之介宛の書簡に、以下のように言う。

　夫でも毎日百回近くもあんな事を書いていると大いに俗了された心持になりますので三四日前から午後の日課として漢詩を作ります。日に一つ位です。さうして七律です。中々出来ません。

小説という文体は、その文字面通り、中国の文の歴史の中では「つまらない話」「下世話な噂話」の謂いであった。男児たるものの関わるべきは、身を立て名を揚げ天下国家のために有用な人材になること、つまり「経国の大業」であって、その大いなる表現は「文」と呼ばれ儒教的価値を有した。「文」の対極にあった小説は、しかし近代になると西欧的文学概念の導入とともに、文学の中心的存在になっていくのだが[*13]、漱石の時代はまだ近代小説の熟す以前であった。と言うよりは、漱石によって小説は近代文学の位置に押し上げられたと言った方が良いかもしれない。漱石がその小説の創作を、「俗了」というのは興味深い。人間の凡俗を執拗に描くことは、小説の持った近代性の一つだと思うからだ。志や精神性とは対極の、いじましい生活感情や喜怒哀楽を掬い取る小説の技法は、漱石の文学のもっとも優れた特性であろう。その世俗性との対比において、漢詩の存在意味があることを、この書簡は語っている。

小説と漢詩の対比はまた、俗と雅の対比だとも言える。漱石にとって漢詩は、洗練された表現と精神性の高さを必要とする「雅」なる表現であり、それは「俗」を掬い取る小説とは異なる境地を背景に持つものだったのだ。

またそれは、「公」と「私」の対比としてもとらえられよう。公開性を前提とし、読まれるための文章（漱石の場合は小説）と、私的空間の中で、あくまでも自身の為に創作する詩、という対比である。そこには、公的性格の強い詩と、小事としての小説という伝統的文意識からの逆転現象がある。私的表現、自己解放としての漢詩創作というスタンスは、日本漢詩においては決して珍しくはないが、しかしそれを小説との対比を通してみる時、漱石の漢詩創作の特性が際立つ。

② 洗練されない詩作の批判（広瀬中佐の詩への酷評）

漢詩を「雅」なる表現と認識していた漱石にとって、雅ではない漢詩、卑俗な漢詩は酷評の対象となる。『漱石全集』第一六巻に、「艇長の遺書と中佐の詩」という小文がある。これは、明治四十三年七月二十日『東京新聞』「文芸欄」に載せたものであり、のち『切抜帖より』に収録された。内容は、日露戦争における旅順港閉塞作戦を指揮した海軍軍人広瀬武夫（一八六八―一九〇四）の作戦出発前に残した詩を、沈没艦の艦内でその状況を克明に記した佐久間艇長の遺書と比べて論じたものである。広瀬はこの戦いで戦死し、軍神として祀られることになった軍人である。

……露骨に云へば中佐の詩は拙悪と云はんよりは寧ろ陳套を極めたものである。吾々が十六七のとき文天祥の生気の歌などにかぶれて、ひそかに慷慨家列伝に編入してもらひたい希望で作つたものと同程度の出来栄である。文字の素養がなくとも誠実な感情を有してゐる以上は誰でも中佐があんな詩を作らずに黙って閉塞船で死んで呉れたならと思ふだらう。……（中略：ここで佐久間艇長の遺書に言及・・筆者注）……広瀬中佐の詩に至つては毫も以上の条件（已むを得ざる状況で遺さなくてはならないという人間としての極度の誠実心によつて他の為に書いたということ・・筆者注）を具へてゐない。已を得ずして拙な詩を作つたと云ふ痕跡はなくつて、已を得るにも拘はらず俗な句を並べたといふ疑ひがある。……中佐は詩を残す必要のない軍人である。しかも其詩は誰にでも作れる個性のないものである。のみならず彼の様な詩を作るものに限つて決して壮烈の挙動を敢てし得ない、即ち単なる自己広告のために作る人が多さうに思はれるのである。其内容が如何にも偉そうだからである。又偉がつてゐるからである。

　道義的情操に関する言辞（詩歌感想を含む）は其言辞を実現し得たるとき始めて他をして其誠実を肯はしむるのが常である。余に至つては、更に懐疑の方向に一歩を進めて、其言辞を実現し得たる時にすら、猶且其誠実を残りなく認むる能はざるを悲しむものである。微《かす》かなる陥欠は言辞詩歌の奥に潜むか、又はそれを実現する行為の根に絡んでゐるか何方かであらう。余は中佐の敢てせる旅順閉塞の行為に一点の虚偽の疑ひを挟むを好まぬものである。だから好んで罪を中佐の詩に嫁するのである。

漱石はこの文で、広瀬中佐の殉死を批判するわけでもなく、またそれを称揚する軍国主義的風潮を批判するわけでもない。そうではなく、その壮絶な殉死の価値を貶める劣悪な漢詩のあり様に、苛烈な批判を加えるのである。それは、一つにはその詩が「拙悪と云はんよりは陳套」であること、一つには「已を得ない」状況での作詩でないことに起因する。仮に中佐の詩が極めて洗練されたものであったなら、漱石はこれほどまでに酷評はしなかったであろう。しかし陳腐な詩を生むのは、陳腐な精神である。ここでは沈没する潜水艦の中で書かれた佐久間艦長の遺書がその対比として言及されているように、切迫性もなく、誠意もなく、自己宣伝のために書かれたが如き中佐の作詩の背景を、痛烈に批判するのだ。

　漱石の批判した中佐の詩とは下記の如きものであった。

七生報国　　七たび生まれて国に報いん

一死心堅　一たび死せんと心堅し
再期成功　再び成功を期して
含笑上船　笑みを含んで船に上る

確かにこれは様々な意味でまずい詩である。というより、詩と呼べる代物ではない。しかし漱石の非難の矛先はその稚拙さにはない。陳腐な詩を生んだ精神性の低さ、俗な句を並び立てて自己を飾ろうとしたその不誠実な表現行為を漱石は憎んだのだ。

漱石にとって詩というものが、止むを得ざる己の誠意を表出するものとして認識されていたことが、ここからも分かる。漱石の「風流」が、精神性の高さと洗練された表現を言うものだとすれば、その双方をもたない陳腐な自己宣揚は、漱石の激しい非難の対象となるのは当然であった。

しかしながら、実はこの時期、日清日露戦争に向かう兵士を鼓舞する目的で、多くの漢詩が作られたという現実があった。それらは画一的で陳腐なものが多くあったとはいえ、国家的な戦意高揚に効果を持った。民心の鼓舞に漢詩を用いることは、極めて一般的であったのだ。

例えば、明治二十八年（一八九五）、日清戦争の戦意高揚のために出された『征清詩集』[*14]は、その最も早いものである。題名から分かる通り、清国を征伐することを正義と掲げて美化する漢詩文を大量に載せる。またそこには当時の名だたる文人・武人が、作者として名を連ねている。[*15]また『征清雑詩』（明治二十八年）[*16]・『征清詩史』（明治三十年）[*17]も同様の詩集であり、官民こぞって私財を投じてこの種の詩集を出版している。

また、黄海会戦の際、軍艦高千穂のマストに鷹が止まったことを機に、伊東巳代治（一八五七—一九三四）が「霊鷹記」を作り、神武東征の際の金鵄に見立てると、多くの漢学者が「霊鷹」に関する漢詩文を作った。官僚として名の高い末松謙澄（一八五五―一九二〇）は「読霊鷹記」（『青萍集』巻一）という楽府仕立ての歌を作り、黄海会戦での日本海軍の圧勝を強調する。また、明治の漢学者として著名な亀谷省軒（一八三八―一九一三）にも「霊鷹」（『省軒詩稿』巻一）と題する長編の漢詩がある。これは、大本営の在った広島での臨御会議の際、明治天皇に献上されたとおぼしきものであり、「絶海艨艟我武揚、何来鷙鳥止高牆」と意気盛んに歌い始める。戦いへの高揚感に満ち、戦争の神聖視が見える。

国分青崖「此一戦」は、明治三十八年の日本海海戦を「圧海而来来何船、黒煙数条濛蔽天、皇国興廃此一戦、奮励努力期各員……」と歌う。「皇国の興廃此の一戦にあり、各員奮励努力せよ」は、戦意高揚のスローガンとして定着していくことになる。[*18]

漢詩とはそもそもこのように、目的をもって人の心を高ぶらせるものであった。詩のもつ社会性というものが、未だ生きて力を持っていた最後の時代が明治・大正期であった。盛んに作られた「霊鷹」の詩群、戦意高揚の一連の詩歌の流れの中に広瀬中佐の詩はある。と言うことは、むしろこちらが当時の一般的な漢詩だったのだ。漱石はしかし、そのような時代に、「風流」という、社会性とは正反対の態度を作詩の背景に据えた。ここに漱石の漢詩の特徴があり、また文学性があるのだと言えよう。

おわりに――風流：詩における伝統性の継承と近代性の表現

最後に、漱石の漢詩が中国の古典詩あるいは日本の漢詩から、何を受け継いだのかを、「風流」を手掛かりに考えることで、漱石の漢詩の独自性を明らかにしたい。

漱石はまず、陶淵明から「拙」を守る生き方を継承する。すなわち世の中と上手く折り合いをつけ立身出世を価値とする生き方の対極への志向を継承しているのだ。「拙を守って」「園田に帰」った陶淵明の生き方は、中国の伝統的知識人の処世、あるいは文意識とは異なる。中国の伝統的文学観では、表現行為は常に公の価値であり、現実や社会と切り結ぶことを強く求められた。陶淵明はそのような公の価値を拒否し、私的な営みを楽しんだ。そしてまた個人の思いを抒情的に歌うという陶淵明の詩文もまた、中国的詩歌の流れの中では極端な傍流である。矛盾に満ちた自己の人生を背景に、美しい自然描写を通して、調和的な世界を描き上げる陶淵明の創造世界は、漱石の漢詩のそれと類似する。詩を詠むという行為が、陶淵明にとって一つの自立した価値を持っていたのは、拙なる生き方の裏返しとして、それが存在したからだ。現実や社会に対して「拙」であることと表現行為の自立性という近代文学に繋がる要素を、陶淵明の詩作の中に見ることが出来る。漱石もまた非現実、非社会的境地を漢詩の世界に詠った。それは、「拙」なる自己を解放する手段としての創作であった。

漱石はまた、寒山や良寛から「愚」、すなわち小ざかしい世俗の価値を無みする意思を受け継ぐ。漱石の「大愚難到志難成（大正五年十一月）」「吾失天時併失愚（大正五年十月）」などは「愚」を強調する詩である。また知識も技巧も豊富に持ちながら敢えて「我詩是非詩」と嘯く良寛の超俗的境地は、漱石の憧憬の対象であった。

これら陶淵明の「守拙」、良寛の「愚」に表れる超俗的境地を求める漱石の風流は、同時に表現における技巧を排除しない。盛唐の王維からは「獨幽」の境地と仏教的静謐、そして自然描写の美しさを[*19]、また杜甫からは凝縮した詩表現を、そして杜牧詩からは晩唐の瀟洒な詩表現と印象画的かつテクニカルな風物描写を受け継ぐ。表現の洗練、修辞技法の鍛錬を重視することも、漱石の風流の一側面である。漢詩の作成は、形式への志向を持つ点で、知的遊戯性をともなう東洋的な精神昇華の手段としてもあるのだ。

また、作詩という行為における「私」的な方向性も、漱石の「風流」の一側面と言えよう。その表現行為は社会へとは向かわず、私的な「個」に向かう。そこに詠われる思想性の強い個我、あるいは抽象的な感覚は、旧来の古典詩が持っていた詩想とは異なる。抽象性・思想性を読み込むことで、漱石の漢詩は近代性を獲得している。

明治という時代は、前近代的価値と近代的価値とが、融合と対立のうちに新しい展開を模索していた時期である。国家の形、教育の形、学問の形が変わり、東洋的な概念と西欧の概念とが拮抗しつつ併存した文字通りの過渡期に生きた漱石は、その自己表現の形として様々なスタイルの小説を書いたと同時に、漢詩という旧来の器に新しい思いを盛った。知的操作と感性の練磨に加えて、精神性の高さを求めた漱石の漢詩創作は、中国の伝統的詩歌とも、抒情を中心にすえた西洋のPoemとも異なる、新しい文学性を獲得している。

近代的感性と近代的思想性を、伝統的な形に乗せて歌い上げた漱石の漢詩は、近代日本人の自己表現の手段として、一つの境地を示すものだと言えるのではないだろうか。

注

1 本稿における漱石の漢詩は、『漱石全集』巻十八（岩波書店　一九九五年）を底本とする。語注については、『全集』の一海知義を参考にしたが、必ずしも全てを一海に拠らない。

2 詩讖とは、自ら詠んだ詩の中に、自身の将来を無意識のうちに予言する内容が含まれている、という詩による予言を言う。特に有名なものとして、初唐の劉希夷が「年年歳歳花相似　歳歳年年人不同」と詠って間もなく死んだ話があり、詩話や詩論を通じて日本でも知られていた。

3 和田利男『漱石の漢詩』（文藝春秋　二〇一六年）は、和田の『漱石の詩と俳句』（一九七四年刊行　めるくまーる社）を底本に、抜粋・再編集して学芸ライブラリー版として発刊された。

4 昭和二十一年、十字屋書店。

5 昭和四十二年、岩波書店。

6　新版『漱石全集』第十八巻「漢詩文」（岩波書店、一九九五年）。

7　牧角悦子「日本漢詩の特質――中国詩歌の受容と日本的抒情性について」（『日本漢文学研究』八号　二〇一三年）。

8　『思ひ出す事など』「四」に「……此詩は全くの実況に反してゐるには違いないが、たゞ当時の余の心持を詠じたものとしては頗る恰好である」と。

9　「意」の重視は、中国の文論・詩論の中で、特に六朝期から顕著にみられるものである（陸機「文賦」に「恒患意不称物、文不逮意（恒に患う　意の物と称さず、文の意に逮ばざるを）」と）。文（表現）と意（表現せんとするもの）のバランスは、古典詩文の創作における最大のテーマである。

10　『漱石全集』巻十八。

11　杜甫詩の芸術性については、牧角悦子「中国文学という方法――両漢・六朝から唐代までの文学意識と詩文――」（二松学舎大学文学部中国文学科編『中国学入門』勉誠出版　二〇一五年）参照。

12　和田は漱石が橋口に宛てた大正二年の書簡に基づき、漱石が杜甫詩を一通り読んだのは大正二年のことだとする（和田利男『漱石の漢詩』文藝春秋　二〇一六年）。

13　小説と近代の問題に関しては、牧角悦子「魯迅と小説――「速朽の文章」という逆説――」（日本聞一多学会報『神話と詩』第十四号　二〇一六年）参照。

14　柳井絅斎（一八七一―一九〇五）編の漢詩文集。柳井は備中高梁出身のジャーナリスト。

15　政治家としては副島種臣・末松謙澄、軍人としては乃木希典、また漢学者としては川田甕江・三島中洲・川北梅山・亀谷省軒・依田学海・信夫恕軒など。

16　小谷篤（一八三七―一九一二）編の漢詩集。小谷は備中呰部村出身の医師。

17　高橋白山（一九三七―一九〇四）編の漢詩集。

18　以上の資料は、平成二八年度二松学舎大学資料展示室企画展図録『三島中洲と近代　其四――戦争と漢詩』（町泉寿郎編）に基づく。

19　漱石の漢詩への王維の影響については、注3引用和田利男著書参照。

漱石文学の生成――『木屑録』から『行人』へ

野網摩利子

一　読むことと書くことの喜悦

漢文にとって型は重要で、山水を記す文は、最も大きな型の一つである。三世紀の『水経《すいけい》』四十巻に施した北魏の酈道元《れきどうげん》による大部の註や、韓愈とともに古文復興を提唱した中唐の柳宗元による『山水遊記』など、読者の生活のとなりに、未知のあるいは既知の山水を出現させ、そこへ雄飛する楽しみを与えた。その読者にはむろん、日本の読者も含まれる。江戸時代初期までは出版物のほとんどが漢籍であったことを忘れてはならない。

漱石は、一八八九（明治二十二）年七月二十三日から八月二日まで、兄の和三郎（直矩《なおただ》）と興津へ旅行をする。興津、清見寺、清見潟、三保の松原の景観について、八月三日付正岡子規宛ての手紙で、漱石は漢文の報告をなす。漱石が子規に漢文を贈った最初であろう。漢詩を贈った最初はその三ヶ月前の五月のことで、子規による文集『七草集』への評であった。

つづいて漱石は同年八月七日から三十日まで同窓生と房総半島を旅行する。漢文の紀行文としてまとめ、その手稿の扉に「明治二十二年九月九日脱稿　木屑録　漱石頑夫」と署名し、子規に贈った。「木屑録」中にも興津遊行について言及されている。

子規は一八九一（明治二十四）年、房総半島を旅行して、「かくれみの」という紀行文を記す。宿泊先で酒井抱一の屏風を気に入り、譲ってほしいと交渉するも断られる。このエピソードを漱石は子規死後の一九一〇（明治四十三）年の小説『門』に用いている。

一九〇〇（明治三十三）年、漱石が英国留学前に子規庵を訪問後、子規は根岸から興津へ居を移そうと計画するも、反対され、断念する。ことほどさように、漱石と子規とは、紀行文を交換し、読みあい、合わせ鏡のなかに生きて悦び、創作していた。

彼らは、その合わせ鏡のなかに自分たち以前に存在してきた日中の文人も無数、影武者として取りこんでいる。子規は漱石の『木屑録』について、きみは自身を「柳州」（柳宗元）に比しているねと漢文評を付すとおり、『木屑録』は先に挙げた『山水遊記』の影響下にある。また、『木屑録』中、誕生寺周辺の山水について記した部分を、子規は『水経』にすらこのような字を用いて生彩豊かに表現した例はないだろうと、同じく漢文での評で称賛している[*1]。

二　『木屑録』と『筆まか勢』

『木屑録』は古人の域に達していない自分の文を恥じる言葉から始まり、富士登山と興津遊行を経て、房総地方旅行の叙述に入る。船旅での忸怩たる思い、海浜で日焼けして自失の思い、保田で太平洋に面した奇岩に驚き、興津と対比しての二絶が作られる。都会住まいの自分の気持ちの変化も一絶に賦す。同行の五人の友人について述べながらも、彼らの気づかないうちに、清の文人邵長蘅《しょうちょうこう》のように、自分は内なる考えを組み立てていると胸を張る。波音を聞きながら、また絶句を詠む。「正岡獺祭」の書が届いたからと、一絶で応じ、蘇東坡《そとうば》（蘇軾《そしょく》）が文与可《ぶんよか》（宋の文人画家、文同《ぶんどう》）に詩を贈ったことに喩える。子規の返事にあった次韻の詩を引き、さらに絶句を作る。鋸山の霊山の姿を描き、行基の開山、良弁、空海、慈覚の来山を記す。今日荒廃するなか、石仏、羅漢の意外な多さに心を動かされたという。古詩を詠む。その詩は子規に「筆まか勢」（第一編）で、「其曲調極めて高し　漱石素と詩に習はず　而して口を銜けば則ち此の如し　豈畏れざるを得んや」[*2]と言わしめるほどだ。洞のさまが奇観で、おしゃべりな友人も黙り込む。大愚山人（米山保三郎）のことを思い出し、保田の隧道を古詩に詠む。柴野是公（中村是公）との江の島遊行を思い出す。巨岩と海が描写される。

このように進んできた『木屑録』は、つぎの節から高揚する。日蓮の誕生寺と鯛の浦を記すくだりである。舟を雇って鯛の浦を見に行ったところを引こう。

距岸数町有一大危礁当舟濤勢蜿蜿延長而来者遭礁激怒欲攫去之而不能乃躍而超之白沫噴起与碧濤相映陸離為彩礁上有鳥赤冠蒼脛不知其名濤来一摶而起低飛回翔待濤退復于礁上[*3]

（岸を距《へだ》つること数町にして、一大危礁《きしょう》有りて舟に当たる。濤勢《とうせい》の蜿蜿《えんえん》として、延長して来たれる者、礁に遭いて激怒し、之を攫《つか》み去らんと欲して能《あた》わず。乃ち躍《おど》りて之を超え、白沫噴起《はくまつふんき》し、碧濤《へきとう》と相映《あいえい》じ、陸離《りくり》として彩《さい》を為せり。礁の上に鳥有り。赤冠《せきかん》にして蒼脛《そうけい》、其の名を知らず。濤《なみ》来たれば一摶《いったん》して起《た》ち、低飛回翔《ていひかいしょう》し、濤の退くを待ちて、礁上に復《かえ》る。[*4]）

波の勢いがどんどん延びてきて、礁（水面下の岩）に当たって波が激怒し、礁をつかみ去ろうとしてできない。そこで波は躍りかかって礁を超え、白いしぶきが噴出して湧き上がり、碧の波と映えあい、きらめき輝く彩を作る。礁の上に立つ鳥がいる。赤い冠、蒼い脛、その名は知らない。波が来れば羽ばたいて飛び上がり、低く飛んで回り、波の退くのを待って、礁の上に帰る。

三　漢文史上の試み

子規は文のコレクターであり、自分のところに来た、良いと思った文を書き写しておく習慣があった。青年期の一八八四（明治十七）年から一八九〇（明治二十三）年までのそれは「筆まか勢」（「筆任勢」「筆まかせ」）と題されている。「筆まか勢」では、『木屑録』を「駿房漫遊紀行」と呼んで引く。駿河が入っているのは、『木屑録』が直前の興津旅行に言及するからであろう。

先に引いた『木屑録』の一節は、子規が驚嘆し、書き写し、評言を残している所である。子規はそこをこう評する。

濤勢云〻の数句は英語に所謂 personification なるものにて　波を人の如くいひなし　怒といひ攫《かく》といひ躍といふ　是の如きつゞけて是等の語を用ゐしは恐らくは漢文に未だなかるべく　漱石も恐らくは気がつかざりしならん、されど漱石固より英語に長ずるを以て知らず〳〵こゝに至りしのみ　実に一見して波濤激礁の状を思はしむ。又後節鳥を叙するの処　精にして雅、航海中数〻目撃するのこと　而して前人未だ道破せず　而して其文、支那の古文を読むが如し。[*5]

読者の目前で波しぶきが立ち、海の碧とともに輝くかのような、漱石の筆の鮮やかさに驚いている。とくに感嘆するのは波を擬人化しているくだりである。波が激怒したり、礁を攫み去ろうとしたり、躍りかかったりと、つづけざまにこれらの語を用いた例は、漢文にいまだないだろう、漱石もそのことに気づいていないだろう。しかし漱石は英語に長ずるから知らず知らずのうちにここに至ったのだ。[*6] その表現はじつに一見して波が礁にぶちあたっているさまを思わせる。後節にある鳥の描写などは、精確かつ優雅な叙述で、礁の上に鳥が立つのは航海中よく目撃されることなのに、いまだ前人がこのような描写をしたことはない。[*7] 未踏の試みである。にもかかわらず、その文は中国古文を読むかのようだと。

ここで注意したいのは、漢文史上でなされたことのなかったことを漱石が成しえたと、子規が発見し、感嘆し、賞賛している点だ。眼前にその景観が立ち現れることが紀行文を読む者の楽しみであるとするなら、その究極の面白みを、漱石の文は、いまだなされたことのなかった漢語の用い方で実現した。さらに、いまだかつて誰も着目したことのなかった、礁の上の鳥が飛び上がったり戻ったりする景色を見事に叙述した。子規はそこに驚嘆したのだ。[*8]

子規の写生理論は、伝統的な修辞に囚われず、自分の感覚で把握した景物を描写するという実践活動であったが、子規の射程に入っていたのは、俳句、短歌、叙事文についてばかりではなかったのだろう。漢文においても、それが実現できるならば、それは真の文学者だ。漱石に自覚あるなしとは別に、漱石が成し遂げている新しい漢文に、子規は最大の評価を呈した。

大原観山に漢文を叩き込まれた子規だからこそ、伝統的漢文への対抗意識を持つことができていた。子規はその実践が容易でないことについて、誰よりも知っていたといえよう。漱石『木屑録』に驚嘆しえたのは、正規の漢文教育を受け、そのうえで、表現者となった子規だったからであった。この『木屑録』評は、漱石からすると、新しい文学の創作者であると認定された証書のようなものであったと考えられる。

四　擬人化表現

漱石は『木屑録』評で子規に明言されるまで、自分が漢文で新しい創作を成し得ていたと気付いていなかったのであろう。文の創作家にとって、自分の言語使用について、気が付いていなかったところから気づきえたところへと押し上げてもらえるのは、忘れがたい強みとなる。

子規の十回忌を九月に越えた一九一二（大正元）年十二月、漱石は『行人』を連載しはじめる。この小説は東京に住む長野二郎が大阪に旅行している場面から始まる。あとから二郎の兄の長野一郎、その妻のお直、一郎・二郎の母も来る。みなで和歌山へ足を延ばす。

『行人』は、紀行文の性格を有しているといえよう。章立ては「友達」「兄」「帰つてから」「塵労」である。東京で話が展開するのは「帰つてから」章のみに過ぎない。小説の半分以上を「塵労」章が占め、当該章はHさんという、一郎の友人の大学教師が、旅行中の一郎の様子を二郎へ報告する手紙が大部分を占める。

Hさんと一郎との、行き当たりばったりの旅行は、沼津、修善寺、小田原、紅が谷（鎌倉材木座）と進む。二郎がHさんからの手紙を読み、それから時を経て、自分と一郎と直とについて回顧したのが『行人』前半の手記である。「友達」「兄」「帰つてから」章がそれに相当する。

Hさんは一郎との旅行を続けるうちに、二郎や、彼らの父母が気にするとおり、尋常でない一郎の様子に気づく。紅が谷に来て、ようやく手紙で報告する時間と場所を見出した。その手紙より掲出する。箱根に着いた翌日にあった出来事が記されている部分である。

一郎が荒れ模様の天候にもかかわらず、一郎は「是から山の中を歩く」と言い出す。「凄《すさ》まじい雨に打たれて、谷崖《たにがけ》の容赦なく無暗《むやみ》に運動するのだと主張」する。

兄さんはすぐ呼息《いき》の塞《つま》るやうな風に向《むか》つて突進しました。水の音だか、空の音だか、何とも蚊《か》とも喩へられない響の中を、地面から跳ね上る護謨球《ゴムだま》のやうな勢ひで、ぽん〳〵飛ぶのです。さうして血管の破裂する程大きな声を出して、たゞわあつと叫びます。其勢ひは昨夜《ゆうべ》の隣室の客より何層倍猛烈だか分りません。声だつて彼よりも遥に野獣らしいのです。しかも其原始的な叫びは、口を出るや否や、すぐ風に攫《さら》つて行かれます。それを又雨が追ひ懸けて砕き尽します。兄さんは暫《しばら》くして沈黙に帰りました。けれどもまだ歩き廻りました。呼息が切れて仕方なくなる迄歩き廻りました。

（「塵労」四十三）*9

一郎は「凄まじい雨」に打たれながら「風に向つて突進」し、水の音だか空の音だかの響の中で飛びながら、叫んだという。原始的な叫びが「すぐ風に攫」われ、雨によって砕かれた。風が一郎の叫び声をさらうと書き留めれようとして、「攫」という漢字が使われたことに注目しよう。風を擬人化し、征服主体とする表現である。『木屑録』と同じレトリックが採用されている。「攫《さら》」うと読ませるのは漢文にない用法だ。漱石は『木屑録』のその部分について子規が「漢文に未だなかるべく」と評したのを覚えていて、思わずここで、「攫」を使ったのではないだろうか。

五　宗教に入るか

Hさんと一郎との対話は、宗教と深い関わりがある。一郎が嵐のなか突進を試みた日の宵、Hさんは「兄さんから思ひ掛けない宗教観を聞かされた」（「塵労」四十三）という。

小田原で、一郎はHさんに対し、「死ぬか、気が違ふか、夫《それ》でなければ宗教に入るか。僕の前途には此《この》三つのものしかない」（「塵労」三十九）と言っていた。この三択より他に歩む道がないと親友が苦しんでいるなら、宗教を選ぶよう促すしかないだろう。

Hさんははたして、イスラム教のモハメッドを見習うよう、一郎に言ったのだ。モハメッドは山を動かすと宣言しておきながら山が少しも動かないのを見たとき、「山が来て呉れない以上は、自分が行くより外に仕方があるまい」と「すた〳〵山の方へ歩いて行つた」とHさんは言う。一郎に対し、「何故山の方へ歩いて行かない」（「塵労」四十）と諭しはじめた。Hさんは逆に一郎に詰問され、行きがかり上、神にすべてをゆだねていると答えざるをえず、一郎に横面をはたかれてむっとする。一郎から「少しも神に信頼してゐないぢやないか」（「塵労」四十一）と言われる。嵐の場面を経てその晩に、一郎は自己の宗教観を明かす。小田原での議論の続行と考えられる。一郎が目指すのは「凡《すべ》ての対象といふものが悉くなくなつて、唯《ただ》自分丈《だけ》が存在する」という「絶対即相対」（「塵労」四十四）の境地だという。

また一郎は、紅が谷の別荘で、「香厳《かうがん》」（香厳《きょうげん》）という禅僧の話をHさんにする。Hさんがモハメッドを出したから、一郎も禅の話に触れたのである。香厳はなかなか悟れず、庵を建てようと、石を取りのけたとき、その石の一つが竹藪にあたった響で悟ったと、一郎は紹介する。

禅に重きを置くらしい一郎の思考は、禅にとっての基本書、『碧巌集』に拠られなければ解くことができない。漱石は禅の教本、『再鐫《せん》　碧巌集』（小川多左衛門、安政六年）、『圜悟　碧巌集』（妙心寺正眼庵新刊）を所蔵する。[*10] 子規も最晩年の一九〇二（明治三十五）年は『碧巌録』を読むことで痛みを紛らわせていた。[*11]

『行人』の「塵労」という章題が『碧巌集』「夾山無碍禅師降魔表《かつさんむげぜんじごうまのひょう》」から付けられたことについてはすでに指摘が

ある。[12]『碧巌集』は、北宋初期の雪竇重顕《せっちょうじゅうけん》による編著の『雪竇頌古』の「本則」と「頌」に対し、北宋晩期の圜悟《えんご》克勤《こくごん》が「評唱」や「著語《じゃくご》」を付けた書である。

六　登龍門

『碧巌集』より、第六十則「雲門の拄杖子《しゅじょうす》」を引こう。[13]「登龍門」という語の語源として有名になったエピソードが語られている。雪竇の韻文「頌」はつぎのような句で始まる。

拄杖子呑乾坤　徒説桃花浪奔　焼尾者不在拏雲攫霧　曝腮者何必喪胆亡魂。[14]

（拄杖子、乾坤を呑む、徒に説《い》う。桃花の浪に奔ると。尾を焼く者、雲を拏《とら》え霧を攫《つか》むに在らず。腮《えら》を曝《さら》す者も何ぞ必ずしも胆を喪い魂を亡《ぼう》ぜん。[15]）

杖が天地を呑み込み、桃花の季節に雪解けの浪が逆ると説くのもむなしいとされる。つづいて忘れがたいつぎの句が来る。尾を焼いて魚から龍となった者も、雲をとらえ、霧をつかめるわけではない。天に昇れずに腮を曝す魚も、必ずしも胆を喪い、魂をうしなっているとは限らない。

圜悟がそれに付す「評唱」は、雪竇のいわんとした事柄を補足し、説明を加える。

蓋禹門有三級浪毎至三月桃花浪漲。魚能逆水而躍過浪者即化為龍。雪竇道縦化為龍。亦是徒説。焼尾者不在拏雲攫霧。魚過禹門。自有天火焼其尾。拏雲攫霧而去　雪竇意道縦化為龍。亦不在拏雲攫霧也。曝腮者何必喪胆亡魂。清涼疏序云。積行菩薩尚乃曝腮於龍門。[*16]

（蓋し禹門《うもん》に三級《さんだん》の浪有り、三月に至る毎に、桃花の浪漲《みなぎ》る。魚の能く水に逆らい躍りて浪を過ぐる者は、即ち化し龍と為る。雪竇道《いわ》く「縦《たと》い化し龍と為るも、亦た是れ徒らに説く。尾を焼く者雲を拏え霧を攫むに在らず」と。魚禹門を過れば、自ら天火有りて其の尾を焼き、雲を拏え霧を攫んで去る。雪竇の意に道う、「縦い化し龍とは為るも、亦た雲を拏み霧を攫むに在らざるか」と。「腮を曝す者の何ぞ必ずしも胆を喪い魂を亡ぜん」とは、清涼の疏《しょ》の序に云く、「積行《しゃくぎょう》の菩薩すら、尚乃《なお》腮を龍門に曝す」と。[*17]）

「禹門」というのは、魚がそこを登ると龍に化すという伝説のある門である。「登龍門」だ。その門に三段の浪があり、三月になるといつも、雪解けの浪が漲る。魚が水流に逆らい、浪を乗り越えることができれば、龍となる。雪竇は言う。「たとえ龍となったとしても、いたずらにそのように説くにすぎない。尾を焼いて龍となった者も、雲や霧を攫むわけではない」。

圜悟の説明はこうである。魚が禹門を過ぎると、天火で自然に尾が焼かれ、雲をとらえ、霧をつかんで去る。雪竇の言わんとするのは「雲や霧をつかむのが眼目ではない」ということだ。「腮をさらしていても、かならずしも肝を喪い、魂をうしなっているとは限らない」と雪竇が言うのは、清涼の疏の序にあるように、「修行を積んだ菩薩ですら、腮を龍門にさらす」からである。[*18]

多くの背反する言葉がある。龍になった魚が雲をとらえ、霧をつかめるとは限らないという議論があり、そのうえに、雲や霧をつかむことだけが眼目なのではなく、龍になれずとも、肝や魂をうしなっているわけではないとされる。押さえておきたいのは、禹門において浪に揉まれて魚が奮闘するイメージが、明瞭に結実している点だ。

七　文字を選ぶ

Hさんの報告にある一郎が、箱根の山で、「呼息の塞るやうな風に向つて突進」し、「水の音だか、空の音だか、何とも蚊とも喩へられない響の中」を、「ぽん〳〵飛」び、「野獣」のような叫び声をあげ、「しかも其原始的な叫びは、口から出るや否や、すぐ風に攫《さら》つて行かれ」ると記されるのは、明らかに『碧巌集』第六十則、ならびに、そのような「修行」の状況と重ね合わされている。「登龍門」という語がこの禅の話に由来することを知る者なら、「攫」の文字を目にするだけで、禅の修行が想起可能な文字遣いである。

引き裂かれた精神状況そのままに一郎が叫び声を上げても、「口から出るや否や、すぐ風に攫《さら》つて行かれ」、「雨が追ひ懸けて砕き尽」す。一郎の声を打ち消す風の音が鳴り響いてやまない。

Hさんの手紙の読み手に多少の禅の素養があるならば、霧を「攫」めない龍のように一郎が嵐のなかを悪戦苦闘し、また、一郎をその龍に擬するがごとくにHさんがしたためたと察せられる。

登場人物を書き手とすることの意味を解いておこう。Hさんの手紙には、一郎の、生死を掛けるような振る舞いと絶叫とを、自分の手紙の読み手たちに伝える役目がある。どの文字を選択して伝えればよいだろうかとHさんは考えぬいた。そのようにこの小説はしくんだのだ。

一郎の精神が、死か狂気か宗教かという、究極の三択のなかで、宗教という最後の砦にすがっているのだから、一郎の認める禅の考え方に従って、一郎の精神を解するのが親友であろう。霧を攫むに攫めず、風に叫び声を攫われる、そんな龍のような一郎を表すのに、最も適切な文字が「攫」であるというHさんの文字選択だった。

このようにHさんの手紙には、一郎のぎりぎりの精神が掛けられていることを伝える文字遣いがある。同じ文字が、その内部に動態を抱え込んで、小説の読者に届けられた。「攫」の文字には、もともとの声にならない声、衝撃、相反する思い、内省と他者理解の深まり、読み手への示唆が層になって盛り込まれている。折り重なる力がその文字に込められた。

八　文字の授受

Hさんの手紙の最初の受け取り手となっている二郎は、一郎から「お前はお父さんの子だけあつて、世渡りは己より旨いかも知れないが、士人の交はりは出来ない男だ」（「帰つてから」二十二）と怒鳴られ、しばらくして家を出た。二郎は一郎が「自分を何う見てゐるだらうか。どの位の程度に自分を憎んでゐるだらう、又疑つてゐるだらう」と、つねに「兄の自分に対する思はく」（「塵労」二十一）を気にしている。二郎にとって、一郎の関心が士人の文化的教養かつ精神的支柱である禅に向けられていると知ることは大きな意味がある。Hさんが書面で含意したことは細大もらさず二郎に読みとろうとされる。この小説はそのような組み立てになっている。

『行人』は、Hさんの手紙を読んだうえで、二郎が手記を書いたという構成をとる。その手記は「友達」「兄」「帰つてから」の章である。二郎はその手記で決定的な箇所に「攫」の字を使うのだ。

たとえば二郎は、和歌の浦の紀三井寺において一郎から聞かされた言葉を「自分は何《ど》うあつても女の霊といふか魂といふか、所謂《いわゆる》スピリットを攫《つか》まなければ満足が出来ない。それだから何うしても自分には恋愛事件が起らない」、「二郎、おれが霊も魂も所謂スピリットも攫《つか》まない女と結婚してゐる事丈《だけ》は慥《たしか》だ」（「兄」二十）と文字に起こす。

Hさんの手紙では、霧を攫んで魂を得られるか否かという禅の文脈をふまえたうえで、風が一郎の叫び声を攫うさまが記されていた。二郎は、「攫」字に込められた「魂」を攫むか攫まないかの瀬戸際にある龍のような一郎の様子を読み取り、その描写を受け継いだのではないか。妻の「霊」、「魂」、いわゆる「スピリット」を攫めていないという一郎の嘆きに、二郎は「攫」の字を当てたのである。[*19]

かつて一郎と話を交わしていて思わず「宗教」（「兄」二十一）に言及してしまったことのある二郎は、禅の修行者を示唆する漢字を用いたHさんの手紙を読んだ。その二郎が、手記を書くにあたって、「宗教」という言葉が自分の口を衝いてしまった直前に発せられた一郎の言葉、「つかまなければ」「つかまない」に対し、「攫」の字を充てる。文字選択の息遣いが見えるように仕掛けてあるのが『行人』だ。

二郎があえてこの「攫」の字を使ったのには、Hさんの手紙の文字に織り込まれていた、対立しあい、引きあう一郎との対話の力に反応したということだろう。一郎の命と精神とが掛かった抜き差しならないせめぎあいが、この一文字に含まされている。その字には、煮詰まっていく対話の累積がある。「攫」の字は手記においても、文字から声を聴き出す蝶番の役割を果たす。

二郎に課されているのはこのように、Hさんの伝えてきた二人の問答を、書きながら再考する役目である。一郎への姿勢を正してくる他者の文字が、二郎の中に侵入し、定着したのだ。二郎が、一郎とのあいだにかつて起こった事件や対話を再考できたのは、Hさんの文字の媒介があったからだとこの小説は示している。

九　「魂の抜殻」を「攫」めない

さらに二郎は、一郎の妻、二郎にとっては嫂の、直の言葉を手記で克明に書き取る。嫂と一泊して、彼女の節操を確かめてほしいと一郎が頼むのを断り、嫂と和歌山に行くだけにしたのにもかかわらず、暴風雨に遭い、けっきょく嫂と泊まることになった晩の様子をこう回想する。

宿に移る前の和歌山の茶屋で、二郎は直が「妾《あたし》や本当に腑抜《ふぬけ》なのよ。ことに近頃は魂の抜殻になつちまつたんだから」、「妾のやうな魂の抜殻はさぞ兄さんには御気《おき》に入《い》らないでせう」（「兄」三十一）と泣きながら言うのを聞いていた。宿に移って直が二郎に向かって口にした言葉は、こう書き取られる。「もし本当の海嘯が来てあすこ界隈《かいわい》を悉皆《すっかり》攫《さら》つて行くんなら、妾《あたし》本当に惜《おし》い事をしたと思ふわ」、「大水に攫《さら》はれるとか、雷火に打たれるとか、猛烈で一《ひと》息《いき》な死方《しにかた》がしたいんですもの」。外は「木を根こぎにしたり、塀を倒したり、屋根瓦を捲《め》くつたりする」「暴風雨《あらし》」（「兄」三十七）が吹いていた。

大水に攫われたいという直の言葉を記す二郎の念頭には、Hさんが書いて寄越した箱根の山での情景、「暴模様《あれもよう》」の天候で凄まじい雨に打たれて濡れ鼠のようになった一郎の叫びが「風に攫」（「塵労」四十三）われたというその書面があったであろう。ここで二郎は、「さらう」に「攫」を充てるHさんの手紙での使い方と同じ用法で書き付けた。そうこの小説は創ったのである。

二郎の文章は当時の自分の思考に執拗に迫る。「彼女は最後に物凄《ものすご》い決心を語つた。海嘯《つなみ》に攫はれて行きたいとか、雷火に打たれて死にたいとか、何しろ平凡以上に壮烈《そうれつ》な最期を望んでゐた」。「何に昂奮して海嘯に攫《さら》はれて死にたい抔《など》と云ふのか、其処《そこ》をもつと突き留めて見たかつた」と思い、ふたたび問うと、直は「死ぬ事は、死ぬ事丈は何《ど》うしたつて心の中《うち》で忘れた日はありやしないわ。だから嘘だと思ふなら、和歌の浦迄伴《つ》れて行つて頂戴。屹度《きっと》浪の中へ飛込《とびこ》んで死んで見せるから」（「兄」三十八）と断言する。大風に声を攫われるどころではない。大波に身を攫われたいと彼女は言うのだ。[20]

『碧巌集』第六十則で、龍になっても霧を「攫」めるとは限らない、魚のままでも「魂」をうしなうとは限らないと議論されていた。それに相似する一郎の状態が、風に叫び声を「攫」われていたと、Hさんに書きつけられ、二郎に届けられた。二郎の手記は、一郎が妻の「魂」を「攫」めないと嘆く様子と、直が自分は「魂の抜殻」で、

「大水に攫《さら》はれ」たいという「物凄い決心」（「兄」三十八）を語る様子とを記すにあたり、同じ「攫」の字を用いた。それは一郎の抱く疑問に対する答えを直の声から引き出したといえる。その漢字はまた、夫婦のすれ違いの極点の表現として二郎に採用された。二郎は手記をこのように書くことで、口頭ではなしえなかった、一郎への回答を行うのだ。「攫」という文字はこの小説で、いくつもの時空を階層化して重ねる役割を果たした。

Hさんの手紙の文字をつぶさに読んだ二郎の内部にはもはや自分とは異質な欲動が侵入している。『行人』という小説のねらいはそこにある。他者の文字と当人の記憶とが交叉し、そこで生みだされていった文字の運動が描かれた。書くという行為の孕むドラマが俎上にあがっているのだ。

十　『行人』の仕掛け

二郎の手記は、「本当の所を何《ど》うぞ聞かして呉れ」（「兄」十八）という一郎からの切実な願いに対する、「虚偽」ではない「自白」（「帰つてから」二十二）である。二郎の耳にした、直の「魂」を「攫」んでいないという一郎の叫び声は、Hさんの書き送ってきた、一郎の叫び声が風に「攫」われたという文字を媒にして、二郎の記憶から生起した。文字が二郎の記憶の地層を掻き立てる。かつて一郎のまえに体裁だけ整えて出していた言葉の背後に潜んでいた本心が引き出されてくる。二郎はそれらと向き合い、手記を執筆する。遅きに失したとはいえ、一郎への応答責任が果たそうとされている。

『行人』は、「分裂」して見えると言われてきた。[*21] その見解は正しいだろうか。

論述してきたように、『行人』には、書き手の役割を与えられた二人の登場人物に共通して使われる文字がある。二郎にとって書くこととは、Hさんの手紙を読んだうえで、「兄の言葉」（「兄」十六）を理解しなおし、一郎に隠していた事柄を明るみに出す言語行為であった。使われた文字に内在的に組み込まれている修行の苦しみ、死を選びかねない者たちの悲鳴、それを書き留める側の同情、その手紙を読み、反省を促され、みずから書き手となるまでの反芻、これらが重層的に、小説の文字にのしかかっている。この重層性の創造を見抜く必要があった。

『行人』の文字はすべて登場人物によって執筆されている。漱石は、登場人物たちが直視せざるをえない言葉ひとつひとつに、人間を動かす行為としての力を込めた。登場人物同士の文字の受け渡しに、これだけの重しを掛けていけるのが、漱石という創作家だ。

十一　子規と創作性

漱石は文学のジャンルをまたいで、意識的に文体や作品の様式を変えてゆく。戯作文と風刺文学とがミックスされた『吾輩は猫である』、また、悪漢退治のピカレスク小説『坊っちゃん』は喜劇精神に満ちている。紀行文の発展形である『草枕』は漢詩文文学の延長といえる。[*22]『幻影の盾』と『薤露行』とがロマン主義的な歴史小説の短篇である一方、各夢でそれぞれの時間が凍結されている『夢十夜』がある。ゴシック小説的絢爛さに満ちた『虞美人草』の直後に、プロレタリアの文学『坑夫』が発表される。青年成長物語の『三四郎』の後には、社会道徳と背離する典型的恋愛小説『それから』が書かれる。過去をXとした『門』の後に来るのは、あらゆる箇所にXをしかけてあり、探偵小説の向うを張る『彼岸過迄』だ。挙げていけばきりがない。これだけ意識的にスタイルを変えていった、文学への挑戦意欲旺盛な作家の作品に、変わらないものがあるとしたら、それは識閾下に沈殿し、小説の構成中、不意に躍り出し、拠りどころにした文字に表れる他ないだろう。

子規は漱石の漢文に最大の賛辞を与えた。中唐まで遡っても、柳宗元を含めてどの漢文作者もこれまでなしえてこなかった漢字遣いを指摘し、その創作性を高く評価した。漱石にとって、みずからの漢文に与えられた子規の評は確実に、創作へと後押ししてくれる第一歩だった。にもかかわらず、漱石が小説を書き始めたころ、子規はすでに死んでいない。子規に創作家として応答したいができない。漱石にとっての〝不変〟とは、子規に自分の作品を見てもらえないという無念ばかりが溜まってゆくことに他ならない。子規の十回忌、『木屑録』評をもう一度、意識の底から受け取り直す。これだけの創作性を見出してくれる相手をもはや欠いたまま、遅延してしまった、文学での応答が宙に舞い上がる。「攫」が、漢文にない用法で、小説に刻まれた瞬間だ。

注

1 「木屑録」『名著復刻 漱石文学館 木屑録』日本近代文学館、一九八一年所収。
2 『子規全集』第十巻、講談社、一九七五年、一二〇頁。
3 『漱石全集』第十八巻、岩波書店、一九九五年、八十三頁。漢字を通行の字体にした。
4 前掲『漱石全集』第十八巻、五五三頁。ルビは振り直した。
5 「筆まか勢」第一編、『子規全集』第十巻、講談社、一九七五年、百十九頁。漢字を通行の字体にし、ルビを振り直した。
6 英語およびヨーロッパ言語に特徴的な無生物主語のことを言っている。
7 猛獣が谷川の水しぶきに跳び上がるさまなら『文選』宋玉「高唐賦」にある（『文選（賦篇）』下、明治書院、二〇〇一年、三四六頁）。
8 子規の称賛した『木屑録』中の当該箇所について、小宮豊隆が「自然を動的なものとして見、潰圧的な自然の動を一層潰圧的な一層動的な表現を以つて描写する事を得意とした、特に小説作家としての初期の漱石の描写の特徴をなすものであるに外ならなかつた」と述べている（「木屑録」解説、九頁、前掲『名著復刻 漱石文学館 木屑録』）。漢字は通行の字体にした。

9　『漱石全集』第八巻、岩波書店、一九九四年。『行人』からの引用は章題を付して行う。ルビは振り直した。傍点は引用者による。

10　漱石はほかに、『仮名　碧巌夾《きょう》山鈔』(堤六左衛門開板、慶安三年)、『天桂禅師提唱　碧巌録講義』(光融館、明治三十一年)を所有しており、関心の高さをうかがえる。伊東貴之によって、漱石の漢籍蔵書では『碧巌録』関係の多さが指摘されている(「中国――漱石の漢籍蔵書を見てわかること」『國文学』臨時増刊号、二〇〇八年六月、五十九頁)。

11　赤木格堂が一九〇一(明治三十四)年の暮れに持参した書である(『子規全集』第二十二巻、講談社、一九七八年、四九六頁)。

12　古川久編「注釈　行人」『漱石全集　第五巻』岩波書店、一九六五年、八二六頁。

13　「糸瓜先生」という著名で発表された、漱石の「不言之言」においては、『碧巌録』第六則・第六十則などに見られる禅僧の「雲門」が、脚を折って悟ったことが引かれている(初出『ほとゝぎす』第二巻第二号、一八九八(明治三十一)年十一月、『漱石全集』第十六巻、岩波書店、一九九五年、十七頁)。

14　圜悟による著語すなわち短評を省く。通行の字体にした。漱石蔵書と同じ、安政六年初刻の後刷り本より引用する。『再鐫　碧巌集　従巻六至巻十　坤』貝葉書院、明治期刊、二十五丁表。訓点は略す。

15　『碧巌録』中(末木文美士他訳注、岩波書店、一九九四年、二五九―二六〇頁)を参考にして、句読点を付け、書き下しは引用文献の訓点に基づいた。ルビは振り直した。

16　前掲『再鐫　碧巌集　従巻六至巻十　坤』二十五丁裏。句点は原文どおり。通行の字体にして引用する。訓点は略した。

17　前掲『碧巌録』(二六一―二六二頁)を参照し、句読点および引用符を付けたが、一部、本文に異同があり、書き下しは引用文献の訓点に基づいた。

18　「清涼の疏の序」とは、澄観の『華厳経疏』の序のこととされる。

19　小森陽一は「モノのように妻・嫁として『攫《さら》』ってきてしまった男に、ヒトとしての「スピリットを攫《つか》」むことはできない」と論じている（「交通する人々——メディア小説としての『行人』——」『日本の文学　第8集』一九九〇年十二月、一〇一頁）。

20　「つなみ」は「古ク、高潮。海水ノ大ニ起リテ、陸ニ上リ、人家田畠ナド流シ去ルモノ」である。あるいは、海底に地震あるときに起こるとされる（大槻文彦『言海』第四冊、発行者　大槻文彦、一八九一（明治二十四）年、六七二頁）。漱石蔵書の『言海』は一八九六（明治二十九）年の発行である。

21　漱石が『行人』の執筆を「帰つてから」三十八で中断し、二ヶ月の病臥をへてその後、「塵労」の章を書き継いだという事実をふまえて、「中絶以前の主題を展開し、完結することが不可能になった」（伊豆利彦「『行人』論の前提」初出『日本文学』一九六九年三月、『漱石作品論集成　第九巻　行人』桜楓社、一九九一年、七十九頁）とみなす論考は多くある。しかしたとえ主題が複数になったとしても、「塵労」の章を執筆しながら小説全体を構築させようとする漱石の意志が働かなかったはずはないだろう。柄谷行人は漱石小説の断絶について、主人公たちの「倫理的」な場所から、本人自身の「存在論的な問題」への移行がそれを招いているとする。「主人公たちは本来倫理的な問題を存在論的に解こうとし、本来存在論的な問題を倫理的に解こうとして、その結果小説を構成的に破綻させてしまった」とする（「意識と自然」初出『群像』一九六九年六月、『増補　漱石論集成』、平凡社、二〇〇一年、三十二頁）。

22　『草枕』の画工は、宋の文人、晁補之《ちょうほし》の紀行文を暗誦している（初出『新小説』第十一年第九巻、明治三十九（一九〇六）年一月、『漱石全集』第三巻、岩波書店、一九九四年、一三三—一三四頁）。

「友情」の中の漢文脈――転換点としての『草枕』

山口直孝

一　漱石文芸の原型としての子規宛書簡

二〇一七年は、一八七七（明治一〇）年に漢学塾として発足した二松學舍の創立一四〇年目の年にあたる。歩みを振り返り、今後を見据えるために二松學舍は記念式典を挙行し、また、さまざまな周年事業に取り組んだ。一〇月一一日から二四日にかけて大学資料展示室にて開催した「夏目漱石展」も、事業の一つである。創成期に学んだ漱石をゆかりの人として顕彰するため、二松學舍では資料の収集に努めている。「夏目漱石展」には、幸いにして多くの来場者があった。滝田樗陰が所蔵していた漢詩文屏風と並んで参観者の注目を集めたのが、正岡子規宛書簡であった。

子規宛書簡は明治古典会主催の七夕古書大入札会に出品され、二松學舍が落札したものである。書簡は、①一八九一（明治二四）年七月一八日付、②一八九四（明治二七）年三月一二日付、③一八九五（明治二八）年五月二六日付の三通で、いずれも和紙に墨で認められている。紙質が上等で、置かれた環境にも恵まれていたらしく、状態は一二〇年前のものとは思えないほど良好である。いずれも最初の『漱石全集』に収録されているが、長く個人蔵であったため、公けになったのは久しぶりであった。

三通は内容的にもそれぞれに重要である。①には、漱石の秘かな恋慕の対象と注目されたいわゆる「銀杏返しの

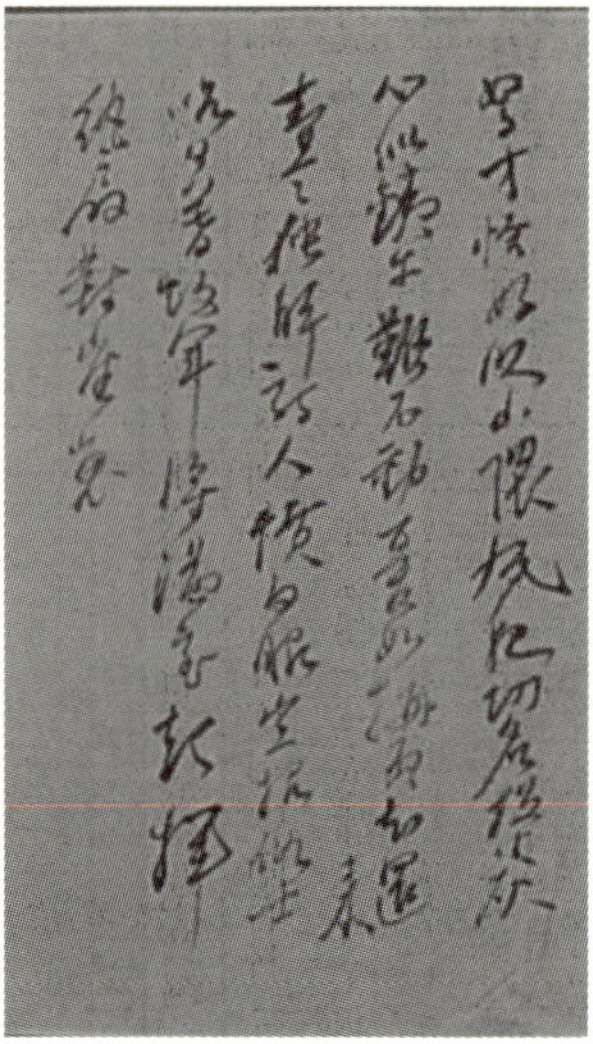

図１　漱石書簡③（部分）

女」への言及があり、②では、「弦音にほたりと落る椿かな」ほか全五句が詠まれている。③は愛媛県尋常中学校へ赴任した漱石が神戸県立病院に入院中の子規に送ったもので、漢詩（七言律詩）四首が披露されている。二人の交流の様態を探る上で三通は、恰好の見本と言えるであろう。

　実見によって、今回新たにいくつかの情報が得られた。封筒が残っていたことから、①の宛先が「□媛県予洲」から始まっていること、②の宛先が子規の転居間もない時期であったためか「□谷上根岸八十一番地」と間違って記されていること（正しくは「下谷区上根岸八十二番地」）、また、「御親剪」という脇付けがあること、③の漱石の住所が「松山壹番丁愛松亭」と表記されていること（『漱石全集』では、「松山一番丁愛松亭」）などを知ることができた。また、③の七言律詩四首目の第二連は、「夙托功名投火灰」と翻刻されていたが、「夙把功名投火灰」であることが確認できた（図1）。すでに一海知義が東北大学附属図書館蔵の「漢詩ノート」に基づいて「誤写」であることを説いていたが、[*1] 推定が裏づけられたことになる。

　多くの知見をもたらしてくれる三書簡であるが、最大の収穫は、子規に対する漱石の心の開き方が実感できることであろう。気心の知れた子規に対して漱石は、ほとんど書き損じることなく、のびやかに筆を運んでいる。実際的な用件から無駄話まで話題が自在に展開し、それに伴って文体も変化する。①の書簡を例に取れば、出だしは「去る十六日発の手紙と出違に貴翰到着早速拝誦仕候」と改まった候文が選ばれている。しかし、すぐに「愚兄得々賢弟黙々の一語御叱りにあづかり恐縮の至り以来は慎みます」と口語的な敬体が顔を出す。学業を続けるのが経済的に困難な子規への同情を綴っている所でも最初は「学資上の御困難はさこそと御推察申上候」と神妙であるが、「是ばかりはどうも方がつきませんな」とくだけた調子へ転じていく。銀杏返しの女に触れるところでは、「ゑ、ともう何か書く事はないかしら、あ、そう〳〵」といっそう会話的な物言いへの転調が見られる（図2）。相手との距離が伸縮し、文体のゆらぎがはなはだしいが、そのことが逆に気の置けない関係を表している。何ごとも包み隠さずうちあけることのできる二人の友情が、書簡からはうかがえる。

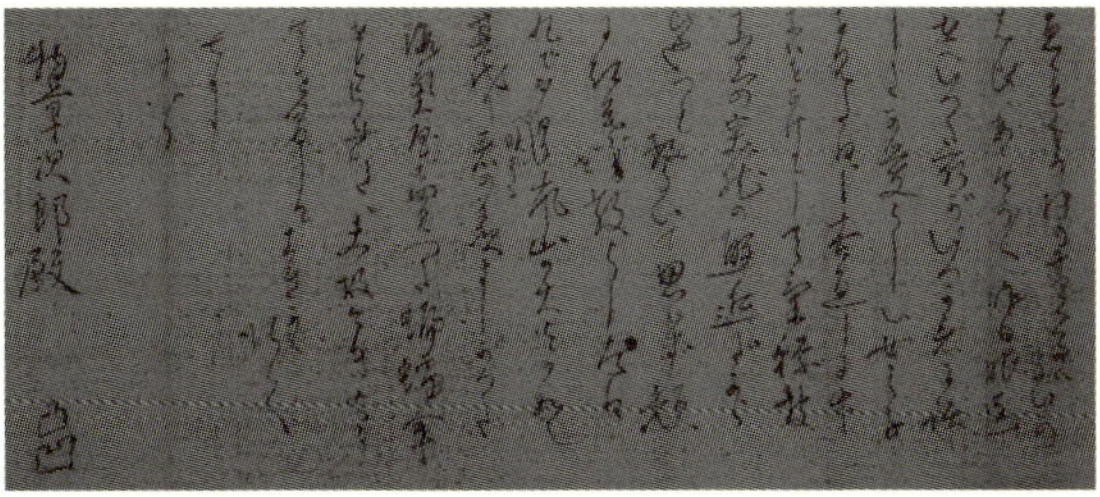
図2　漱石書簡①（部分）

当然のように「友情」という語を用いたが、①のような振幅のある文体によって形成される関係は、まだ珍しかった。言文一致体の利用によって親密さを打ち出す手紙が定着するのは、もう少し後の時代である。子規宛書簡は、先駆的な例と見なしてよいであろう。さらに言えば、「友情」という結びつきがそもそも新しいものであった。漱石は東京、子規は松山の出身である。幕藩体制が続いていれば、二人が若い時分に出会うことはなかったろう。出身地を異にする者たちが顔を合わせることを可能にしたのは、近代の高等教育制度であった。官僚養成のために有能な人材を集め、世間と隔絶した空間において専門知識の修得に努めさせる仕組が整うことで、志向・嗜好を同じくする者たちは親しくなることができたのである。漱石と子規とが書簡を取り交わすことで形成していった「友情」は、近代固有のものであった。

高いリテラシー能力を有する二人は、修辞的な文章を書き記すことで互いの卓越性を確認する。二人はまた、悩みを打ち明けることで互いの類似性を感知する。書簡において文脈や文体が複数であることは、「友情」を育むためには不可欠であった。漱石・子規において、漢詩が書簡の異種混淆性を支える要素の一つであったことは、留意されてよい。

漱石と子規とが東京大学予備門で知り合ったのは、一八八九（明治二二）年のことである。二人の結びつきが深まっていく過程には漢詩文の贈答があった。子規の詩文集『七艸集』が漱石に渡され、一読した漱石が感激して「『七艸集』序」を著わす。漱石の雅号が初めて用いられた文章において漱石は、「不知吾兄、校課之余、何綽綽能如此。」（知らず、吾《わ》が兄《けい》、校課の余、何の暇《いとま》ありてか綽綽《しゃくしゃく》たること能《よ》く此《か》くの如くなるを。）と嘆称した。同年秋には紀行文『木屑録』が作られ、漱石の文章力に驚かされた子規は、「如吾兄者千万年一人焉耳」（吾が兄の如き者は、千万年に一人のみ。）と絶賛する。「吾が兄」同士の絆は、出会いの年に既に形成されていた。

送別の詩が示すように、友人との交わりは、漢詩文において既に主要なモチーフであった。最初期に『送奥田詞兄帰国』（奥田詞兄の国に帰るを送る）や『離愁次友人韻』（『離愁　友人の韻に辞す』）の作を持つ漱石[*2]がそれを受け継いでいることは間違いない。子規という相手を得たことで制作が本格化することからすれば、友人は、漱石の漢詩において題材として重要であるだけでなく、必要条件でもあった。

漱石は子規に批正を求めるため、私信で自作漢詩を送っている。確認されている最も古いものは一八八九年（明治二二）年九月末の五言絶句である。ただし、書簡自体は現存が確認されておらず、子規が『筆まかせ』で引用している「五絶一首小生の近況に御座候御憫笑可被下候」より前の文面は分からない。第四句に「漫《みだ》りに翰墨《かんぼく》を将《もっ》て詩神を論ずるを」と詠む七言絶句と箱根行きに触れた五言古詩とを含む一八九〇（明治二三）年八月末の書簡は、本文部分も相当引かれているため、「詩神に乗り移られた」と豪語する子規の近作に触れた漱石が「天晴れ〳〵かつぽれ〳〵と手を拍て感じ入候」と戯文調で褒めていることを知ることができる。書簡の本文は、「中国古典詩に見かけないことば[*3]である「詩神」が漢詩に織り込まれたゆえんを伝えると同時に、文体の異なりによって漢詩に別の文脈を付け加える。漢詩はそれだけで完結するのではなく、起伏に富んだ和文脈との交渉の中に置かれている。

書簡③における漢詩についても、同じことが指摘できる。中国から帰国途中に肺結核を悪化させ、神戸県立病院に入院中の子規に宛てた近況報告の中で、漱石は「近作数首拙劣ながら御目に懸候」と断って四首を掲げている。最初の一首は、次の通りである。

快刀切断両頭蛇
不顧人間笑語譁
黄土千秋埋得失
蒼天万古照賢邪
微風易砕水中月
片雨難留枝上花
大酔醒来寒徹骨
余生養得在山家

快刀《かいとう》 切断《せつだん》す 両頭の蛇《へび》
顧《かえり》みず 人間《じんかん》 笑語 譁《かまびす》しきを
黄土《こうど》 千秋 得失《とくしつ》を埋《うず》め
蒼天《そうてん》 万古 賢邪《けんじゃ》を照らす
微風 砕《くだ》き易《やす》し 水中の月
片雨 留《とど》め難《がた》し 枝上《しじょう》の花
大酔 醒《さ》め来たりて 寒《かん》 骨に徹《てっ》し
余生 養い得て 山家に在り

世間の嘲笑に背を向けて、余生を山家で暮らす寂しさが、本作では表出されている。漱石の境遇と重ねるならば、「人間」が東京、「山家」が松山に擬えられているのを見るのは容易である。東京と松山とを対照的にとらえる発想は他の三首にも一貫して流れている。四国での就職を落魄として受け止める漱石の当時の心情が、漢詩に詠まれていることは確かであろう。とは言え、詩句通りに受け止めることには慎重さが求められる。対比的な構図の中で単純化されているがゆえに、表出されている感情は、偽りではないにしても、誇張が含まれている。書簡の本文でも松山は「田舎」として扱われているが、漱石はそこに安んじていることができない。学校の同僚や生徒たちの自身への接し方に違和感を覚え、宿屋や下宿の人間の不親切さにも不満が募る。「昏々俗流に打ち混じアッケラ閑として消光」してしまう松山の地は、決して「山家」たりえない。退屈さを持て余した漱石は、「小子近頃俳門に入らんと存候。御閑暇の節は御高示を仰ぎ度候」と子規に俳句の手ほどきを求めるのである。松山生活の実情を伝える記述によって、漢詩の孤独感や悲壮感は相対化されていると言えるであろう。「御一噱可被下候」という相手の笑いを求める文言は、単色の情緒に染め上げられている自作詩の難が作者にも自覚されていたことを示している。

二松學舎所蔵の三通が典型であるように、子規宛の漱石書簡は、文体・話題の多様な展開において、漢詩や俳句を織り込んだ融通無碍な性格において、漱石文芸の原型と呼ぶことのできる実質を備えている。格式張った物言いの一方で乱暴な口調も用いられ、二つの落差によっておかしさが生じていることも注目される。漱石と子規との創作における相互の影響関係は指摘するまでもないが、漱石に関してはさらに、子規との「友情」がそのまま文芸の基盤を形成している、と言えそうである。相似た知識や志向を持った相手に折々の思いを綴り、親密性をさらに高めていこうとする言説は、変化する時代相の中で定まった形を持ち得ず、雑種的性格を帯びざるをえない。漢詩は、「友情」の文芸の多様性を支える一つの柱であった。漱石が漢詩を単体で発表することは基本的になく、自家用に手帳に記されるのを除けば、作中に引用されるか、友人・知人の書信に記されるかの二つに大別される。いずれにおいても、漢詩は、それだけで閉じているわけでなく、文脈を形成する一要素として、別の役割も担っているのである。

複数の意味を持つということは、漢文脈についても言えよう。一八九七（明治三〇）年一月の句稿に添えた書簡で漱石は漢文訓読体を用いている。「父母の薬缶を受継ぎこれを子孫に譲るが能ならば、われは唯一個の電信線に過ぎざらん。漱石子遂に猿に退化せんか将た神に昇進せんか。そもそもまた元の木阿弥か、南無愚陀仏」は、自己が存在する意義を問い、内容は深刻であるが、譬えの面白さや極端な対偶表現から滑稽味が生まれている。面白いのは、俳句の批評を求められた子規が、書簡の本文部分にも〇印を付けていることである。交流の蓄積の中で、漢文脈を用いた遊びは、確実に相手に伝わっている。

漱石において、漢詩もしくは漢文脈は、「友情」を生み、育む媒介であった。同時にそれらは、漱石によって、他ジャンルと関係づけられ、新たな意味を付加されていった。あるいは、漢詩もしくは漢文脈は、当初から開かれていくことを定められていたと言った方が適当かもしれない。

二　「倫敦消息」・「自転車日記」における展開

「倫敦消息」（『ホトトギス』第四巻第八号、一九〇一（明治三四）年五月三一日・第九号、六月三〇日）、「自転車日記」（『ホトトギス』第六巻第一〇号、一九〇三（明治三六）年六月二〇日）は、イギリス留学中の漱石の動向を伝える記録として貴重であるが、漱石文芸の展開を見る上でも興味深い文章である。自らの見聞や体験を描いている点において二つは、漱石が従来書いて来た論説や批評とは異質のものであった。一人称の記述が描写を中心に展開していることからすれば、両作は『吾輩は猫である』さらには以後の小説の起点に位置づけることもできるかもしれない。

「倫敦消息」・「自転車日記」は、共に日記体の形式であるが、文体の印象は相当に異なる。理由の一つは、成り立ちに求めることができる。「自転車日記」が雑誌掲載を予め想定して書かれたものであるのに対して、「倫敦消息」は元々は正岡子規・高濱虚子に宛てられた私信であった。「紙上に公にするに就ての一切の責任は記者に在り」[*4]という断りは、作品が漱石の許可なく発表されたことをうかがわせる。「倫敦消息」が世に出たことは偶発的な事態であったが、友人への書簡が不特定多数の読者の鑑賞に堪える作品と判断されたことは、ある意味では当然のなりゆきと言えるかもしれない。それは、「友情」を基盤とする私的な言説が価値を帯びる状況が準備されつつあったからである。

書簡や日記など私的領域の文書が内面吐露の有効な手段として注目され始めていた。国木田独歩は、後に『欺かざるの記』と題して公表される日記を綴り（一八九三〔明治二六〕年〜一八九七〔明治三〇〕年）、『湯ヶ原より』（『やまびこ』第二号、一九〇二〔明治三五〕年六月五日）を皮切りに友人・知人宛ての体裁の書簡体小説を発表するようになる。『ホトトギス』は、俳句だけでなく、文章の改良運動にも意欲的であり、一九〇〇年七月一〇日発行の第三巻第一〇号では日記文の投稿を呼びかけている。『ホトトギス』と同様の募集はほかの文芸誌にも見られ、日記を書く習慣を広い階層に定着させる役割を果たした。

漱石の書簡は、私信であることにおいて、すでに掲載の第一条件を満たしていた。また、異国の地からの報告であるという話題性も魅力であったろう。さらに、書き手が『ホトトギス』という媒体を期せずして意識していた、という好都合があった。漱石は、「日本の将来と云ふ問題がしきりに頭の中に起」り、「報知し度《たい》と思ふ事は沢山ある」にもかかわらず、日英をめぐる政治経済をめぐる状況や文化の相違などの話題は「君等に聞せる必要もなし聞き度《たい》事でもなからうから先《まず》ぬきとして」、一日のできごとを「「ほとゝぎす」で募集する日記体でかいて御目にかけ様。」と「話し」を始めるのである（二）。話題が私的なものに限られ、日付を持った周期的な記述にすでに成型されている文章、さらには書簡であり日記でもある文章を『ホトトギス』に載せるのは、子規や虚子において自然な判断であったろう。

「倫敦消息」は、ロンドンでの下宿生活を紹介したものである。「一」においては、起床から地下鉄に乗り込むまでが描かれている。知覚に沿った、線条的なできごとの記述は、写生文的である。しかし、「二」に入ると、内省的な文章が多くなる。一冊でも多く書籍を購入するために、十分でない国からの支給金を倹約した生活をしていることが、書き手の意識を揺らがせる。禁欲的な行動は自身に似つかわしくなく、「前後を切断せよ妄りに過去に執着する勿《なか》れ徒らに将来に望を嘱《しょく》する勿れ満身の力をこめて現在に働けといふのが乃公《だいこう》の主義なのである。」と考えながら、刹那的な考え自体が「自惚《うぬぼれ》」であり「道を去る事三千里」の事態を招くことに思い至り、漱石は自重を誓う（二）。自問自答する葛藤を抱えるがゆえに書き手の自称は安定せず、「倫敦消息」では、「僕」・「吾輩」・「乃公」が混在する。[*5]「一」から「二」への変容は、「そういふ境界に澄まし返つて三十代の顔子《がんし》然として居られるかと君方は屹度《きつと》聞くに違ひない。聞かなくつても聞く事にしないと此方が不都合だから先づ聞くと認める」（二）という聞き手の問いかけを想定したことから始まっている。写生文からの独自な展開は、友人という受容者を立てることで可能だったのである。下宿先の家族や同居人ら「朋友」との交渉をユーモラスに描く記述も同様である。後半の話題の中心である下宿替えは、下宿先の家族の経済的不如意に巻き込まれたものであり、書き手にとっては厄介でありつつ、「平凡な」（二）できごとである。それを面白おかしい事件として伝えているのは、「君方」に対する書き手の配慮にほかならない。

　写生文に収まらない内容を含み、書き手の意識にも起伏が見られるものの、「倫敦消息」は文体的には安定しており、言文一致体が基調となっている。それに対して表現の劇的な転換が繰り返されるのが「自転車日記」である。「下宿の婆さん」に無理強いされて自転車に乗る練習に赴く「余」の苦労を描いた本編は、次のように始まる。

> 西暦一千九百二年秋忘月忘日白旗を寝室の前に翻へして下宿の婆さんに降《こう》を乞ふや否や、婆さんは二十貫目の体躯を三階の天辺《てつぺん》迄運び上げにかゝる、運び上げるといふべきを上げにかゝると申すは手間のかゝるを形容せん為なり、階段を上ること無慮四十二級、途中にて休憩する事前後二回、時を費す事三分五セコンドの後此偉大なる婆さんの得意なるべき顔面が苦し気に戸口にヌッと出現する、あたり近所は狭苦しき許り也、此会見の栄を肩身狭くも双肩に荷へる余に向つて婆さんは媾和条件の第一款として命令的に左の如く申し渡した、
>
> 自転車に御乗んなさい

漢文訓読体に時折口語的な言葉を交えた文章は、「運び上げるといふべきを上げにか丶ると申すは手間のか丶るを形容せん為なり」という自己言及的な一節が示しているように、語り手にとって意識的に作られたものである。異国においては些事をめぐる意思疎通においても緊張を強いられる。自身が体験した圧迫感を伝えるために、「余」は体験を戦争に見立てて語っている。あたかも悲憤慷慨する志士であるかのような「余」の感情についての表現の仕方と「ちらほら人が立ち留つて見る、にや〳〵笑つて行くものがある、向ふの樫の木の下に乳母さんが小供をつれてロハ台に腰を掛てさつきから頻りに感服して見て居る」のような、「余」の練習の見物人のとらえ方との違いは大きい。「例の自転車を抱いて坂の上に控へたる余は徐《おもむ》ろに眼を放つて遙かあなたの下を見廻す、監督官の相図を待つて一気に此坂を馳け下りんとの野心あればなり」の文語調と「人間万事漱石の自転車で、自分が落ちるかと思ふと人を落す事もある、そんなに落胆したものでもないと、今日はズー〳〵敷《しく》構へて、バタシー公園へと急ぐ、」の俗語調とのように、自己に向ける視線も一様ではない。誇張した自己像の提示によって笑いを得ようとするのは、日録でありつつ、『ホトトギス』に掲載されることが漱石の念頭にあったからであろう。すでに子規はこの世を去っているとはいえ、親しい人間が受け皿になっていることは変わりがない。「思ひ給へ」や「我前を通つたのさ」といった呼びかけがあることは、同質の受け手に対する意識を表している。

「自転車日記」において、漢文脈は文体の一翼を担っていることは変わりがない。「天涯万里孤城落實資金窮乏の今日に至る迄人の乗るのを見たことはあるが」や「愈《いよいよ》鞍に跨つて顧眄《こけい》勇を示す一段になると御誂通りに参らない」といった用例からは、漢語の常套句が滑稽味を出すのに使われていることが確認できる。近代に入ってからの急速な変化の中で定型表現が時勢に適合しなくなり、別の意味合いを持たざるをえなくなった経緯が、背景にはあろう。殊に舞台が西欧である場合、状況との齟齬はますます大きくなる。

ただし、漢語の役割は、笑いをもたらすことに限定されているわけではない。「倫敦消息」には同じ下宿人の田中孝太郎が「「シエクスピア」の墓碑の石摺の写真を見せてこりや何だい君英語の漢語だね」（一）と漏らした挿話がある。また、階級社会であり、多民族国家であるイギリスの言葉は「日本と同じ事で国々の方言があり身分の高下があり抔して夫は〳〵千違万別である」（三）。英語の歴史性・多層性を提示するため、漢語・漢文脈は翻訳語・翻訳文体としても欠かせなかった。「倫敦消息」・「自転車日記」において、異郷の地で周囲と遊離する書き手の心理を浮き彫りにするために採用された漢語・漢文脈は、『倫敦塔』（『帝国文学』第一一巻第一号、一九〇五〔明治三八〕年一月一〇日）・『カーライル博物館』（『学燈』第九巻第一号、一九〇五〔明治三八〕年一月一五日）などの訪問記、『薤露行』（『中央公論』第二〇年第一一号、一九〇五年一一月一日）や『幻影の盾』（『ホトトギス』第八巻第七号、一九〇五年四月一日）などの中世に取材した悲恋物語では、地の文・会話文の両方において積極的に活用されるようになっていく。格調のある文章語であり、漢詩によって隠逸の世界へ誘う力を持つ漢文脈は、滑稽味をもたらす、あるいは西洋社会を写し取る手段でもあった。複数の機能を与えられた漢文脈は、漱石文芸の展開を具現するものであり、さらなる変成を促す動力となったと認めることができる。「非人情」の美を追求する『草枕』（『新小説』第一一年第九巻、一九〇六年九月一日）においても、事情は変わらない。

三　『草枕』と『酔古堂剣掃』

西洋画家の「余」が都会の喧騒から逃れ、那古井の温泉地への旅と現地での逗留との期間に「出世間的の詩味」（一）を表現するために恰好の題材を探し求める——、『草枕』を要約すれば、ひとまずこのようなものになろう。広義には紀行に分類できるであろうが、風物の描写のみに重きは置かれていない。相当の部分を占めているのは、美をめぐる「余」の思考である。風景に触発されつつ、ともすれば自己の所属している世界から遊離した物思いに囚われる「余」の意識の再現をすることに『草枕』の独自性が認められる。「山路《やまみち》を登りながら、かう考へた。／智に働けば角《かど》が立つ。情に棹させば流される。」（一）という名高い冒頭部分は、風景よりも内面を優先する作品の論理を体現して象徴的である。「こんな小説は天地開闢以来類のないもの」[*6]という作者の自負のゆえんは、一つには既成の紀行文を転倒させた作りに求められるであろう。

『草枕』については、「唯だ一種の感じ――美くしい感じが読者の頭に残りさへすればよい。」[*7]という漱石の言葉がよく知られている。「美を生命とする俳句的小説」という形容と共に、作品のモチーフが的確に表現されていることは間違いない。しかし、同じ談話において、漱石が「私の作物は、やゝもすれば議論に陥るといふ非難がある。が、私はわざとやツてゐるのだ。」と付言していることも見落とされてはならないであろう。美をめぐる「余」の内なる「議論」も『草枕』の核であり、「美くしい感じ」も「議論」と関わらせて検討する必要がある。

「余」の思索が途切れることなく続くのは、今日的状況にふさわしい「美」の創出を企図しているからである。英文学に通じ、俳句や漢詩を嗜む西洋画家の「余」は、自身に関わる諸分野の技芸を時代・言語・ジャンルを越えた「芸術」（一）として把握する発想に立ち、新しい「感興」[*8]（一）の形象化を目論んでいる。一見「風流人」（四）を志向して山野を散策しながら、「余」は世俗的な都会での生活を完全に意識から追い払うことをしない。齋藤希史は、陶淵明や王維の詩の引用が「船、汽車、権利、義務、道徳、礼儀」と結びつけられており、二項対立の構図が公の世界と私の世界との対比という元々の性格から異なったものになっていることに注意を促している。[*9]「漢文脈における、仕と隠、公と私を西洋と東洋の対比にスライドさせる」という「漢文脈の拡大」[*10]が持つ問題を論じる準備は本稿にないが、「余」が既存の漢詩の達成に自足していないことは確かである。現在と関わる「芸術」を求め、答えが出せないがゆえに、「余」の内省は全編を覆うことになる。

『草枕』は、文体の特徴が第一に取り沙汰されてきた作品である。「絢爛瑰麗」、「著しく漢文脈を引いた口語体」

（赤木桁平）[11]、「漢文脈の勝つた、絢爛無比の文章」（小宮豊隆）[12]、「かなり修飾された、所謂エラボレートされた文章」（森田草平）[13]によって『草枕』は同時代から読者を魅了してきた。しかし、齋藤が指摘したように、『草枕』の漢文脈は近代の時代相の中で意味づけ直されたものであり、また、作品に均質に現われているわけでもない。

　糠《ぬか》の様に見えた粒は次第に太く長くなつて、今は一筋毎に風に捲かれる様《さま》迄が目に入る。羽織はとくに濡れ尽して肌着に浸み込んだ水が、身体《からだ》の温度《ぬくもり》で生暖《なまあたゝか》く感ぜられる。気持がわるいから、帽を傾けて、すた〳〵歩行《ある》く。

　茫々たる薄墨色の世界を、幾条の銀箭《ぎんせん》が斜めに走るなかを、ひたぶるに濡れて行くわれを、われならぬ人の姿と思へば、詩にもなる、句にも詠まれる。有体《ありてい》なる己れを忘れ尽して純客観に眼をつくる時、始めてわれは画中の人物として、自然の景物と美しき調和を保つ。只降る雨の心苦しくて、踏む足の疲れたるを気に掛ける瞬間に、われは既に詩中の人にもあらず、画裡《がり》の人にもあらず。依然として市井《しせい》の一豎子《じゆし》に過ぎぬ。雲烟飛動の趣も眼に入らぬ、落花啼鳥の情けも人に浮ばぬ。蕭々として独り春山を行く吾の、いかに美しきかは猶更《なおさら》に解せぬ。初めは帽を傾けて歩行《あるい》た。後には唯足の甲のみを見詰めてあるいた。終りには肩をすぼめて、恐る〳〵歩行《あるい》た。雨は満目の樹梢を揺《うご》かして四方より孤客に逼る。非人情がちと強過ぎた様だ。（一）

　雨の降る中で山道を進む様子を伝える一連なりの記述において、段落の切れ目を境に文体が和語中心で感覚に重きを置いた写生文から漢語を織り込んだ文語体へと改まる。状況から自己を「純客観」視する自意識へと関心が移行したことが表現の変化をもたらしている、と言えるかもしれない。引用のような、あるいはより劇的な文体の転換は、『草枕』に頻出する。漢文脈は和文脈と交渉し、表現の不連続性を際立たせる役割を担っている。「画中の人物」の風情を持つ人物として自身を言い表そうとしながら「余」は、最後に「非人情がちと強過ぎた様だ。」と落として文章を締め括る。漢文脈は、「非人情」を表現する際の参照項であり、かつ、笑いをもたらす落差の前提であるという両義的な機能を担っている。

小宮豊隆の証言に拠れば、漱石は『草枕』執筆に際して、『楚辞』を読んだと言う。[14] 東北大学附属図書館所蔵の漱石文庫には朱熹注の『楚辞集注』八巻二冊（嵩文書局、一八七七〔光緒三〕年）が含まれており、同書に目を通した可能性が高い。[15]『漱石全集』の「注解」[16]では、「依々《いい》たり恋々たる心持ち」（三）や「蘭を九畹《えん》に滋《ま》き、蕙《けい》を百畦《けい》に樹《う》ゑて」（十）を『楚辞』を踏まえた表現と解説している。三好行雄は、「惝怳」（六）も『楚辞』に由来する考えを示しており、[17] 句でなく語単位で考えるならば、さらに影響を指摘することができるであろう。例えば、「璆鏘《きうさう》」（一←『九歌／東皇太一』）、「嬋媛《せんえん》」（六←『九歌／湘君』）、「霊氛《れいふん》」（六、七←『離騒』）、「虬龍《きゆうりよう》」（七←『天問』）などである。[18] 一般的な語彙にまで広げると、「逍遥」（一、三、六、十二〔漢詩〕←『九歌／湘君』ほか）、「蕭蕭」（一←『九歌／山鬼』）、「寂漠」（二←『遠望』ほか）、「徘徊」（十二←『遠遊』）、「滑稽」（七←『卜居』）などにも受容の可能性があるかもしれない。むろんこれらの一般的な語彙は、すでに漱石の知るところであったろう。君王に容れられず神話伝説の世界に遊びながら下界を忘れることができない霊均が述懐する『離騒』や同じく世に容れられず山野をさまよい、やがて仙界で通力を得るに至る「吾」を描いた『遠遊』の世界観と共に、上述の言葉たちが、『草枕』の作者の心に改めて入ってきたことは、想像してよいかもしれない。「溷濁」（『離騒』）や「時俗」（『遠遊』）など、社会を汚れた否定的なものととらえる『楚辞』の発想は、『草枕』に通底するものがある。

もちろん、『草枕』の漢文脈は、『楚辞』のみを源流としているわけではない。陶淵明『飲酒 二十首并序』、王維『竹里館』、白楽天『長恨歌』、晁補之『新城遊北山記』などの漢詩文が明示的に引用され、『論語』、『淮南子』、『碧巌録』、『世説新語』、『菜根譚』の章句が織り込まれている。文学、思想、宗教の広い領域から多くの表現が選び取られ、新たな文脈の中で位置を与えられていることになる。『草枕』の構図を確認するため、本論では従来注目されてこなかった『酔古堂剣掃』という書物を漢文脈の一つの典拠として取り上げてみたい。

『酔古堂剣掃』は、明の末期、陸紹珩の編纂により一六二四（天啓四）年に成った、古今の名言佳句約一六〇〇句を集めた清言集である。*19 明の末から清の初めの中国では、アフォリズム文芸が流行した。『酔古堂剣掃』は「宇山人派の才子」の手による「文学的な情趣ゆたかな清言集」*20として特色を持ったが、本国においては普及せず、むしろ日本で歓迎された。幕末一八五三（嘉永六）年に翻刻開版されると出版が相次ぎ、広く読まれるようになる。一九一〇年代までは『菜根譚』と並び称されることも多かったが、以後は徐々に顧みられなくなった。醒・情・峭・霊・素・景・韻・奇・綺・豪・法・倩という一二章の部立ては、道徳的題目を掲げることが多かった同時代にあって異色である。

漱石文庫には、京都の書林津逮堂の大谷仁兵衛が発行した嘉永六年版の後刷（全四冊）と青木嵩山堂が一九〇八（明治四一）年一一月二五日に出版した活字本（全三冊）が所蔵されている。二種が手元に置かれていたことは、同書に対する漱石の関心の高さを表していよう。前者の入手時期は不明であるが、「漾虚碧堂図書」の蔵印が押されていないことからすれば、熊本在住期以降かもしれない。痕跡はほとんど見られないが、巻五の「素」の「性不堪虚天淵亦受鳶魚之擾心能会境風塵還結煙霞之娯」（性、虚に堪へずんば、天淵も亦鳶魚《えんぎょ》の擾を受けん。心能く境を会すれば、風塵も還た煙霞の娯《たのしみ》を結ばん）*21の頭に「×」が、「雉雊春陽鳩呼朝雨竹籬茅舎間以紅桃白李燕紫鶯黄寓目色相自多村家間逸之想令人即忘艶俗」（雉は春陽に雊《な》き、鳩朝雨に呼び、竹籬茅舎、間《まじ》ふるに紅桃白李、燕紫《えんし》鶯黄《あうくわう》を以てす、目を色相に寓《よ》すれば自《おのずか》ら村家間逸の想多く、人をして便ち艶俗を忘れしむ）に「○」が付けられている。洋書類に施すしると同じであるので、漱石の手の可能性はあろう。気持ちの持ちようで世俗の中でも喜びが得られるという教えが斥けられ、田舎の風物に触れることで心が浄化される効用が肯定されている判断は、『草枕』の

「余」の意識に通じる。「唯詩文字画。足為博世之珍。垂名不朽。総之。身後名。不若生前酒耳。」（唯詩文字画のみ、博世の珍と為すに足り、名を不朽に垂る、之を総《す》ぶるに身後の名は、生前の酒に若かず。巻四霊）のように、詩と書と画とを統一的にとらえる視座を有していることも、共通点に数えられよう。

『酔古堂剣掃』を『草枕』と関連づける一つの理由は、同書が『離騒』や李白・陶淵明を尊重しながら、[22]詩境を世俗との対立においてとらえる構図を『楚辞』よりも鮮明に打ち出しているからである。「氤氳《いんうん》」（三↑巻四霊ほか）、「余韻」（七↑巻三峭）、「詩興」（十二↑巻十二倩）、「風流」（三、四、七、十二↑巻七韻ほか）、「趣味」（四、十二↑巻三峭ほか）、「境界」（一、四、六、十二↑巻一醒）、「煩悩」（一、六↑巻一醒ほか）、「俗情」（十二↑巻十二倩）、「乾坤」（一、三、六↑巻三峭ほか）、「宇宙」[23]（三、六、十二↑巻三峭ほか）、「写生」[24]（三、八↑巻十二倩）などの語を『草枕』と『酔古堂剣掃』との両方に見出せる鍵語として挙げることができる。[25] 一つ一つは特別の語ではないが、人事から離れた世界を質的に異なった「芸術」的領域として区切ろうとする志向において、これらの語群は連関している。「丹青」（一↑巻十豪）、「雷霆」（三↑巻十一法）、「嫦娥《じゃうが》」（七↑巻二情）などの名詞や「寂寞」（二↑巻一醒ほか）、「縹緲《ひょうびょう》」（三、六、十二〔漢詩〕↑巻七韻ほか）、「茫然」（三、九、十一、十二↑巻四霊など）、「娉婷《ひゃうてい》」（七↑巻十二倩）などの情調を表す言葉の重なりも確認できることから、漢文脈を形成する源泉として『酔古堂剣掃』を想定するのは許されるのではなかろうか。[26]

四 「友情」の消失

『酔古堂剣掃』が典拠かどうかの問題はひとまず措くとしても、『草枕』が近代以前の中国における思考の型を踏まえて、人事 - 自然、世俗 - 風流といった区分で世界を把握していることは疑いえない。「余」は、「人情」と「非人情」との構図を案出し、俯瞰的視点に立つことであらゆる事象を「非人情」として受け止めることを試みる。旅の合間の戯れにすぎないとしても、「余」は二十世紀の日本の現実を対象化することを目指したのであった。漢文脈は、「余」にとって距離を確保しながら事物と向き合う上で有力な手段であった。

洋画家である「余」にとって、洋文脈は、漢文脈と親和的である。シェリーの詩『雲雀に寄せて』（Sherry, *To a Skylark*）を「余」は山道で暗誦する（一）。平易な語で綴られた原詩を「余」は文語定型詩のように訳している。それでも『雲雀に寄せて』では和語しか用いられていないが、那美に請われてメレディスの『ビーチャムの生涯』（Meredith, *Beauchamp's Career*）を朗読する際には、「非人情な読み方」を意識してか漢語が織り込まれるようになる。「ヱニスを去る女の心は空行く風の如く自由である。去れど隠れたるヱニスは、再び帰らねばならぬ女の心に羈絏《きせつ》の苦しみを与ふ。」（九）の原文は、〝The Adieu to Venice was her assurance of liberty, but Venice hidden rolled on her the sense of the return and plucked shrewdly at her tether of bondage.〟[*27] である。「tether of bondage」に「羈絏」[*28]という訳語を「余」は与えた。「縛めの綱」といった和語の表現ではなく、「羈絏」を採ったところに一つの傾向が現われている。「芸術家」が現実を「美化」して認識することを阻む要素として、「俗累《ぞくるい》の羈絏《きせつ》牢として断ち難きが故に」（三）を理由に掲げる「余」において、「羈絏」は「人情」の世界を集約的に表す語である。「余」は翻訳語としても漢文脈を駆使し、表現可能な領域を拡張しようとする。

しかし、画工の努力は、十分な成果をもたらさない。『草枕』が頻繁な文体の交代を伴う作品であることはすでに確認した。遭遇する人や風景を「余」は漢文脈の中に回収しようとしながら果たせず、和文脈の写生文で描出するに留まる。「源兵衛が羈絏《はづな》を牽いて通りました。」（二）と源さんの言葉を表記しているところには、「余」の表現をめぐる葛藤が現われていると言える。漢文脈で尽くせぬ地方性や庶民性については、「余」は俳句を詠むことで得た情趣を定着させることで補おうとした。それでも、なおとらえがたい対象が「余」の前に立ち現われる。言うまでもなく、それは那古井の温泉場の娘である那美である。「幻影《まぼろし》の女」（三）と最初に印象づけられた那美は、意想外の言動によって常に「余」を翻弄し、安定した像を結ぶことを許さない。「緑りの枝を通す夕日を背に、暮れんとする晩春の蒼黒く巌頭を彩どる中に、楚然《そぜん》として織り出されたる女の顔は、――花下に余を驚かし、まぼろしに余を驚ろかし、振袖に余を驚ろかし、風呂場に余を驚かしたる女の顔である。」（十）という概括は、「余」の那古井での滞在が那美の他者性に翻弄される連続であったことを示している。掉尾で「余」は、出立する元夫と顔を合わせて愕然とする那美の顔に「憐れ」を認め、「余が胸中の画面」の「成就」を思うが、それは、「愈《いよいよ》現実世界へ引きずり出された。」時でもあった（十三）。漢文脈を伴った「非人情」の表現実験が、日本の現在性において描きえぬ対象に突き当たって限界を露呈する経緯を追った小説――、『草枕』はそのように規定することができる。

陸紹珩は、「自叙」において、『酔古堂剣掃』編纂の意図を「巻以部分趣縁旨合用澆胸中傀儡一掃世帯俗情」（巻は部をもつて分ち、趣は旨に縁りて合はせ、もつて胸中の傀儡を澆《そそ》ぎ、世帯俗情を一掃せんとす。[*29]）と語っている。世俗を嫌い、心身から追い払おうとした陸は、しかし、親しい友との交わりを斥けることはなかった。「忘形友来。或促膝劇論。或鼓掌歓咲。或彼談我聴。或彼默我喧。而賓主両方忌。」（忘形《ばうけい》の友来り。或は膝を促して劇論し、或は掌《たなごころ》を鼓して歓咲《くわんせう》し、或は彼談じ我聴き、或は彼默して我喧《かまびす》しくして、賓主両《ひんしゆふた》つながら忌《わす》る。巻五素）「交友之先宜察。交友之後宜信。」（交友の先は宜しく察すべし。交友の後は宜しく信ずべし。巻十一法）のような、友人との関係をめぐる断章が『酔古堂剣掃』には数多く収録されている。

一方『草枕』の「余」は孤独である。旅に連れ添う仲間はおらず、那古井滞在中に接触する人々に自作の漢詩や俳句が披露されることもない。「日本の山水を描くのが主意であるならば、吾々も亦日本固有の空気と色を出さなければならん。」（十二）、「芸術はわれ等教育ある士人の胸裏に潜んで、邪を避け正に就き、曲を斥け直にくみし、弱を扶《たす》け強を挫かねば、どうしても堪へられぬと云ふ一念の結晶して、燦《さん》として白日を射返すものである。」（十二）と「余」は述べているが、「吾々」や「われ等」の具体は不明である。「其輪廓を見よ。」（七）といった呼びかけ表現は孤立的に見られるだけで、受け手よりもむしろ自身に向けた内言が目立つ。「急に朋友の名を失念して、咽喉迄出かゝつて居るのに、出てくれない様な気がする。」（六）という暗示的な一節は、「余」の語りの特質を考察する上で見落とせない。『草枕』は、顕著な漢文脈が言説の一翼を担うにもかかわらず、「友情」と切り離された世界を描き出している点において異質であり、漱石文芸における転換点に位置づけられる。

本稿においては、分析の中心を言説の形式、文体に置いた。内容に踏み込まない論であるゆえの偏りや不足が多くあることを承知しつつ、漢文脈の展開について見取り図を示すことに努めた。『草枕』のさらなる検討はもとより、『吾輩は猫である』の位置づけ、『文学論』との関連など重要な課題がいくつも残っているが、それらについては他日を期したい。

注

1 一海知義「訳注」（『漱石全集　第十八巻』〔岩波書店、一九九五年一〇月六日〕所収）一八一ページ。本稿における漱石の漢詩文および書き下し文の引用は、同書に拠る。

2 『時運』第八号、一九〇六年六月一五日（未見）に掲載された。

3 注1一海知義訳注

4 「倫敦消息」（『ホトトギス』第四巻第九号、一九〇一年六月三〇日）に付された前文。

5 漱石によって修訂を受けた「倫敦消息」（『色鳥』〔新潮社、一九一五年九月一二日〕所収）では、書き手の人称は、「僕」に統一されている。

6 一九〇九年八月二八日小宮豊隆宛書簡

7 談話「余が『草枕』」（『文章世界』第一巻第九号、一九〇六年一一月一五日）

8 「心持ち丈」を描く画の制作を着想した「余」は、「只感興の上《さ》した刻下《こっか》の心持ちを幾分でも伝へて、多少の生命を惝怳《〔しょうきょう〕》しがたきムードに与ふれば大成功と心得て居る。古来から此難事業に全然の績《いさほし》を収め得たる画工があるかないか知らぬ。」（六）と思いを巡らしている。「感興」は、形象化が困難な情趣を表す語として用いられている。

9 齋藤希史『漢文脈と近代日本　もう一つのことばの世界』（ＮＨＫブックス、二〇〇七年二月二五日）二一五ページ

10 注9齋藤希史著書二一五ページ

11 赤木桁平『夏目漱石』（新潮社、一九一七年五月二八日）一九九ページ

12 小宮豊隆『漱石の芸術』（岩波書店、一九四二年一二月九日）九一ページ

13 森田草平『夏目漱石』（甲鳥書林、一九四二年一二月一五日）二八〇ページ

14 注12前掲小宮豊隆著書九一ページ。「漱石は『草枕』を書き出す前に『楚辞』を読んだと言つてゐた」と小宮は記している。「解説」（『草枕』〔新潮文庫、一九五〇年一一月二五日〈未見〉、一九五二年八月二十日八刷〕所収）においても小宮は、同様に証言し、「是は『楚辞』の世界に自分の頭を同化させる目的でもあつたのには違ひないが、然しそれよりも『楚辞』の絢爛豊富な語彙に触れて、自分の中に蓄積されてゐる語彙を掘り起し、それを一一手近に待機させて用に立てる為だつたのだらうと思ふ。」と読書の効能を推測している。

15 漱石文庫の『楚辞集注』には朱点が相当施されているが、漱石の手によるかどうかは判断しがたい。少なくとも、しるしを付けられた語句と『草枕』に用いられた語彙とに直接的な対応は見られない。

16 今西順吉・出原隆俊「注解」（『漱石全集　第三巻』〔岩波書店、一九九四年二月九日〕所収）

17 三好行雄「注」（『草枕』〔新潮文庫、一九七〇年三月三〇日四五刷改版〈未見〉、一九八四年五月二〇日七八刷〕所収）

18 注16「注解」が『史記』「孟子列伝」の「円鑿方枘」を踏まえたと記す「円枘《ぜい》方鑿《〔ほうさく〕》」（五）も『楚辞』「九辨」の「圜鑿而方枘兮」に由来すると考えられるかもしれない。

19 『酔古堂剣掃』に関する説明は、塚本哲三「酔古堂剣掃　解題」（『漢文叢書　酔古堂剣掃全・菜根譚全』〔有朋堂書店、一九二一年三月三一日〕所収）、合山究「解説」（『中国古典新書　酔古堂剣掃』〔明徳出版社、一九七八年九

月三〇日）所収）を参照した。

20　注19前掲合山究解説

21　『酔古堂剣掃』の本文は、嘉永六年版の後刷版に拠り、書体は適宜現行のものに改めた。書き下し文は、注一九前掲『漢文叢書　酔古堂剣掃全・菜根譚全』に拠り、難訓以外のルビは省いた。

22　巻十の「豪」には「離騒を熟読し、濁酒を痛飲するは、果然名士の風流なり。」、巻五の「素」には「春回《めぐ》りて柳に到れば、陶淵明の興致翩翩たり。」という清言が挙げられている。「豪」には李白の「天我が才を生ず必ず用あり、黄金散じ尽すも能く復た来《きた》ると。又云ふ、一生の性癖佳句に耽る、吾人を驚かさずんば死すとも休《や》まず」という言葉も掲げられている。

23　「十二」では「宇宙《よのなか》」とルビが振られている。

24　「写生帖」は用例から除いてある。

25　『楚辞』との重複を避けるため例示から省いたが、「逍遥」、「蕭蕭」、「寂漠」、「徘徊」などの語も『酔古堂剣掃』には散見する。

26　「余」は「拙を守ると云ふ人」（十二）に対する共感を表している。直接には陶淵明『園田の居に帰る』の「拙を守りて園田に帰る」に由来していようが、漱石が好んだ「拙」という語も「山石不嫌于拙」（山石は拙なるを嫌はず。巻四霊）など、しばしば登場する。付言しておくと、『行人』の章題である「塵労」も「睡則雙眼一合。百事共忘。肢體皆適。塵労儘消。」（睡《ねむ》れば雙眼《さうがん》一たび合ひて、百事共に忘れ、肢体皆適し、塵労尽《ことごと》く消ゆ。巻四霊）のように、使われている。なお、青木嵩山堂版『酔古堂剣掃』は、渋川玄耳より一九一〇年九月二一日に届けられたものであろう（「日記」・「思ひ出す事など」六）。

27　『ビーチャムの生涯』の引用は、George Meredith, *Beauchamp's Career*, Archibald Constable & Co Ltd, Westminster, 1902に拠る。

28　「羈絏」は、例えば『世説新語』「傷逝第十七」で用いられている。

29　『酔古堂剣掃』「自叙」の書き下し文は、注19前掲『中国古典新書　酔古堂剣掃』に拠る。

※　漱石の作品、エッセイ、書簡などの引用は、『漱石全集』（岩波書店、全二八巻・別巻一、一九九三年一二月九日〜一九九九年三月二五日）に拠る。漱石文庫の調査に関して東北大学附属図書館のお世話になった。記して感謝申し上げる。

漢学塾のなかの漱石——漱石初期文芸における「漢学者」

阿部和正

一　漱石と二松学舎

漢詩・漢文に造形が深かったと言われる漱石は、一八八一（明治一四）年から一年あまり、漢学塾であった二松学舎に通い学んでいた。二松学舎で学んだ約一年間は、「漱石の文学活動の基礎としての漢文の素養は、二松学舎において培われたということを、ここで明言してもよいと思います[*1]」や、「僅か一年間の在学であるが、二松学舎での勉強は漱石の漢詩文の基礎を築き上げたというべきであろう[*2]」などと、たびたびその影響の大きさが指摘されてきた。一方でこれらの指摘は、漱石がどのようにして「漢詩文の基礎を築き上げた」のか、その過程については明らかにしていない。属していた級課や教科書に指定されていたものなどはわかっていながらも（【図1】参照）、漱石がそれをどのように習い修得していったのかにまで言及は及んでいないのである。こうした先行研究における指摘の具体性の欠如は、二松学舎で学んだことについて漱石自身の証言が乏しいことにも一因があろう。

残された数少ない二松学舎についての証言として、「落第」（『中学文芸』第一巻第四号、一九〇六年六月）と、「一貫したる不勉強——私の経過した学生時代」（『中学世界』第一二巻第一号、一九〇九年一月）の二つの談話が挙げられる。後者の「一貫したる不勉強」は、中学の「正則の方を廃してから、暫く、約一年許りも麹町の二松学舎に通つて、漢学許り専門に習つてゐたが、英語の必要——英語を修めなければ静止してゐられぬといふ必要が、日一日と迫つて来た。そこで前記の成立学舎に入ることにした」という、二松学舎に通うようになった経緯と成立学舎に移った理由の説明に止まるものである。[*3] それに対して前者の「落第」は、二松学舎における授業の様子をより詳細に語っている。

で大学予備門（今の高等学校）へ入るには変則の方だと英語を余計やつて居たから容易に入れたけれど、正則の方では英語をやらなかつたから卒業して後更に英語を勉強しなければ予備門へは入れなかつたのである。面白くもないし、二三年で僕は此中学を止めて終つて、三島中洲先生の二松学舎へ転じたのであるが、其時分此処に居て今知られて居る人は京都大学の田島錦治、井上密などで、此間の戦争に露西亜へ捕虜になつて行つた内務省の小城なども居つたと思ふ。学舎の如きは実に不完全なもので、講堂などの汚なさと来たら今の人には迚も想像出来ない程だつた。真黒になつて腸の出た畳が敷いてあつて机などは更にない。其処へ順序もなく座り込んで講義を聞くのであつたが、輪講の時などは恰度カルタでも取る様な工合にしてやつたものである。輪講の順番を定めるには、竹筒の中へ細長い札の入つて居るのを振つて、生徒は其中から一本宛抜いてそれに書いてある番号で定めたもので

【図1】漱石在学時の二松学舎のカリキュラム。◎は漱石が在籍した級課。

第三級第三課――日本外史、日本政記、十八史略、国史略、小学
第三級第二課――靖献遺言、蒙求、文章規範
◎第三級第一課――唐詩選、皇朝詩略、古文真宝、復文
◎第二級第三課――孟子、史記、文章軌範、三体詩、論語
第二級第二課――論語、唐宋八家文、前後漢書
第二級第一課――春秋左氏伝、孝経、大学
第一級第三課――韓非子、国語、戦国策、中庸、荘子
第一級第二課――詩経、孫子、文選、荘子、書経、近思録、荀子
第一級第一課――周易、礼記、老子、墨子、明律、令義解
※但し詩、文章は共通とす

あるが、其番号は単に一二三とは書いてなくて、一東、二冬、三江、四支、五微、六魚、七虞、八斉、九佳、十灰と云つた様に何処迄も漢学的であつた。中には、一、二、三の数字を抜いて唯東、冬、江と韻許り書いてあるのもあつて、虞を取れば七番、微を取れば五番と云ふことが直に分かるのだから、それで定めるのもあつた。講義は朝の六時か七時頃から始めるので、往昔の寺子屋を其儘、学校らしい処などはちつともなかつたが、其頃は又寄宿料等も極めて廉く――僕は家から通つて居たけれど――慥か一ヶ月二円位だつたと覚えて居る。

元来僕は漢学が好で随分興味を有つて漢籍は沢山読んだものである。今は英文学などをやつて居るが、其頃は英語と来たら大嫌いで手に取るのも厭な様な気がした。

この証言からは、二松学舎へ通うようになった経緯だけでなく、同窓の人たち、建物の内部の様子、そして講義の風景なども窺い知ることができる。在学当時の二松学舎を「何処迄も漢学的」だとする漱石は、その様子を「往年の寺子屋」のようだと言い、近代的な「学校」と区別している。漱石の漢学教養の一端は、近代的学校とは異なる場で形成されたものであった。こうした点を踏まえ本稿は、漱石の漢文脈の受容を詳細に検討することを通して、漱石の漢学教養形成の一端を明らかにしようという試みである。まずは漱石が漢学から離れていく有り様を検証したい。

二　二松学舎における「教養」

残された漱石の証言を、漱石と同時期に二松学舎に通い学んでいた人々の証言も収録された『二松学舎六十年史要』（二松学舎、一九三七年一〇月。以下『六十年史』と略記）を参照することで、より具体的なものにしたい。『六十年史』の「第一編　二松学舎沿革」によると、二松学舎は、一八八〇（明治一三）年「前後塾生数二百八十余名の多きに達し、其の数慶應義塾、同人社と相伯仲し都下三大塾の称あるに至」る。「都下三大塾」のうち、慶應義塾と同人社が、「主として西洋学を教授し」ていたのに対し、二松学舎は「東洋学」を教授する塾であった。この記述にしたがうなら、英語を嫌った漱石が、「都下三大塾」のなかで、唯一の「東洋学」を教授する二松学舎を選択した理由も頷けよう。ただし、二松学舎の塾生が多かった理由は、単に教授する内容だけに起因するものではなかった。

塾生の多い理由を『六十年史』は、二松学舎の塾長であった三島「中洲先生の学徳の然らしめしは勿論なるも」と前置きしたうえで、「維新後諸般更新の際に当り、玉石混淆旧物破壊の過渡期稍過ぎ、社会的にも、又仕官するにも、漢学を以て身を立つるの途稍開かれたる為なることも亦看過し得ざるべし」と塾生が増えた理由を説明している。具体的には、陸軍士官学校、海軍兵学校、司法省法律学校に入学を希望する者たちが漢学塾に集っていた。一八八一（明治一四）年に岡山から上京し、岡塾という漢学塾に入った片山潜は、「即ち当時の教育はすべて、西洋風で英語が最も盛んであつた。然るに官学校――陸海軍兵学校、法律学校――へ入学するには漢学の必要があつた。故に学生が慶應義塾の卒業生でも旧幕時代の教育を受けて居らぬものは、西洋的教育丈けでは間に合はないので、慶應の卒業生などが岡塾に漢学を学びに来たものだ」[*4]ったと述べている。二松学舎に通った者の証言を見ても、官学校へ進むための準備をしていたことは明白である。[*5]つまり、英語が重要視されながらも、漢学の教養がまだ必要とされた時期でもあったことが、塾生が多く在学する大きな要因だった。漱石もそうした時期に二松学舎に通っていたのである。漢学を学ぶことは、実用的意味合いを持つ行為だったと言えよう。

さらには、漱石が「寄宿料等も極めて廉」かったと証言している通り、下宿代の安さも二松学舎の塾生を増やす要因だった。二松学舎の「当時の塾費は他の下宿屋にくらべてずつと格安だつた」ため、「下宿するよりもここの塾へ入った方が安あがりだと考へてやつてくる不心得者も」（平野猷太郎「その頃」）多くいた。ただしこうした現象はどこの漢学塾でも同様だったようで、岡塾に下宿していた片山も「此処を安下宿と心得て、新聞社や会社其他の学校に通学して居る者が沢山あつた」[*6]と証言している。岡塾ではそうした下宿生を黙認していたようだが、二松学舎では塾を下宿代わりとする者たちに対して、塾長であった中洲が「塾を安下宿だと思はれるのは不愉快であるとおつしやつて朝の御自分の講義だけは必ず聴かせる」（同）という対策を取った。

この中洲の講義は「広い講堂で年齢とか等級とかの区別なしに皆一緒になつて聴」（松平康国「二松学舎の思い出」）くという体裁を取った。漱石が述べていた「朝の六時か七時頃から始める」「講義」とは、中洲の早朝の講義を指すと見て間違いないであろう。塾生たちの証言を総合すると、この講義で中洲は『論語』『孟子』『文章規範』『荘子』『書経』『韓非子』『中庸』などをテキストに用いていたようである。ただし、漱石が聞いていたであろう中洲の講義が、どのテキストを基に行われたかは定かでない。

また、テキストが単数だったのか複数だったのかもわからない。ただ同窓生の証言の多くは、たとえば『論語』と『孟子』といったように、中洲の講義を複数聞いていたようである。そして使用したテキストのなかでも得意とするものがあり、中洲は「中でも荘子、孟子の如きは最も先生のお得意のやうで又文章規範に至りては、文法其他独特の講義で字法句法微に入り細に亘」（柳荘太郎「二松学舎懐旧談」）る講義を行っていた。中洲が特に『文章規範』の講義を得意としていたことはほかの証言にも表れている。[*7]そして二松学舎に通う人々は文章を学ぶことを目的として通ってきていたようで、「ちよく〳〵二松学舎に出かけて文章を見てもらつた」（平野猷太郎「その頃」）や「中洲先生は陽明学の大家でございますけれど、主に文章の方で塾を開かれたのでございませう」（岡田起作「中洲先生の御遺訓」）とも述べられている。中洲からの影響かはわからないが、漱石も『文章規範』で文章を学んだことを証言している。

平生心がけて世の中を、明瞭に見ると云ふことが文章家に必要であるまいか、吾輩が今物を書いて思ひ当るが、其様云ふ風に養成せられて居たら、今頃は余程巧くなつたと思はれる、『文章規範』だとか『源平盛衰史』の様な物許りが文章だと思ふていたから、直接に自然に触れて観察しない、実は目前にあるつまらない器物も悉く材料であつたのである。

（「現時の小説及び文章に付て」（『神泉』第一巻第一号、一九〇五年八月））

漱石が述べている『文章規範』や『源平盛衰史』は、一八七〇年代には文章を練習するための手本であった。当時の手習本の一つである『啓蒙漢文獨稽古巻之第一』（西山堂、一八七八年九月）には、「複文を卒業したれば仮名交じりに綴りたる太平記源平盛衰記又は武将感状記常山紀談等により記事文を習練」した後、「若し能く縦横筆を下して差しつかへなきに至らば更に文章規範八家文等の書を熟読玩味せば自ら其妙境にも悟入るべし」（「凡例」）と説かれている。ここでは文章を習得するうえで段階を踏まえ読んでいくべき書が述べられているのであり、「『文章規範』だとか『源平盛衰史』の様な物許りが文章だと思ふていた」という漱石の証言もこの文章習得の延長線にあると言ってよい。漢文的文章習得を経なければ、「今頃は余程巧くなつた」と後悔的に語るように、漢文的文章表現から漱石は身を逸らしていく。二松学舎を辞めた後も、漱石は漢文や漢詩を作ることを止めた訳ではないが、それは「趣味」の領域へと移っていくと言える。

三 「寺子屋」における漱石

東京帝国大学在学時に、漱石が漢文で書き、友人である正岡子規へ送った『木屑録』（一八八九（明治二二）年）は次のように書き出されている。

余児時、誦唐宋数千言、喜作為文章。或極意彫琢、経旬而始成、或咄嗟衝口而発、自覚澹然有樸気。窃謂、古作者豈難臻哉。遂有意于以文立身。自是遊覧登臨、必有記焉。其後二三年、開篋出所作文若干篇読之、先以為極意彫琢者、則頽隳繊佻、先以為澹然有樸気者、則骫骳艱渋。譬之人、一如妓女奄奄無気力、一如頑児桿傲凌長者、皆不堪観。焚稿扯紙、面発赤、自失者久之。

（余、児たりし時、唐宋の数千言を誦し、喜んで文章を作為る。或いは意を極めて雕琢し、旬を経て始めて成り、或いは咄嗟に口を衝いて発し、自ら澹然として樸気有るを覚ゆ。窃かに謂えらく、古えの作者も、豈に臻り難からん哉、と。遂に文を以て身を立つるに意有り。是れ自り遊覧登臨すれば、必ず記有り。其の後二三年にして、篋を開き、作りし所の文若干篇を出だして之を読むに、先に以て意を極めて雕琢すと為せし者は、則ち頽隳繊佻たり、先に以て澹然として樸気有りと為せし者は、則ち骫骳艱渋たり。之を人に譬うれば、一は妓女の奄奄として気力無きが如く、一は頑児の桿傲にして長者を凌ぐが如く、皆な観るに堪えず。稿を焚き、紙を扯き、面、赤を発して、自失する者、之を久しゅうす。）〔一〕

ここには「文を以て身を立」てようとしながら、そこから離れていく漱石の姿が表れている。こうした漱石の様子を、佐古純一郎は「ここで漱石が「児たりし時」というのが、何歳くらいまでさかのぼることができるか、また「唐宋数千言」を誦したというのが、具体的にどのような中国の古典籍であったか、というようなことはもはや分明ではない」[*8]としている。一方で高島俊男は「一見ごくおさない時からのことを書いているようだがそうではなく、明治十四年から十五年にかけて、二松学舎で勉強していたころのことと考えてよい」[*9]と述べる。先に引用した「落第」のなかで漱石が、「考へて見ると漢籍許り読んで此の文明開化の世の中に漢学者になつた処が仕方ない」と思い、二松学舎から成立学舎へ移ったと証言していたことと併せて考えると、二松学舎入学時点においては「漢学者にな」り、「文を以て身を立」てることが、漱石のなかで少なからず意識された将来像だったと言える。二松学舎で学んだ約一年は、「漢学者にな」り、「文を以て身を立」てることを止め、英語を以て身を立てるような、近代的立身出世へと移らせる契機となった時期であった。

『六十年史』に収録された同窓生たちの証言のなかに、漱石について言及されたものを探すと、「此の前後夏目漱石氏も通学した筈であつたが、気づかなかつた」（山田準「松門懐旧雑記」）という証言が一つ見つかるだけである。こうした証言の乏しさは、二松学舎のなかで漱石があまり目立った存在でなかったことを暗示している。漱石が通った頃に刊行された『二松学舎翹楚集』（第一号～第二号、一八八〇年四月～六月）や『二松学舎学芸雑誌』（第一号～第四号、一八八一年一一月～一八八二年三月）という学内誌のなかに、「塩原金之助」の名前を見つけることはできない[*10]。同窓生に文章が書けると評されている者たちは、この学内誌に文章が掲載されていることからも[*11]、二松学舎における漱石の立ち位置が窺えよう。けれどもこうした事実は、漱石に漢文や漢詩を作る能力が欠けていたことを意味しているわけではない[*12]。

当時の二松学舎において「文章が書ける」基準となっていたのは、塾長である中洲の評価であった。中洲「先生が生徒の作文をなほされるのに、一番良いのには◎圏点、それから順次△〃〃，の符号を打たれたので、みんな二重圏点を取らうと競争したが、これはなか〳〵とれなかつた」（松平康国「二松学舎の思い出」）。ただし、塾生全員の文章を中洲が採点していたわけでなく、「あの当時、文章を直してもらふに、大抵塾頭ぐらいでなほすのが普通であつて、中洲先生の処までゆくには、余程甘くならないといけな」（山本梯二郎「漢学に対する我が謬見」）かった。そのため「漢文は時々提出せしが、中洲先生の批正を得たるものなし」（松井庫之助「二松学舎創立記念懐旧談」）という塾生も多くいたようである。漱石が中洲の採点を受けるような文章を書いていたのかは不明であるが、「◎圏点」

を常に取るような生徒でなかったことは確かであろう。[*13] 少なくとも漱石は、中洲の評価基準に添った形で文章を作ることはできなかったと言える。この事実が、「漢学者にな」り、「文を以て身を立て」ることから漱石が離れていく一因ではなかろうか。そして二松学舎を始め、漢学塾での身の立て方も漱石には馴染めないものだった。

辻本雅史は、近世の「私塾」における学習とは、「師匠の読みを正確に模倣することに始まり、それを繰り返して完全に暗唱できるようになるまで習熟すること」[*14] だったと言う。そして学習同様に、「徒弟制における、「我執を去り」自己を空しくする（自己を制する）ことが、師匠を「見習い」「写し取る」ためになくてはならない弟子の態度なのである」[*15] と指摘している。漱石が通った当時の二松学舎での身の立て方も、辻本の指摘する近世の寺子屋におけるものと近いものではなかったか。

『六十年史』のなかで唯一漱石についての証言を残している山田準は、漱石と同じ一八六七（慶応三）年に、岡山県で生まれた。小学校卒業後、地元の漢学塾である有終館に入り、漢学を学んだ。そして一八八四（明治一七）年に二松学舎の学僕となり上京する。[*16] 同じく岡山から上京した片山は「当地（引用者注――東京）の青年苦学生の理想は善良なる家の食客の口に有り附くことであつた」[*17] と述べており、山田の上京はある意味で「理想」的な形に近いものであった。山田が就いた学僕の業務は、「毎日夜が明けると起きて雨戸を操り、洗面所へ清水を備へ、椽に雑巾をかける。夕には雨戸を締め、ランプを掃除して先生の書斎に供へる、之が常用で、其他は来客の取次用事の使になどであつた。時に揮毫用の墨磨り、全唐紙用截りつぎをした」（山田準「松門懐旧雑記」）というものだった。その後中洲の師であった山田方南の孫養子となり、幹事という塾の経営を取り仕切る役職に就くなど、中洲の援助を受けながら山田は二松学舎内で地位を築いていく。

こうした山田の身の立て方を参照するとき、先に引用した漱石の「何処迄も漢学的であ」り、「往昔の寺子屋を其儘、学校らしい処などはちつともなかつた」という言葉は、別の意味も帯びてくる。もちろん漱石は「寺子屋」

という呼び名を始業時間を指して使ったのであろうが、漱石が通った当時の二松学舎での身の立て方もまた「寺子屋」的なものではなかったか。単に漢学を学ぶだけではなく、学僕は「師匠を「見習い」「写し取る」」ことを行う役職だったと言える。そうした師を持った形跡のない漱石にとって、二松学舎での身の立て方が馴染めないものであったとしても不思議はない。ただし漱石が後年には、小宮豊隆や阿部次郎などにとって見習うべき師となっていくこともまたアイロニカルな現象だと言えよう。

二松学舎のなかで「寺子屋」的に身を立てた山田であるが、やはり漢学で職を得ることは難しかったようである。山田のような漢学者の就職先には、「而して所謂漢学者の余党の大多数が立籠りし残塁は、府県の中学校なり」[18]と言われたように、近代的な学校で漢学教師になるという道があった。中学校ではないが、山田も一八九九（明治三二）年に漢学の教師となり熊本の第五高等学校に赴任する。奇しくも、そこで英語科主任を務めていたのが、漱石であった。二松学舎退学後、成立学舎から大学予備門へ、そして東京帝国大学へと進んだ漱石は、近代の学校教育に即した身の立て方をした。この後漱石がイギリスへ留学するのに対して、山田は漢文の授業時間削減により、鹿児島の第七高等学校造士館へ転任する。[19]近代の教育制度のなかに組み込まれたとき、二人の立ち位置は対照的なものとなる。一時期同僚だった二人だが、その当時彼らの間に交流があったのかはわからない。[20]山田が漱石への証言を残しているのに対して、漱石が山田について言及したものは残されていない。ただし、「漢学者」というモチーフは、漱石初期小説にたびたび表れており、反復される題材なのだと言える。

四　漱石小説における「漢学者」

小説を創作し始めてから、漱石が再び漢詩や漢文を作り出すのは、一九一〇（明治四三）年の「修善寺の大患」

以後である。なぜ再び詩作を始めたのかについて、漱石は明確な答えは示していない。ただ『思い出す事など』（一九一〇年～一九一一年）において、「（平仄韻事は偖置いて）、詩の趣は王朝以後の伝習で久しく日本化されて今日に至つたものだから、吾々位の年輩の日本人の頭からは、容易にこれを奪ひ去る事が出来ない」（五）と、自身のなかにおける漢学の影響の強さについては語っている。この言葉通り、「修善寺の大患」以降の漱石は、漢詩や漢文を作ることを積極的に行っていく。しかし、その創作はあくまで「趣味」であり、二松学舎入学時に思い描いたような「漢学者」としてのものではない。同様に、「漢学者」も職業ではなく、小説のモチーフの領域へと移っていく。

たとえば、漱石の処女小説『吾輩は猫である』（『ホトトギス』第八巻第四号～第九巻第一一号、一九〇五年一月～一九〇六年八月）では、迷亭の伯父が「漢学者」とされ、「若い時聖堂で朱子学か、何かに凝り固まつたものだから、電気燈の下で恭しくちよん髷を頂いて居る」（三）という様な人物に設定されている。そんな伯父の「精神の修養を主張する」という「東洋流の学問」は、大学を卒業している苦沙弥や迷亭には、「時候おくれ」（九）なものとして認識される。こうした直接的に「漢学者」を「時候おくれ」の人物として設定するだけでなく、漱石が描く「文学者」自体が漢文の素養を背景に持っているかのような人物となっている。

『野分』（『ホトトギス』第一〇巻第四号、一九〇七年一月）は漱石が唯一「文学者」を主人公においた作品である。テクストにおいて「文学者」（一）と呼ばれる白井道也は、大学卒業後中学校の英語教師となっており、一見近代的学問を身につけた人物のように映る。けれども、人格の修養を説く道也の「文学者」としてのあり方は、「道也先生のやうな人は何だか文学士といふ肩書を有つ人の中に居さうにない。飄軽な漢学者臭い」[*21]と捉えられた。先行論でたびたび言われる「社会に相渉る新時代の文学者観として確かに魅力的な、先進的なもの」[*22]だったという主張とは異なり、同時代において道也の「文学者」としての姿勢は、「漢学者」的な「時候おくれ」なものと読まれたのだ。

そもそも道也の志向する「文学者」としてのあり方は、一八九〇年代終わりから一九〇〇年初め頃に唱えられた文学者像に近いと言える。その頃の文学者は、「苟も、文学に志し、文学者とならうと思ふものは、尠くとも、社会の師となつて、社会を高尚な理想に導かねばならぬ、否、この覚悟がなければならぬ[*23]」などと説かれた。こうした「社会の師となつて、社会を高尚な理想に導」くとされた文学者こそ漢学者であった。

治国平天下の術ハ漢学の得意なり、漢学の本領なり、是を小にしてハ、身を正し家を齋へ、是を大にしてハ、国を治め民を育し、或ハ忠信孝悌の大義より、起居飲食会話の礼に至るまで繰然として備ふ、是を活用せんか、修身治国平天下に於て余りあらん。[*24]

自分の人格を世間一般より高いものとし、「文筆の力で」以て「世間を警醒しやうと」（三）する道也の姿勢は、こうした漢学者の理想像に相似している。しかし、徐々に漢学者の唱える修養は、「道徳といふことは、吾々の観測から視れば、漢学者の社会で私するものではない[*25]」や、「惜しむべきは、彼等自身の事理は彼等の間に在りて通ずる事理のみ[*26]」とされていく。漢学者の唱える修養が「時候おくれ」と言われるようになっていく時期の後に、近代的学問を身につけながら「世間を警醒しやうと」して筆を執る道也の「文学者」としてのあり方は、時代のなかで変容した漢学者の姿なのだと言えよう。ただし、そうした道也の言論も「世間を警醒」することはなく、高柳という一人の青年に影響を与えるだけの狭い範囲に止まっていることは見逃せない。その後漱石は、道也のような「文学者」を主人公とした作品を描くことはないが、漢学の素養を持つ人物に「文学者」という呼び名を与えている。

漱石の朝日新聞入社後の第一作目である『虞美人草』（一九〇七年）において、「文学者」は、「単なる文学者と云ふものは霞に酔つてぽうとして居る許りで、霞を披て本体を見付け様としないから性根がないよ」（三）と評される。この「文学者」が小野であり、小野もまた漢学的素養を身につけた人物に設定されている。彼は東京帝国大学入学前に、「京都では孤堂先生の世話になつた。先生から絣の着物をこしらへて貰つた。年に二十円の月謝も出して貰つた。書物も時々教はつた」（四）と述べられている。小野の師である孤堂先生は、「漢学者」だと規定されてはいないが、「一般漂母を徳とすと故事を古堂先生から教はつた事さへある」（十二）と、『史記』の言葉を引用した教えを小野に授けていることから、漢学的教養を備えた人物だったとは言えよう。そんな孤堂先生は、娘の小夜子を連れて京都から上京するが、これは小夜子と小野の結婚が目的のものであった。

漢学者が「時候おくれ」とされていく一九〇〇年の初めに、国木田独歩は、田舎の年老いた漢学者の姿を描いた『富岡先生』（『教育界』第一巻第九号、一九〇二年七月）[*27]という小説を発表している。このなかでは、漢学者である富岡先生は、大学を卒業した青年たちとは、「老漢学者と新法学士」（一）といったように対比的に扱われている。富岡先生も娘の梅子を連れて上京し、元教え子と梅子を添わせようとするが、変わり果てた教え子たちの態度に腹を立てて梅子を連れ帰郷する。東京での一連の様子は描かれずに終わるのだが、『虞美人草』における孤堂先生と小夜子の東京での様子は、描かれなかった東京での富岡先生と梅子の姿の変形だと言えよう。直接的ではなくとも漱石は、「漢学者」の変容していく過程を小説に織り込んでいるのである。

その後の漱石作品では、漢学的素養は青年たちとその親たちを分ける指標のような役割へと変化していく。青年たちを導くのは西洋的学問を備えた者たちとなっていくのであり、道也や孤堂のような「漢学者」的人物はそうした役割を果たせなくなる。「修善寺の大患」後の漱石の志向がそうであったように、小説内においても漢文脈は「趣味」の領域へと移っていく。けれども、否定的意味合いを含んでいるにせよ、漱石の小説において「文学者」という呼称を与えられるのは漢学的素養を持つ人物たちなのであり、その意味で漱石とって漢文脈とは、単なる

「趣味」の領域には収まらないジャンルなのだと言えよう。

注

1　佐古純一郎・吉崎一衛・大地武雄・斎藤順二「座談会　『漱石詩集全釈』をめぐって」（『論究』第七号、一九八三年一一月）

2　徐前『漱石と子規の漢詩――対比の視点から――』（明治書院、二〇〇五年九月）「第一章　漱石と子規の漢詩の成立をめぐって」四頁

3　当時の成立学舎の舎則の第一条は、「本舎ハ大学予備門ノ受験科及英学変則ヲ修ムルヲ以テ目的トス」となっており、あくまで上級学校への進学を目的とした学校であったことがわかる。

4　片山潜『自伝』（改造社、一九二二年五月）「労働運動に携はる主因」一三九頁

5　たとえば、「その頃三島の門人が大勢寄つて来たわけは、中洲先生の徳をしたひ文章をよく書きたいとのぞんで来た事は勿論でございますが、世に出ると云ふ事に付いての事では、陸軍士官学校入る人が多かつた様でございます。それは士官学校が漢文の試験で人をとつた為めでございます。（中略）もう一つは司法省、法学校の出仕生徒であり（中略）その試験には皆漢文がございました」（岡田起作「中洲先生の御遺訓」）といった証言が見られる。

6　片山潜、前掲注（4）「労働運動に携はる主因」一三八～一三九頁

7　二松学舎の学生を中心に編まれた『東海北斗』（第一号～第五七号、一八八九年一二月～一八九三年九月）は、中洲の「文章軌範講義」と「孟子講義」を最初に採録しており、この二つの講義を中洲が特に得意としていたことが窺えよう。

8　佐古純一郎「漱石の漢詩文」（『講座夏目漱石　第二巻』〈有斐閣、一九八一年八月〉。のち、『漱石論究』〈朝文社、一九九〇年五月〉に収録）

9　高島俊男『漱石の夏やすみ――房総紀行『木屑録』』（ちくま文庫、二〇〇七年六月）

10 神奈川近代文学館に所蔵されている二松学舎の卒業証書の宛名は「塩原金之助」となっている。

11 例を挙げれば、「佐倉君の文章は有名」（松井庫之助「二松学舎創立記念懐旧談」）と言われた、佐倉孫三は「風喩」（『二松学舎学芸雑誌』第一号、一八八一年一一月）という文章が、「高成田良之助といふ外国語学校の支那語の学生が文章だけを学びに来てゐて、此の人は十八歳で夭折したが、幾度も重圏点を取つた」（松平康国「二松学舎の思い出」）とされる、高成田良之助は「文有別才説」（『二松学舎学芸雑誌』第一号）という文章が雑誌に掲載されている。

12 吉川幸次郎『漱石詩注』（岩波文庫、二〇〇二年九月。引用は、二〇一六年七月第七刷に拠る）は、漱石の作った漢詩は「結局は素人の漢詩であるという要素をもつ」としながらも、「先生（引用者注――漱石）の文学の一部分として」重要であると同時に、「その詩が、日本人の漢語の詩として、すぐれることである。もう一歩進めていうならば、日本人の漢語の詩として、めずらしくすぐれることである」（「序」九〜一〇頁）と一定の評価を与えている。

13 吉崎一衛「漱石が学んだ「詩文課題」」（『論究』第七号、一九八三年一一月）は、漱石が通っていた時期の二松学舎での詩文課題一覧を掲載しているが、漱石が具体的にどういった課題をこなしていたのかなどは明らかでない。

14 辻本雅史『「学び」の復権――習熟と模倣』（岩波現代文庫、二〇一二年三月）「第二章　儒学の学習」六一頁

15 辻本雅史、前掲注（14）「第五章　徒弟制と内弟子」一八一頁

16 山田準の詳しい経歴や活動については、『陽明学　山田済斎特集号』（第八号、一九九一年三月）を参照。

17 片山潜、前掲注（4）「印刷職工時代」一三〇頁

18 無署名「漢学者の末路を吊す」（『歴史地理』第五巻第一号、一九〇三年一月）

19 そのときのことを山田は、「三十九年前の回顧」（『龍南』第二三八号、一九三七年一〇月）のなかで、「教授時間の都合で漢文教授減員の際、鹿児島に七高の再興があつて岩崎館長に呼ばれて転任した」と振り返っている。またこの文章のなかで、「松本教頭の瀟洒と夏目（漱石）教授の簡素とは善き対照であつた。翌年夏目教授が教頭になつたが、その態度は厳粛其物であつた。誰も後日の文豪を予想するものは無かつたであらう」と漱石の印象も述べ

ている。

20 第五高等学校で発行されていた『龍南会雑誌』（第七七号、一九〇〇年二月）には、漱石の「古別離」と山田の「第五弓進之書」と題した漢文が同じ雑誌の誌面に掲載されている。
また、漱石の死後のことではあるが、山田準の蔵書には夏目鏡子から送られた漱石の一七回忌の案内書簡が残されており、山田準と夏目鏡子の間に多少の交流があったことは確認できる。詳しくは、『三島中洲と近代――其三――』（二松學舍大学附属図書館、二〇一五年三月）の一七頁及び五〇頁を参照。

21 銀漢子「漱石氏の『野分』」（『早稲田文学』通巻第一五号、一九〇七年二月）

22 内田道雄「漱石と社会問題――「野分」の成立――」（『国文学』第一〇巻第八号、一九六五年八月。のち、『夏目漱石――『明暗』まで』（おうふう、一九九八年二月）に収録）

23 高信孝次「文学志願者に与ふ」（『言文一致』第一五年第五号、一九〇三年三月）

24 高橋学淵「漢学者」（『穎才新誌』第九四一号、一八九五年九月）

25 上田萬年「漢学者の開展期」（『教育報知』第六四六号、一八九九年二月）

26 無署名「老朽漢学者と少壮漢学者」（『中央公論』第一四年第一二号、一八九九年一二月）

27 引用は、『国木田独歩全集　第二巻』（学習研究社、一九六四年七月）に拠った。

※ 漱石文献の引用は、『漱石全集』（岩波書店、一九九四年版）に拠り、『朝日新聞』に掲載されたものについては出典の記載を省略した。また引用した文献に関しては、漢字を旧字体から新字体へと適宜改め、難訓以外のルビと傍点や圏点は省略した。

なお本稿は、シンポジウム「漢文脈の漱石」（二〇一七年三月一二日、於・二松學舍大学）での口頭発表に基づくものである。共に発表をした方々、発表に対しご教示を賜った方々、発表機会を与えてくださった方々に感謝を申し上げる。

夏目漱石の「趣味《テースト》」の文学理論──価値判断の基盤としての「感情」

木戸浦豊和

はじめに

『文学論』（大倉書店、明治四〇年五月）をはじめとする夏目漱石の理論的言説は「情緒」や「同情」「感染」「感応」など、さまざまな概念から構成されている。[*1] これらの鍵概念の意味や、それらが負う歴史的な背景を検討することは、漱石の文学理論の実態を究明する上で有効な手立てとなるだろう。本稿の目的は、このような鍵概念の一つとして「趣味」に着目し、それが漱石の理論の中で果たす意義や機能を明らかにすることである。

ただし「趣味」は、漱石の理論のみが特殊に使用する用語ではない。それは、中国に由来する漢語であった。しかも「趣味」は、明治初期に西欧の《taste》概念に遭遇することによって意味が再編された翻訳語的な術語でもあったのである。そして新たな意味を獲得した「趣味」は、明治三〇年代から四〇年代にかけて一種の流行語として思想や文芸、教育などの領域で広く流通していくのである。[*2] 漱石の「趣味」概念の固有の様相も「趣味」という語の変遷を踏まえ考察する必要があるだろう。そのため本稿も「趣味」の語史を概観することからはじめることとしよう。このことによって本稿は「趣味」と《taste》の間から独自に「趣味《テースト》」の文学理論を構築した漱石の営みを解明することを目指したい。

一　「趣味」概念の再編

「趣味」は元来、漢語に起源を持つ熟字であった。たとえば、古く、南宋の政治家・学者であった葉適（号・水心、一一五〇～一二二三）の著作『水心文集』巻二九に収められた「跋劉克遜詩」には「趣味」の語を含む、次の文が見られるのである。

怪偉伏平易之中趣味在言語之外[*3]（怪偉は平易の中に伏し、趣味は言語の外に在り）

これは、葉適が、南宋の官僚・詩人である劉克遜（一一八九～一二四六）の詩を評した文章の一節である。劉克遜は「江湖派最大の詩人」[*4]とも呼ばれる劉克荘（一一八七～一二六九）の弟に当たる人物である。この葉適の評言に見られる「趣」の語には「ことばで言い表せない玄妙な境地」や「ことばを越えたところにあるもの」「言外のもの」[*5]という意味が含まれているという。

しかし「趣味」という語の用例は、中国でも日本でも極めて少ないことが指摘されている。[*6]「趣味」が際立って用いられるようになるのは明治期の日本なのである。たとえば明治三九年六月には雑誌『趣味』が刊行されている。その中でも特に本稿が注目したいのは、西洋の《taste》概念と接触することで新たな意味が付与された「趣味」の内実である。その最初期の用例として、箕作麟祥纂訳『泰西勧善訓蒙　後編』（中外堂、明治六年。以下「後編」と呼ぶ）を取り上げてみよう。

洋学者・法学者の箕作麟祥（一八四六～一八九七）は、明治初期に相次いで三種類の「泰西勧善訓蒙」を訳述し刊行している。[*7] それらは同一の書名を冠している。しかし、その原書は、それぞれ異なる著述家が著した、まったく異なる著作であった。特に麟祥は「後編」の主要な部分をHubbard Winslow, *Elements of Moral Philosophy: Analytical, Synthetical, and Practical*（6th Edition, 1866）に拠って執筆したと述べている。

その「後編」の原書の序文で著者のウィンズロウは《moral science》の内容が正しければ、宗教的な真実と調和するはずであると述べている。[*8] このように「後編」の原書は、キリスト教に基づいて道徳を論じた著作であったのである。

それでは「趣味」は、麟祥の翻訳書ではどのように論じられているだろうか。ここではその論点を二つに絞って確認しておこう。

第一に「趣味」は「本心」（conscience、良心）とともに人間に与えられた「有理ノ感」（rational susceptibility、合理的な感情）であるということである。「本心」が「正邪ヲ弁ズル有理ノ感」であるのに対し「趣味」は「美醜ヲ弁ズル有理ノ感」なのである。「本心」と「趣味」がともに「有理ノ感」と捉えられている理由は「正邪」（善悪）を判断する「本心」も、「美醜」を判断する「趣味」も、どちらも合理的な判断能力であるからである。そしてこれらの能力が合理的であるのは、そもそも「上帝の性」（the nature of God）によって妥当性が保証されているからなのである。

しかし「美醜」を判断する「趣味」の能力が、神によって根拠付けられているにもかかわらず「美醜」に対する人々の「標的」（判断基準、the standard）は様々に異なっているように見える。それはいったいなぜだろうか。

この「美醜」の多様性の問題が、本稿で着目したい第二の論点である。この問題にかかわり、麟祥の翻訳は次の通り論じている。

吾人ノ心中ニハ其固有タル審美ノ標的ナシト為ス可キヤ答ヘテ曰く然ラス吾人ノ心中ニ其標的アリト為ス可キハ猶人ニ識善ノ標的アリト為ス可キカ如ク而テ人ノ心ノ生レ得テ自カラ審美ノ原理ヲ識ルハ猶義務ノ原理ヲ識ルニ同シク且ツ其原理ハ造物主ノ意ニ曰リ以テ人ノ心中ニ編入セシ如ク一次之ヲ発スレハ自カラ識認スルヲ得可キ者タリ[*9]

人間には生来的に「造物主ノ意」に基づいて「審美ノ原理」(the principles of beauty)が備わっている。「美醜」に対する判断基準(「標的」)が民族や人種ごとに異なり、多様であるように見えるのは「趣味」の能力を「教化」する(cultivate, educate, enlighten)程度に差があるからにすぎない。「野蕃」の「趣味」も「教化」されることによって「開明人」の「趣味」へ接近し、統一されていくのである。

以上の通り、明治初期に西洋の《moral philosophy》を通じて受容された「趣味」とは、第一に「美醜」を判断する原理のことであった。しかも第二に、その原理は、神によって人間の本来的な能力として基礎付けられているため「趣味」に基づく美的判断は教化や涵養を通じて普遍に達すると見なされていたのである。

このような美的判断能力としての「趣味」は、西洋一八世紀の美学を踏襲している。西洋一八世紀は「趣味の世紀(the century of taste)」と呼ばれることがあるように、[*10]「趣味(taste, goût, Geschmack, gusto)」を原理に「美」の普遍性の問題が盛んに論じられた時代であった。

「趣味の世紀」の美学を代表するイマヌエル・カント(一七二四~一八〇四)の『判断力批判』(*Kritik der Urteilskraft*, 1790)は哲学者の大西祝(一八六四~一九〇〇)によって明治二〇年代の日本に移入された。大西の浩瀚な『西洋哲学史』は、カントに極めて重要な位置を与えている。大西は、その下巻の第四七章「イムマヌエル、カント」の「審美論附目的説」でカントの『判断力批判』を明確に論じているのである。ここで大西によるカントの「趣味」論の解説を簡潔に確認しておこう。

カントに従へば、観美上の判定も感官上の判定と同じく主観的なるもの、換言すれば、客観的事物其のものの具ふる性質を言ふに非ずして吾人の主観に覚ゆる快感を言ひ表はすものなり。観美的判定が唯だ感官上のものなる快感と異なるは其の判定の遍通性を有することに在り。吾人が一物を取りて其を美なりとするや其の美となる所のものは凡そ人性の成り立ちより観て相同じかるべきものにして美醜の判別に於いては諸人の従ふべき一定の標準あり。然るに唯だ感官上の快感は其の如く遍通的ならず、例へば一人の味官に快しと感ぜらるゝもの必ずしも他人の味官にしか感ぜらるべき筈なりと云ふ能はざるが如し。趣味の差別は相争ふべきものならずとは唯だ感官上のものに就いていふべく観美上のものに就いて云ふべからず。[*11]

ここで大西は「感官上の判定」と比較することによって「観美上の判定」の特質、つまり「趣味」判断の特質を説明している。「観美上の判定」は「感官上の判定」と同じく主観的な快の経験である。しかし「感官上の判定」があくまでも個人の感覚に基づく個別的な快の経験であるのに対し「観美上の判定」は主観的な快の経験でありながらも「遍通性」（普遍性）を持っている。「観美上の判定」つまり「趣味」判断とは「諸人の従ふべき一定の標準」を備えていなければならないのである。このように大西は、カントの美学における「趣味」を、主観的な普遍妥当性を志向する原理として説明しているのである。

以上のように漢語の「趣味」は、明治期に西洋の《taste》概念と遭遇したことによって、普遍的な「美」を判断する原理として新たに意味付けられたと言える。漱石の文学理論における「趣味」概念も、このような背景を前提に検討される必要があるのである。

二　「味ふ力」としての「趣味」

それでは、漱石の文学理論は「趣味」概念にどのような位置を与えているだろうか。漱石は、様々な文脈で多義的に「趣味」の語を使用している。[*12] それらの多様な文脈を追うことは当然、大切である。ただし、より大事なのは「趣味」が漱石の理論の中で担う役割の本質を見定め、その内実を明らかにしていくことである。この点で以下に掲げる二つの引用は、漱石の「趣味」概念を検討する上で重要な位置にある。まず次の一節を確認しよう。

（前略）余の学力は之を過去に徴して、是より以後左程上達すべくもあらず。学力の上達せぬ以上は学力以外に之を味ふ力を養はざる可からず。而してかゝる方法は遂に余の発見し得ざる所なり。翻つて思ふに余は漢籍に於て左程根底ある学力あるにあらず、然も余は充分之を味ひ得るものと自信す。余が英語に於ける知識は無論深しと云ふ可からざるも、漢籍に於けるそれに劣れりとは思はず。学力は同程度として好悪のかく迄に岐かるゝは両者の性質のそれ程に異なるが為めならずんばあらず、換言すれば漢学に所謂文学と英語に所謂文学とは到底同定義の下に一括し得べからざる異種類のものたらざる可からず。[*13]

これは『文学論』序文の一節である。この著名な序文で漱石は文学、殊に外国文学を享受するために必要な能力を二つ挙げている。一つは「学力」である。もう一つは「味ふ力」である。

この「学力」とは、文学を理解する上で必要な、基礎的な読む能力（リテラシー）を指していると言ってよいであろう。ここで漱石は「漢籍」と「英語に所謂文学」について同程度の「学力」を持っていると自認している。しかし漱石は英文学に関して「味ふ力」を決定的に欠落させているのではないかという不安を払拭できないでいるのである。

このように漱石は、文学作品の良否を判断するには、読む力だけではなく、独自の「味ふ力」が必要不可欠であると考えている。文学を正当に鑑賞するには読む力だけでは不十分なのだ。この点で「味ふ力」とは、文学を受容し鑑賞する上で要求される感受性に等しい力として位置付けられていると言えるだろう。

さらに次の一節を確認しよう。

（前略）知を働かす人は、物の関係を明める人で俗に之を哲学者もしくは科学者と云ひます。情を働かす人は、物の関係を味はふ人で俗に之を文学者もしくは芸術家と称へます。最後に意を働かす人は、物の関係を改造する人で俗に之を軍人とか、政治家とか、豆腐屋とか、大工とか号して居ます。[*14]

この文章は、講演「文芸の哲学的基礎」（『東京朝日新聞』明治四〇年五月四日～六月四日）からの引用である。漱石は「我」の働きを「知・情・意」の三つに区別した上で、特に「物の関係を味はふ人」、つまり「情」に関係する人を、文学者や芸術家と呼ぶと指摘している。ここでは「味ふ力」は、文学の創作の基盤となる能力として捉えられていると言ってよいであろう。

この二つの引用から確認できるのは漱石の理論では「味ふ力」は文学の受容（読者による鑑賞）と、創造（作者による創作）の両面にかかわる原理として位置付けられているということである。このように「味ふ力」は、鑑賞と創作の双方で求められる能力なのである。

そしてこの「味ふ力」とは、まさに英語の《taste》に相当する言葉にほかならない。《taste》とは、そもそも

「味覚」を意味する言葉であった。この《taste》が一八世紀には美的判断能力を指す「趣味」として転用されることになった。[*15]「味覚」にかかわる言葉が、文学や芸術の鑑賞力を意味する言葉として隠喩的に使用されている点で、漱石の「味ふ力」もまた美的判断能力としての《taste》＝「趣味」に等しいと言えるだろう。

このように漱石の文学理論の中枢には文学の受容と創造の両面にかかわる原理として「味ふ力」＝《taste》＝「趣味」が配置されているのである。そのため以下の論述では、漱石の文学理論の中核に位置する「趣味」概念の内実を、作者による創作と読者による鑑賞という二つの面からさらに検討していくこととしよう。

三　創作の原理としての「趣味」

漱石は、文学の原理としての「趣味」の問題を『文学論』や『文学評論』（春陽堂、明治四二年三月）など、いくつかの批評や講演で直接的に論じている。それらの言説を検討することによって漱石の理論における「趣味」の意義を明らかにし、その理論の潜在的な可能性を極限まで押し拡げてみたい。

それでは最初に『文学論』と『文学評論』にあらわれた創作の原理としての「趣味」の面から確認していくことにしよう。漱石が『文学論』で集中的に「趣味」の問題に論及するのは第五編「集合的F」においてである。漱石は、その第五編第一章「一代に於る三種の集合的F」で創作の原理としての「趣味」を論じている。次の引用を見てみよう。

創作の士は趣味の上に立つ。趣味は思索にあらず。時好と流行と自己と相接触して、一尊の芳醇自から胸裏に熟するとき、機に応じて馥郁を吐くのみ。而して自から知らざる事多し。[*16]

ここに「創作の士は趣味の上に立つ」とある通り、漱石は創作の基盤が「趣味」にあると論じている。しかもこの「趣味」は「自から知らざる事多し」とあるように、創作家の胸中に自ずと発生するため「思索」による把握が十分には及ばないもの、理由付けが困難なものとして理解されている。このように「趣味」は、創作の基盤として合理や論理では汲み尽くすことのできない側面を持っているのである。

漱石は、このように合理を超える「趣味」の側面を『文学論』のほかの箇所では端的に「好悪」と呼んでいる。次の引用を確認しよう。

（前略）趣味は理にあらず。悖理は説いて以て理に服せしむべしと雖ども、趣味は好悪なり。好悪はある意味よりして人間の一部にあらずして人間の全体なり。[*17]

「趣味」とは「好悪」である。好悪を「理」によって説明し、解釈することはできない。「趣味」とは、究極的には「好むが故に好むに過ぎず」としか言い得ないものなのだ。このように「趣味」は好悪であり、好悪とは「人間の全体」をも意味する。そして漱石は、このような「趣味」が創作の基盤にあると見なしているのである。

続いて『文学評論』を確認していこう。『文学評論』第四編「スヰフトと厭世文学」においても、創作の原理としての「趣味」が論じられている。次の一節を見てみよう。

文学は吾人の趣味《テースト》の表現《エキスプレッション》である。即ちある意味に於て、吾人の好悪を表はすものである。（中略）凡ての文学的作物は、普通以上の広義から見ての訓戒を読者に与へるものだと云ふ事丈は述べて置いた。此広義に解釈した訓戒とは、作物の読者に及ぼす活きた影響の事で、此活きた影響が作物から出る如く、作家は此活きた影響を事実（もしくは想像によつて多少変化されたる事実）から得たのである。だから作物にかいてある事は、事実もしくは想像によつて多少変化されたる事実だけれども、外の言葉で云へば、作家が自然から受けた活きた影響を書いたと云つても差支ない。此活きた影響とは、有機的に吾人の生命の一部を構成するもので、枯死、孤立した断片的の知識とは違ふ。即ち未来の行為言動を幾分でも支配する傾向を帯びたものである。是が趣味《テースト》である。[*18]

漱石は「文学は吾人の趣味の表現である」と述べている。そしてここでも漱石は『文学論』と同様に「趣味」は「好悪」であると主張しているのである。

「趣味」＝「好悪」は、作家が「事実」や「自然」から受けた「活きた影響」である。その「影響」は「有機的」に作家の「生命の一部を構成」している。そのため、作家の「趣味」＝「好悪」の「表現」（expression）は自ずと「作家が自然から受けた活きた影響」すなわち「生命」を反映することになる。そして作家が自分の「生命の一部」となった「趣味」を「表現」することで、その「表現」が読者に「訓戒」を与え、読者の「行為言動」にも影響を与えていくことになるのである。

ここでさらに注目したいのは作者の「表現」＝《expression》として文学を捉える見方である。文学を作者の「表現」とみなす文学観は第一編「序言」ですでに提示されていた。次の二つの引用を確認しよう。

（前略）吾人の感情の発顕《エキスプレッション》と見做されてゐる文学、又吾人の感情を動かす為の道具と考へられてゐる文学が科学と大体の上に於て趣を異にして居るのは勿論の事である。[*19]

（前略）文学といふものは製作上から云ふと、自己の情感《エモーション》の発現《エキスプレッション》であつて読者から云へば著者の情感を伝《トランスファー》へられ又は読者一流の感情を起させる者である（後略）。[*20]

ここで文学は、作者の「感情」の「表現」＝《expression》として定義されている。この「表現」＝《expression》の語が「文学は吾人の趣味の表現」として、第四編でも共通に使用されている点に留意しよう。この「表現」＝《expression》が、これらの三つの文学の定義に共通に見られることから、次の通り言うことができる。すなわち、漱石の文学理論では「趣味」と「感情」とが作者が「表現」＝《expression》する対象として、等価な位置を占めているのである。

このように確認すれば、漱石の理論は「趣味」と「感情」に等しい役割を負わせていると見なせよう。そのため、漱石の理論に占める「感情」の意義を検討することは「趣味」の内実の解明にもつながるはずである。それでは、このような見通しをもって、次に漱石の理論における「感情」の役割を検討することとしよう。

四　価値判断の基盤としての「感情」

漱石の理論では「感情」は、どのような意義を与えられているだろうか。この問題を検討するための手掛かりとして明治四〇年から四一年頃に記された「断片」に注目してみよう。この断片で漱石は作者の創作の態度と「感情」との関係を考察しているのである。

まず漱石は「吾」や「物」を《representation》する行為として文学を定義している。漱石にしたがえば《representation》には二つの態度がある。それは《intellectual attitude》と《emotional attitude》である。

前者の目的は《truth》を《represent》することである。それに対し後者の目的は「poetical ナ attitude ヨリ成ル文芸」を生み出すことである。そして、漱石は後者の《emotional attitude》を考察する中で「感情」を意義付けていくのである。次にその一節を確認しよう。

美ヲ味ヘト教ヘル。善ニ与セヨト教ヘル。壮ヲ行ヘト教ヘル。作家ノ emotion（善悪美醜）ヲ写スコトガ主トナル。作家ガ物ヲ見テ其物カラ受ケタ emotion ヲ写ス。物其物ヲ represent スルヨリモ物カラ生ズル sentiment ヲ写ス。従ツテ subjective デアル。life 其物ノ representation ヲ主トスルヨリモ life カラ得タ emotion 即チ作家ニヨツテ emotionalise サレタ世界ヲ写ス。故ニ partial デアル。之ヲ romantic ト云フ

（此二者ハカウ截然トハ区別出来ヌ只大体ノ傾向ヲ云フ）

×ダカラシテ Naturalism ハ只物ヲ冷静ニ写シテ其冷静ニ写サレタ事物カラシテ読者ガ勝手ナ emotion ヲ得ル。Romanticism ハ author ノ人格ニヨリテ emotion ヲ附加シテ読者ニ author 一流ノ emotion ヲ強ヒル。[*21]

この引用で第一に重要な点は、二つの《representation》の態度がより明確に規定されていることである。《intellectual attitude》は、作者が「物」を客観的に《represent》する態度である。それに対し《emotional attitude》とは、作者が「物」から喚起された《emotion》や《sentiment》を《subjective》に「写ス」態度である。このように両者の態度の相異は《represent》と「写ス」の違いに求められている。

両者の態度の相違を敷衍してみよう。《represent》とは「物」そのものを再び提示すること、すなわち「物」を再現的にあらわす行為である。それに対し「写ス」とは「感情」を主観的にあらわすこと、すなわち「感情」を「表現」する（express）行為であると言える。

そして、この引用でさらに重要な点は「感情」の意味が規定されていることである。

ここで漱石が「作家ノ emotion（善悪美醜）ヲ写ス」と述べている点に注目しよう。ここから漱石は「感情」を「善悪美醜」の価値判断とみなしていることが分かるのだ。

《emotional attitude》を志向する作者は世界やものごとを「感情」を通じて把握する。このような作者は「life カラ得タ emotion 即チ作家ニヨツテ emotionalise サレタ世界ヲ写ス」のである。そのため、その「表現」には、自ずと作者の「感情」すなわち「善悪美醜」の価値判断があらわれることになる。このように「感情」は作者固有の価値判断として意義付けられているのである。

さらに「Romanticism ハ author ノ人格ニヨリテ emotion ヲ附加シテ読者ニ author 一流ノ emotion ヲ強ヒル」という記述にも留意しておこう。この記述が示すように、作者が「表現」する「感情」（「author 一流ノ emotion」）には自ずと「人格」が反映されることになるのだ。

このように確認すれば、漱石の理論において「感情」とは、価値判断を、さらには「人格」をも意味することになる。そのため「感情」と同等の地位を占める「趣味」もまた「人格」に基づく価値判断を含意することになるのである。

こうして作者は「趣味」を「表現」＝《express》することによって「author 一流ノ emotion」を、すなわち、作者の価値判断や「人格」をあらわし、それを読者に「強ヒル」ことになるのである。

五　「野分」「文芸の哲学的基礎」「創作家の態度」における「趣味」＝「人格」

漱石の理論は「趣味」に「感情」と等価な役割を与えていた。そして「感情」は価値判断を意味していた。しかも「感情」には「人格」や「人間の全体」が映し出されているのである。このように捉えれば「趣味」の「表現」とは、価値判断や「人格」の「表現」でもあるのである。

このような漱石の考えがもっともよく反映されているのは、「野分」（『ホトトギス』明治四〇年一月）であろう。「野分」では、作中人物の白井道也が「趣味」論を展開する。その道也の評論には漱石自身の「趣味」の理論が投影されていると考えられるのである。そこで道也の評論を検討することを通じて、漱石の「趣味」論の特徴をさらに浮き彫りにしてみよう。

「野分」は「白井道也は文学者である」という一文からはじまる小説である。ただし道也は詩人や小説家などといった意味での「文学者」ではない。しかし道也は「趣味」＝価値の審判者を自任する点で紛れもない「文学者」なのである。道也が「解脱と拘泥」という作中の評論で「趣味」を論じるのも「文学者」の使命を果たすためであるのだ。次の引用を確認しよう。

「趣味は人間に大切なものである。楽器を壊つものは社会から音楽を奪ふ点に於て罪人である。書物を焼くものは社会から学問を奪ふ点に於て罪人である。趣味を崩すものは社会其物を覆へす点に於て刑法の罪人よりも甚しき罪人である。音楽はなくとも吾人は生きて居る、学問がなくても吾人はいきて居る。趣味がなくても生きて居られるかも知れぬ。然し趣味は生活の全体に渉る社会の根本要素である。之れなくして生きんとするは野に入つて虎と共に生きんとすると一般である。

「こゝに一人がある。此一人が単に自己の思ふ様にならぬと云う源因のもとに、多勢が朝に晩に、此一人を突つき廻はして、幾年の後此一人の人格を堕落せしめて、下劣なる趣味に誘ひ去りたる時、彼等は殺人より重い罪を犯したのである。人を殺せば殺される。殺されたものは社会から消えて行く。後患は遺さない。趣味の堕落したものは依然として現存する。現存する以上は堕落した趣味を伝染せねばやまぬ。彼はペストである。ペストを製造したものは勿論罪人である。[22]

この評論で道也は「趣味」を二重の意味で用いている。一つは楽器や書物などの《hobby》としての「趣味」である。もう一つは「生活の全体に渉る社会の根本要素」としての「趣味」すなわち価値判断としての《taste》である。道也の議論は《hobby》の問題にはじまり次第に《taste》の問題へと接続していくのである。

さらに、道也の評論で「趣味」が「人格」として捉えられている点も見逃してはならない。道也は「堕落した趣味を伝染」させることは「人格を堕落」させる「殺人より重い罪」であると言う。道也が目指しているのはこれとはまったく逆に、高尚な「趣味」＝「人格」を他人に「伝染」させることである。この高尚な「趣味」＝「人格」の「伝染」が道也にとって、もっとも重要な「文学者」の使命なのである。

そして、このような道也の「趣味」論は、漱石自身の理論と重なり合う面が多い。漱石の講演「文芸の哲学的基礎」と「創作家の態度」(『ホトトギス』明治四一年四月)は、文学の目的を作者の「精神気魄」や「趣味」、「人格」を読者に伝達し、読者を導いていくことにあると捉える点で道也の「趣味」＝「人格」の「伝染」の議論と同型の構造を持っているのだ。

たとえば「文芸の哲学的基礎」の末尾で漱石は「還元的感化」について次の通り語っている。

(前略)文芸家の精神気魄は無形の伝染により、社会の大意識に影響するが故に、永久の生命を人類内面の歴史中に得て、茲に自己の使命を完うしたるものであります。[23]

「還元的感化」とは端的には、作者の「趣味」や「人格」が読者を「啓発」し「向上」させていく現象を意味している。ここで漱石は「文芸家の精神気魄」が「無形の伝染」となって「永久の生命を人類内面の歴史」に伝えていくと語っている。この「精神気魄」の「伝染」こそが、漱石にとって「文芸家」の使命にほかならない。このように作者の「精神気魄」を読者に「伝染」させるという「還元的感化」は、道也の「趣味」＝「人格」の「伝染」とまったく同型の議論であると言えるだろう。

さらに漱石が講演「創作家の態度」で展開する「情操文学」論もまた、道也の「趣味」＝「人格」の「伝染」の議論と呼応する側面を持っている。漱石は次の通り言う。

（前略）此種の文学には、真を写す文学に見出し難い特徴が出て参ります。即ち作物を通じて著者の趣味を洞察する事が出来ると云ふ便宜であります。もし我々の趣味が所謂人格の大部を構成するものと見做し得るならば、作を通して著者自身の面影を窺がう事が出来ると云つても差し支ないでありませう。それで著者の趣味が深厚博大であればある程、深厚博大の趣味があらはれる訳になりますから、えらい人が此種の文学をかいて、えらい人の人格に感化を受けたいと云ふ人が出て来て、双方がぴたり合へば、深厚博大の趣味が波動的に伝つて行つて、一篇の著書も大いなる影響を与へる事が出来ます。[*24]

ここで漱石は「此種の文学」すなわち「情操文学」について論じている。「情操文学」とは「善、美、壮を叙して之に対する情操を維持しもしくは助長する文学[*25]」のことだ。このような「情操文学」には作者の「趣味」や「人格」が反映されている。そのため「えらい人」が書いた「情操文学」には「深厚博大の趣味」や「人格」があらわれている。そして優れた作者の「趣味」や「人格」は読者に「波動的に伝つて行つて」、「大いなる影響を与へる」

のである。

このように作者が「趣味」や「人格」を伝達することによって読者を「啓発」することが「情操文学」の特徴に他ならない。この「情操文学」の議論にも道也の「趣味」＝「人格」の「伝染」と類似の構図を見出すことができるのである。

以上のように道也の「趣味」論と漱石の理論的言説は作者の「趣味」＝「人格」が読者に「伝染」し、読者を「感化」し「啓発」するとみなす点で、共通していることは明らかだろう。

道也の「趣味」＝「人格」論が、明治時代末に隆盛した「修養系人格論」や「感化」論的な言説の枠組みと酷似していることは、つとに指摘されてきた。[*26] 道也の議論が修養系人格論の範疇にある以上、それと同じ構図と形式を持つ漱石の文学理論も当時の感化論的な言説に通じる一面を持つことを否定することはできないだろう。確かに漱石の文学理論には文学の役割を作者が読者を「啓発」し、教化することに認める面があると言えるのである。

しかし、漱石の理論は、感化論的な言説の枠組みにはおさまらない、もう一つの相貌を持っている。このことは漱石の理論を作者の観点からではなく、読者の「趣味」という観点から捉え返すことによって明らかとなるだろう。続いて「趣味」の問題を、読者による観賞と批評という観点から見直していくこととしたい。このことによって漱石の「趣味」の理論が秘める潜勢力を浮き彫りにすることを試みよう。

六　読者の鑑賞と批評の原理としての「趣味」

ここから、読書の鑑賞と批評の原理としての「趣味」の問題を検討していこう。最初に『文学論』にあらわれた文学の鑑賞の原理としての「趣味」を見てみよう。第五編第二章「意識推移の原則」と第三章「原則の応用（一）」

とでは「趣味」に基づく鑑賞の態度が論じられている。そこでは自分の「趣味」を基盤としながら、適切に文学を鑑賞し、批評するための方法が考察されているのである。

まず漱石は「趣味」が相対的で、偶然に形成されるものであることを強調している。「趣味」とは、時間や場所に応じて推移変化する相対的なものだ。そのため現在の自分の「趣味」をもっとも発達した唯一の基準であると考えることは誤りである。文学を批評するにあたって現在の自分の「趣味」を絶対の基準とみなし、それに拠って他人の「趣味」を裁断するような態度は慎まれなければならない。漱石は次の通り言う。

> 現在の趣味を標準にして他を律するは自然の理にして毫も尤むべきにあらず、只注意すべきは此標準の、単に同圜内に於てのみ標準たり得べくして、他圜内には応用すべからざるを弁ぜず、自己は此一線の現在趣味のみを有して、あらゆる他線に属するものを評し去らんとするの弊にありとす。自己が現在所有する所の標準趣味は多く一圜内に属すべき趣味なりとす。[*27]

現在の自分の「趣味」に基づいて文学を鑑賞し、批評することは自然な態度である。文学の鑑賞や批評は、自分の「趣味」を出発点とする以外に方法がないからである。ただし、その「趣味」をすべての時代、あらゆる場所に通用する普遍的で唯一の「標準」とみなすことはできない。そのような鑑賞や批評の態度は、多くの弊害を生み出すのである。なぜなら、現在の自分の「趣味」は、文化や環境、様々な歴史的経緯によって培われた偶然の産物に過ぎないからである。たまたま作り出された「趣味」を絶対視することはできない。

このように「趣味」の相対性と偶然性とを自覚せず、現在の自分の「趣味」のみを必然的なもの、普遍的なもの、唯一のものと考えることは「幼稚」な態度である。そして、そのような態度で鑑賞や批評を行うことは「越権の沙汰」なのである。

このような漱石の批判の矛先は、同時代では主に自然主義に向けられていた。漱石は、当時の「時代思潮」が「人生の真」のみを重視する態度に傾き、それを唯一の「標準」とみなすことに極めて批判的であったのである。たとえ「人生の真」が重要であるとしても、それはあくまでも多様な「趣味」＝価値観の一つに過ぎないのである。

それでは多様な「趣味」を持つ文学を、その多様性を認めながら適切に鑑賞し批評するには、どのような態度が必要となるのだろうか。漱石は、自分の「趣味」に拠りながらも、独断に陥ることなく適正に文学を鑑賞し、批評する態度を「鑑賞的批評」と呼び、次のように論じている。

> 現在の趣味は何人に在つても標準なり。標準の資格ありと云ふにあらず、之を標準とせざる時は、標準とすべきなきが故に自然標準となるの意なり。現在の趣味にして一圜内に限らる可き性質を帯ぶるときは、圜外に逸出して標準たるを得ず。現在の趣味にして多様なるを得べくんば、多様なる幾多の圜を臨時随所に焦点を置いて、各圜中に在つて達し得たる最高度と思惟する趣味を標準として、同圏内の他を律すべし。臨時随所に多様の圜を焦点に置くの自由を有する人を広き作家と云ひ、又広き批評家と云ふ。此故に狭き作家の作物は一言にして其特色を言ひ尽すべく、狭き批評家の批評は隻句にして其主張を掩ふべし。広き作家と広き批評家は推移の自由と推移の範囲とを要す。推移の自由は天賦による。推移の範囲は多読、多索、多聞、多見に帰す。[*28]

文学作品を鑑賞し批評しようとするとき、自分の「趣味」を最初の「標準」とせざるを得ない。繰り返せば、現在の自分の「趣味」を前提とし、それを立脚点とする以外には、批評の確実な根拠や足掛かりが存在しないからである。他人の「趣味」に拠って批評を行うことは自己本位の批評ではない。それは他人の「趣味」の請け売りにすぎないのである。

しかし批評家は、自己の「趣味」の「圏内」にのみ留まることは許されない。批評家は、自己の「趣味」を反省吟味した上で、その閉域から「逸出」し、多様な「趣味」に通じる必要がある。

このような態度を取ることのできる批評家は「広き批評家」である。「広き批評家」は、自分の「趣味」の「圜外」へ果敢に飛び出し、様々な「標準」に習熟した上で、多彩な観点から自由に「趣味」を論じることができる者のことである。このような能力は、一部では「天賦」の才能である。同時に、その能力はまた「多読、多索、多聞、多見」を通じても磨かれていくのである。「趣味」は経験によって培われるのだ。

このように『文学論』では「趣味」は、鑑賞と批評の原理としても位置付けられているのである。そしてこのような「趣味」の原理は『文学評論』でも同様に論じられているのである。節をあらためて『文学評論』を取り上げ、さらに鑑賞と批評の原理としての「趣味」の問題を検討していこう。

七　「批評的鑑賞」における「趣味」

漱石は『文学評論』の「序言」で読者の「趣味」や「感情」を基礎に据える批評の態度を論じている。漱石は、この批評の態度を議論する中で、鑑賞と批評の原理としての「趣味」の特徴を明らかにしていくのである。

漱石にしたがえば、批評の態度は三種に大別できる。その態度とは「鑑賞」「批評」「批評的鑑賞」の三つである。これらの中でも漱石が自分自身の批評の方法にもっとも近い態度として重視しているのが「批評的鑑賞」である。漱石は『文学論』ではこの態度のことを「鑑賞的批評」と呼んでいた。

「批評的鑑賞」は、自己の「感情」や「趣味」「嗜好」に立脚しながら作品を判断し、評価する方法である。そして、この方法ではさらに、作品から受けた自分の「感情」や「趣味」「嗜好」それ自体を反省し、そのような「感情」などが生じた根拠や理由を客観的に分析していくことが目指されているのである。

このように「批評的鑑賞」とは、作品の価値を評価するとともにその評価の基準となった自分自身の「感情」や「趣味」をも批評していく方法であると言える。しかも先に述べたように、漱石は、この「批評的鑑賞」を自分自身の批評の方法として提示しているのである。次の一節を確認しよう。

（前略）批評的鑑賞と云ふ態度は何処へ行ても自分の好悪を離れない。何を見ても自己の作品に対する感情から出立するのであるから其標準は何時でも己れにある。又現在の己れにある。此現在の嗜好上の標準で以て歴史上にあらはれた作物を批評して行くのである。[29]

ここで漱石は「批評的鑑賞」では、現在の自己の「感情」や「好悪」、「嗜好」が、批評の「標準」となることを強調している。そして漱石は、自分自身の経験に基づきながら「批評的鑑賞」の方法を例示しているのである。次の二つの引用を見てみよう。

仮令ば十八世紀の英詩は不自然である、気取つて居る、面白くない。何処が面白くないと云へば斯く〳〵の場所と章句を挙げ、作者を引張り出して例を示して行くのである。夫れから歴史的に比較的に論じて行けば甲は乙よりも不自然の度が多い、其証拠は斯く〳〵、十八世紀の末に至つて大に不自然の度が減じた、其証拠は斯く〳〵と云ふ風のやり口である。即ちどこへ行ても自己が現在得た趣味と云ふ者が標準となつて這入り込んで来るのである。[30]

（前略）批評的鑑賞の態度に於て請売と云ふとそこに矛盾が起る。何故矛盾になるかと云ふと、前申した通り此態度にあつては好悪が根本になつて夫れから出立して科学的手続をやつて、夫れで此根本的好悪の説明をする。換言すれば己れの標準なる趣味嗜好の証拠とする。而して此出立点になる趣味とか嗜好とか云ふ者は自己にある。而かも現在の自己にある。是は前以てお話した通りである。夫れだから今余が十八世紀文学を講ずるに当て苟も此態度を取ると仮定すると、此仮定と同時に余は十八世紀文学を評するに余が現在の好悪を標準とすると云ふ事を意味して居る。[*31]

最初の引用で、漱石は、自分自身が一八世紀の英詩から感じ取った「気取つて居る、面白くない」、「不自然の度が多い」などという直観や印象を例に取り「批評的鑑賞」の方法を説明している。

この例が示すように「批評的鑑賞」とは、作品と、その作品から受け取った自分の「感情」や「好悪」、「趣味」とを照らし合わせながら、それらの直観や印象が生じた理由や根拠、背景などを考察していく方法である。漱石はこの「批評的鑑賞」の要点を「どこへ行ても自己が現在得た趣味と云ふ者が標準となつて這入り込んで来る」とまとめている。

ただし、注意する必要があるのは「批評的鑑賞」は、自己の「感情」や「好悪」、「趣味」を絶対視する地点から、断定的に作品を評価する方法ではないということである。「批評的鑑賞」とは、自己の価値判断を根拠（「標準」）とし、その「標準」のあり方を自覚した上で作品の価値を了解していく方法である。

このことが示唆されているのが二つ目の引用である。漱石は、この引用で「好悪が根本になつて夫れから出立して科学的手続をやつて、夫れで此根本的好悪の説明をする」と述べている。

この発言が示す通り「批評的鑑賞」では最終的には、自己の「根本的好悪」を自覚し、その「好悪」が生じた理由や背景を客観的に明らかにしていくことが目指されていると考えられるのである。ここには、自己と他者の「好悪」や「趣味」を対等に了解し、承認していこうとする漱石の基本的な姿勢が認められよう。

「批評的鑑賞」を実践する読者は自分の「趣味」を絶対視する存在ではない。しかしこの読者はまた作者の「趣味」や「人格」に一方的に「伝染」し、それに安易に同化する存在でもないのである。この読者は、自分の固有の「趣味」を保ち、その「趣味」のあり方を反省しながら、同時に、作品や作者の「趣味」を了解し、批評することを目指す自立的な存在であるのだ。

このように「批評的鑑賞」では感化論的な枠組みとは異なる読者像が提示されているのである。それではなぜ「批評的鑑賞」ではこのような読者像が提示され得るのだろうか。また、このような読者像は何に由来するのだろうか。

この疑問を考察するための手掛かりとして漱石の「趣味」概念を再び検討することとしたい。その上で「批評的鑑賞」の意義を考察することとしよう。

八　「趣味」の文学理論

『文学論』でも論じられていたように漱石は、現在の自分の「趣味」を絶対視する態度を厳しく批判していた。次の『文学評論』の一節にも同様の前提が示されていると言える。

趣味と云ふ者は一部分は普遍であるにもせよ、全体から云ふと、地方的《ローカル》なものである。（必ずしも何故と問ふ必要はない、事実上さうであるから否定する訳には行かん。）地方的であると云ふと意味は其社会に固有なる歴史、社会的伝説、特別なる制度、風俗に関して出来上つた者であると云ふ事は慥かである。既に是等の原因によつて趣味が生じ、而して此等の原因は東西古今によつて異る以上は、其異なる原因によつて生産せられたる趣味も自然異ならねばならぬ。[*32]

漱石は「趣味の全部に渉つて普遍性があると云ふのは愚昧な人の考である[*33]」と述べている。その上で漱石は「趣味と云ふ者は一部分は普遍であるにもせよ、全体から云ふと、地方的《ローカル》なものである」と主張している。このように漱石は「趣味」の「普遍」性の主張を批判し「趣味」の「地方」性を強調しているのである。

確かに「人間と云ふ点に於て古今東西皆一致して居る[*34]」という意味では「趣味」には「普遍」に通じる側面があると言える。また「世界の交通」が発達し、人間の交流が盛んになるにつれて「趣味」も統合する方向へ近付いていくだろう。しかし、それでもなお「趣味」は「其社会に固有なる歴史、社会的伝説、特別なる制度、風俗に関して出来上つた者である」ため、「地方」性を残し続けるのである。

このように漱石は、「趣味」のすべてが等質で一律な発達を遂げるという発想に懐疑の眼差しを向けている。漱石は「趣味」の普遍性の主張を価値観の単純化であると見なし、それを批判し、斥けていると言えるのだ。

このような漱石の思想は「Taste, Custom, etc.」と題されたノートにも認めることができる。次の二つの引用を見てみよう。

taste ハ homogeneous ト heterogeneous ニ入リ次第ニ differentiate ス是開化ナリ開化ナリトハ taste ノ領分ガ漸々拡大セラル、ヲ云フナリ[*35]

○ 是 taste ノ differentiation ハ idea ノ differentiation ニ 帰 ス idea ノ dif ハ intellectual and moral differentiation ニ帰ス．此 dif ハ individual freedom ニ帰着ス etc. freedom ハ乱雑ヲ意味ス同時ニ変化ヲ意味シ複雑ヲ意味ス人生ノ幅広キコトヲ意味ス．是ヲ開化ノ大勢ト云フ[*36]

「開化」とは「趣味」が唯一の価値に統合され、同質化することなのではない。漱石は「趣味」が均質的で画一的に発達するという見方とはまったく反対に「taste ノ領分ガ漸々拡大セラル、」ことを「開化」と呼んでいる。そして、このような「開化」は「人生ノ幅広キコトヲ意味ス」るのである。

このように「趣味」の「開化」とは《individual freedom》を前提とし、価値観が多様に分化し、複雑化し、多元化していくことを指しているのである。そのため「趣味」の「地方」性の主張も、単に「趣味」の相対性の議論なのではない。その主張は、多様な「趣味」の共存を重んじる漱石の信念を反映しているのである。「趣味」とは《individual freedom》に応じて、複雑で、多様である。これは漱石の信念の一部であったと見てよいだろう。そして漱石のこの信念が「批評的鑑賞」の読者像にも反映していると見なせるのである。

漱石が「批評的鑑賞」を提起したのも、読者の多様な「趣味」を認めながら、さらに作者の「趣味」を了解する可能性を追求するためであった。漱石は読者と作者の「趣味」をともに了解していく方法をさぐったのである。そしてこの問題は、漱石自身が直面した文学研究の課題に直結していたのである。

本稿の第二節で引用した『文学論』の序文を想起しよう。その序文で漱石は、自分は英文学を「味ふ力」を欠いているかもしれないという不安を吐露していた。漱石は、自分が所属する文学とはまったく異質な言語や伝統、文化などを背負った文学と出会ったのである。

このように漱石にとって英文学とは、容易には了解することのできない「趣味」を持つ、他者の文学であった。

漱石の研究は、この他者の文学と遭遇し、それを了解しようと模索した地点からはじまったのである。

「批評的鑑賞」とは、漱石が他者の文学を了解するために、経験的かつ実践的に編み出した批評の方法であった。それは自分の「趣味」を放棄せずに、また、安易に他者の「趣味」に同調や同化をせずに（感染せずに）、他者の「趣味」を了解する方法であったのである。

ここでもう一度「批評的鑑賞」を確認しよう。

「批評的鑑賞」を実践する読者は、現在の自分の「趣味」や「感情」に立脚する。その上で読者は、自分の「趣味」と、作者や作品の「趣味」とを照らし合わせながら、両者の「趣味」をともに了解することを目指していく。このとき、重要となるのが両者の「趣味」の差異である。漱石の経験が示すように、読者にとって、他者との「趣味」の差異に気付くことが自己の「趣味」を反省する契機となる。

読者はまた、その差異を自覚することで、それを生み出した原因にも目を向けていく。その要因とは「其社会に固有なる歴史、社会的伝説、特別なる制度、風俗」などである。

このように「批評的鑑賞」は、読者が自己と他者との差異を媒介に、自己の「趣味」を反省し、また、他者との対話を積み重ねながら、双方の「趣味」を了解する方法であった。そこでは両者の「趣味」の何れかを絶対視することなく、また、どちらか一方に普遍性を認めることなく、両者を等しく了解することが目指されていたのである。

この漱石の方法は、極めて素朴である。しかし「批評的鑑賞」は漱石が自分の経験から築き上げた、実践的な批評の試みであった点に意義があるのである。

おわりに

「趣味」とは漢語に由来する言葉であった。それはまた明治期に西洋の《taste》と接触することによって「美」を判断する能力として新たに定位された美学的な術語でもあった。漱石は、このような背景を持つ「趣味」を自身の文学理論の鍵概念として用いたのである。

本稿がこの「趣味」概念に着目し、その潜勢的な可能性を押し拡げることによって明らかにしようとしたのは、漱石の文学理論に備わる二つの層である。それは、作者の創作と読者の鑑賞のことである。

創作の面から捉えれば、文学は、作者が自分の「趣味」(「author 一流ノ emotion」)を、読者に「伝染」させる営みである。ここでは作者と読者の「趣味」=「感情」が同一化することが文学の理念として目指されていた。

しかし読者の鑑賞という面から捉え返すならば、漱石の文学理論のもう一つの層が浮かび上がってくる。それは、文学とは、読者が自分の「趣味」(「読者一流の感情」)に基づいて、作者や作品の「趣味」を批評する営みであるということだ。

漱石はこの「趣味」の文学理論を通じて、読者が、作者との「趣味」=「感情」の差異にもかかわらず、自己と他者の「趣味」を等しく了解する方法を模索したと言える。「趣味」の文学理論では、両者の差異を前提に、その「趣味」の固有性を対等に了解することが目指されていたのである。

漱石は、作者の「趣味」と読者の「趣味」という観点から、言い換えれば「author 一流ノ emotion」と「読者一流の感情」という観点から、文学の「根本」に接近しようと努めたのである。すなわち漱石の理論は、文学の営みを、作者の創作と読者の鑑賞という二つの経験として、総合的に捉えようとする試みであったのである。

注

1　漱石の文学理論における各概念について、拙稿「夏目漱石・島村抱月・大西祝における「同情」の文学論——一八世紀西洋道徳哲学の《sympathy》を視座として」（『日本近代文学』九六、二〇一七年五月）、「夏目漱石における〈感情〉の文学論——C・T・ウィンチェスター『文芸批評論』とレオ・トルストイ『芸術とはなにか』を視座として」（『比較文学』五七、二〇一四年）、「夏目漱石の文学理論における読者の感情の意義——ヴァーノン・リーの美学・文学論を視座として」（『比較文学』五九、二〇一七年）、「「感応」としての文学——漱石・マイヤーズ・心霊主義」（『日本文芸論叢』二六、二〇一七年三月）などを参照。

2　明治期における「趣味」の語の用例や意味について、石井研堂「趣味の熟字」（『改訂増補　明治事物起原』上巻、春陽堂、一九四四年一一月、一一五頁）、小宮豊隆編『趣味娯楽』（明治文化史、新装版、一〇、一九八〇年二月）、神野由紀「「趣味」の流行」（『趣味の誕生——百貨店がつくったテイスト』勁草書房、一九九四年四月、六〜一三頁）、山本康治「国定教科書における韻文教育」（『明治詩の成立と展開——学校教育との関わりから』ひつじ書房、二〇一二年二月、二三七〜五七頁）を参照。

3　葉適撰『水心集』四部備要、台湾中華書局、一九七一年九月。

4　高津孝「劉克荘」（尾崎雄二郎ほか編『中国文化史大事典』大修館書店、二〇一三年五月、一二五三頁）。

5　須山哲治「『滄浪詩話』における「興趣」範疇の「趣」および「別趣」範疇について」（『中国美学範疇研究論集』二、大東文化大学人文科学研究所東アジアの美学研究班、二〇一四年）。

6　小宮豊隆は、前掲注（2）『趣味娯楽』で「わが国に趣味という成語がはやくから漢籍によって伝えられたとしても、実際上にはあまり使用されずにいたのではあるまいか」、「それが明治維新となり、「文明開化」がしきりにとなえられるようになって、はじめて、「趣味」ということばが要求された」（四頁）と論じている。

7　麟祥が刊行した「泰西勧善訓蒙」とは『泰西勧善訓蒙』（明治六年）、『泰西勧善訓蒙　後編』（明治六〜八年）、『泰西勧善訓蒙　続編　国政論』（明治七年）の三種である。特に明治六年に刊行された『泰西勧善訓蒙』は西洋道徳を教授する教科書として使用された。この点について、宮城千鶴子「『泰西勧善訓蒙』に関する一考察——特に原書との比較を中心として」（『日本の教育史学――教育史学会紀要』二四、一九八一年一〇月）および、佐野幹「明治四年、メロス型ストーリーの受容――箕作麟祥訳述『泰西勧善訓蒙』を中心に」（『横浜国大国語研究』三二、二〇一四年三月）を参照。

8 Hubbard Winslow, *Elements of Moral Philosophy: Analytical, Synthetical, and Practical* (6th Edition, D. Appleton, 1866), p.5.

9 箕作麟祥訳述『泰西勧善訓蒙　後編』巻五、中外堂、明治八年、九丁オモテ〜ウラ。

10 George Dickie, *The Century of Taste: the Philosophical Odyssey of Taste in the Eighteenth Century* (Oxford University Press, 1996).

11 大西祝『西洋哲学史』下巻（大西博士全集、四、警醒社、明治三七年一月、五七三〜四頁）。なお「本集の編纂に就きて」によれば、この哲学史の基となった大西の講義は明治二九年の春から三〇年の冬にかけて、東京専門学校で行われたという。

12 小宮豊隆は、前掲注（2）『趣味娯楽』の「漱石と大塚教授」で、漱石の評論や小説にあらわれた「趣味」の用例を取り上げた上で「漱石は文芸評論家または文学研究の学者として、その評価の基準となるべきものを思索して悩んだようである。そして、少なくとも趣味という観念は、イギリス系統の、例えば坪内逍遙も引用したカーライルや、ラスキンあたりの与えた定義によっていたらしい」（二一七頁）と指摘している。また、福井慎二は漱石の「趣味」の用法を六つに分類している（「漱石『文学論』への私註」『国文論叢』二一、一九九四年三月）。

13 『漱石全集』一四、岩波書店、一九九五年八月、八頁。

14 『漱石全集』一六、岩波書店、一九九五年四月、八八頁。

15 西洋語の「趣味」について、佐々木健一「趣味」（『美学辞典』東京大学出版会、一九九五年三月、一九一〜九頁）および、小田部胤久「趣味の基準――ヒューム」（『西洋美学史』東京大学出版会、二〇〇九年五月、一〇三〜一五頁）を参照。

16 前掲注（13）『漱石全集』一四、四二六頁。

17　前掲注（13）『漱石全集』一四、四九七頁。
18　『漱石全集』一五、岩波書店、一九九五年六月、二三六～七頁。
19　前掲注（18）『漱石全集』一五、二四頁。
20　前掲注（18）『漱石全集』一五、二五頁。
21　『漱石全集』一九、岩波書店、一九九五年一一月、三六三～四頁。
22　『漱石全集』三、岩波書店、一九九四年二月、三三六～七頁。
23　前掲注（14）『漱石全集』一六、一三七頁。
24　前掲注（14）『漱石全集』一六、二三〇～一頁。
25　前掲注（14）『漱石全集』一六、二二九頁。
26　日比嘉高「人格論の地平を探る」（『文学の歴史をどう書き直すのか――二〇世紀日本の小説・空間・メディア』笠間書院、二〇一六年一一月、一一七頁。初出「翻訳と感化の詩学――「野分」の人格論をめぐって」『国文学解釈と教材の研究』四六（一）、二〇〇一年一月）。
27　前掲注（13）『漱石全集』一四、四五三～四頁。
28　前掲注（13）『漱石全集』一四、四五八～九頁。
29　前掲注（18）『漱石全集』一五、三四頁。
30　前掲注（18）『漱石全集』一五、三四～五頁。
31　前掲注（18）『漱石全集』一五、三八～九頁。
32　前掲注（18）『漱石全集』一五、五〇頁。
33　前掲注（18）『漱石全集』一五、四一頁。
34　前掲注（18）『漱石全集』一五、四二頁。
35　『漱石全集』二一、岩波書店、一九九七年六月、四一九頁
36　前掲注（35）『漱石全集』二一、四二〇頁

※　本稿は、「夏目漱石における「趣味」の問題――価値判断の基盤としての「感情」」（『日本文学論稿』四〇、二〇一七年三月）を加筆・訂正したものである。

夏目漱石の禅認識と『禅門法語集』
――「虚子著『鶏頭』序」・『夢十夜』「第二夜」・『行人』「塵労」を中心にして

藤本晃嗣

一　はじめに

夏目漱石『門』（『東京朝日新聞』一九一〇（明治四三）年三月一日～同年六月一二日）において、参禅に来た宗助は、世話役の義堂に次のように教えられる。

「書物を読むのは極悪う御座います。有体に云ふと、読書程修業の妨になるものは無い様です。私共でも、斯うして碧巌抔を読みますが、自分の程度以上の所になると、丸で見当が付きません。それを好加減に揣摩する癖がつくと、それが坐る時の妨になつて、自分以上の境界を予期して見たり、悟を待ち受けて見たり、充分突込んで行くべき所に頓挫が出来ます。大変毒になりますから、御止しになつた方が可いでせう。もし強いて何か御読みになりたければ、禅関策進といふ様な、人の勇気を鼓舞したり激励したりするものが宜しう御座いませう。それだつて、只刺戟の方便として読む丈で、道其物とは無関係です」（十八の六）

よく知られるように禅では「不立文字」が主張され、書物による「知解」[*1]が批判される。義堂が述べる「読書程修業の妨になるものは無い」、「道其物とは無関係」という考えは、禅の一般的なイメージと合致するものと言える。

しかし一方で、禅には膨大な書物が存在し、また禅独自の言葉が生み出されている。義堂も読む「碧巌」（『碧巌録』、『碧巌集』とも呼ばれる）のような公案に関する禅僧の語録、法語やそれらを解説したもの、さらには初学者向けのものまで様々な書物があり、禅、そして悟りのイメージを形成している。旧蔵書に少なくない禅書が残されていることから、漱石もまた体験だけではなく書物から自らの禅認識を構築したことは間違いない。『門』は明治二七年末からの漱石自身の参禅体験がモデルとなったとされるが、その自らの参禅をしばしば失敗として語る漱石にとって、それら書物の中には、義堂が「毒」とするような「自分の程度以上の所」、「自分以上の境界」も書かれていたと考えられる。また、漱石は自らを禅を知らない「門外漢」であると述べる[*2]が、この言葉は体験を重視する禅において、悟りを体験したことがない者が禅について語り出す際の前口上のようなものという一面もあり、漱石のみならず様々な人が、自らを「門外漢」としつつ語っている。義道の言葉は一般的な禅のイメージに合致しながらも、禅門と直接関わりのない人は多くの場合、書物からの知識をもとに禅についての認識を形成していると言える。よって、漱石の作品や評論内で示される禅認識を明らかにする上で、書物との関わりを探ること、語句や認識のあり方を禅書とつきあわせていく作業が欠かせないものと思われる。

本稿では、『校補点註　禅門法語集』（以下『禅門法語集』）を主材として、漱石の禅認識、特に悟りの認識が禅書のどのような考えによるものかを検討する。『禅門法語集』を選んだのは、日本における代表的な禅僧の語録が掲載されており、禅の知識を幅広く検討することができる書物であること、また漱石の読書について弟子の小宮豊隆が「明治四十二年のころ熱心に読んでゐた」（「『行人』」（『漱石の芸術』岩波書店、一九四二（昭和一七）年一二月、二四六頁））と言及しており、その小宮の証言を裏付けるように多くの書き込みや線引きが残されていることから、漱石の禅認識を探る上で有益な資料であると考えられるためである。

『禅門法語集』は「正編」、「続編」二巻からなり、どちらも光融館から、「正編」は山田孝道編で一八九五（明治二八）年一二月、「続編」は森大狂編で一八九六（明治二九）年一二月に初版が発行されている。鎌倉時代から江戸時代までの日本における臨済宗、曹洞宗、黄檗宗という禅の三大宗派の主要な禅僧の仮名法語を集めたものであり、簡便に日本の禅思想を知ることができる書物である。初版が明治二八、九年であることを考えると、漱石が参禅した明治二七年頃に禅が一種の流行となっていたこととの関連が推測される。また漱石旧蔵書のものは、「正編」が一九〇七（明治四〇）年三月五日発行の第五版であり、「続編」が同年六月三日発行の第四版である。この時期は加藤咄堂が「最近思想界の流行を尋ねれば、恐らく文芸に於ける自然主義と宗教に於ける禅とに過ぎたものはなからう」（「自然主義と禅」『現代名家　禅学評論』鴻盟社、一九〇八（明治四一）年五月、八三頁）と述べるように、禅が思想界の流行とされた時期にあたる。仏教書の出版も活発な時期であり、[*3]漱石の禅への関心が孤立したものではなかったことが考えられる。

漱石と『禅門法語集』との関わりについてはすでに多くの言及があり、その前提として扉に書かれた否定的な書き込み、「要スルニ非常ニ疑深キ性質ニ生レタル者ニアラネバ悟レヌ者トアキラメルヨリ致方ナシ。従ツテ隻手ノ声、柏樹子、麻三斤悉ク珍分漢ノ囈語ト見ルヨリ外ニ致シ方ナシ。珍重」が注目されてきた。[*4]特に最後の「隻手ノ声、柏樹子、麻三斤」といった禅の公案を「珍分漢ノ囈語」とする点は、漱石自身の参禅の失敗とあわせて禅の悟りに対する疑念を示すものとされる。また本文に付された書き込みも批判的なものが多い。これらの書き込みは、従来言われるように漱石が禅の悟りに対して違和感を持っていたことを示すとともに、そのような違和感も含め、『禅門法語集』の記述が禅のイメージを形成する上で大きな役割を果たしたことを推測させる。

ただし、後で見るように禅では共通する認識が多くの禅僧の様々な書物で繰り返し説かれるため直接的な関係を断定することは難しい。本稿では『禅門法語集』と漱石の禅に関する語句や描写を対比させていくが、この作業は直接的な引用を明らかにすることよりも、漱石作品の文脈を禅書と対比することを通して、漱石の禅認識や作品内の禅に関わる描写が書物の伝える伝統と密接な関わりがあることを示し、その意義を考察することが目的である。

二　『夢十夜』「第二夜」の参禅描写と『禅門法語集』

漱石の禅認識において、体験とともに禅書が重要な意味を持っていたことを示すために、まず『夢十夜』「第二夜」（『東京朝日新聞』一九〇八（明治四一）年七月二七日）の描写について、『禅門法語集』の記述との対比を行う。『門』と同様、『夢十夜』の「第二夜」の坐禅をする侍の話もまた、漱石の参禅体験との関わりから論じられてきた。そのような見解として、例えば次のようにある。

この「無」を悟ろうとして、あせり、もがき、地団太を踏んでくやしがる侍の姿は、漱石自身の姿でもある。これは二十七歳の時、鎌倉円覚寺塔頭帰源院に参禅に赴き、釈宗演から出された「父母未生以前本来の面目」という公案の前にたじろぎ、「ぐわん」とやられて帰って来た青年漱石の体験に裏打ちされたものに間違いないだろう。

（大竹雅則「『夢十夜』――生のかなしみ――」（『夏目漱石論攷』桜楓社、一九八八（昭和六三）年五月、一一〇～一一一頁））

漱石は参禅の際に「父母未生以前本来面目」の公案を授けられたとされ、作品内の公案「趙州無字」とは異なるものの、漱石の参禅体験が活かされていることは否定できないであろう。[*5] しかし、ここでの坐禅の描写が漱石の体験のみで作られていると考えるのも誤りである。すでに公案「趙州無字」を頭に掲げる『無門関』の影響が指摘され、[*6] また『禅門法語集』についても笹淵友一氏が鈴木正三「驢鞍橋」の「腹立てる機」との関連について言及している。*7 本稿では坐禅の状態について、『禅門法語集』の記述と対比を行う。次に示すのは「第二夜」と『禅門法語集』において、共通性が見られる部分に同じ番号の傍線を付したものである。*8

（1）

〔第二夜〕

A　短刀を鞘へ収めて右脇へ引きつけて置いて、それから全伽を組んだ。――趙州曰く無と。無とは何だ。糞坊主めと①歯噛みをした。

①奥歯を強く咬み締めたので、鼻から熱い息が荒く出る。米噛が釣つて痛い。②眼は普通の倍も大きく開けてやつた。

③懸物が見える。行灯が見える。畳が見える。和尚の薬鑵頭があり〳〵と見える。鰐口を開いて嘲笑つた声まで聞える。怪しからん坊主だ。どうしてもあの薬鑵を首にしなくてはならん。悟つてやる。無だ、無だと舌の根で念じた。無だと云ふのに矢つ張り線香の香がした。何だ線香の癖に。

（傍線　藤本、以下同）

〔禅門法語集〕

a　若し人精神を憤起し、②目を張り①牙関を咬定し、即今見聞覚知の性、何れの所にか在る、是れ青黄赤白なりや。内外中間に在りや。是非〳〵見とゝけずは置くまじぞと励み進まんするとき、③妄想の競ひ起ること、潮の湧くか如けん、（白隠禅師「白隠法語」（正五七四頁））

b　結跏趺坐して凝然として坐すれは、しはらくありて③妄想の競ひ湧くこと、八島の戦ひのごとく、九国の乱に似たり。此に於て精神を震ひて、妄念と相ひ戦ふ。（中略）此時一身の気力を尽くして、励み進むとき、覚えすこう〳〵として苦み悩むこと犢牛の病にうめくか如く、②眼を見張りて目蓋はなれ、①歯をくいしはりて、歯牙砕け落んとす。

（白隠禅師「白隠法語」（正五七五〜五七六頁））

c　我上にはさも見えまいが、我と機を着て見れば、①奥歯を咬合せ、②眼をすゑてきつと睨着けて居る機に成て常住ある也。（中略）扨て又今時諸方の念を起すまいと云ふ坐禅は、③その起すまいと云ふ念が、早や起る也。念起さず、坐禅の筋も作して見たり。（中略）其沈んだ念起さず坊に非す、③兎角大念起らすして、諸念休むべからず、

（鈴木正三「驢鞍橋　下」（続五六四〜五六五頁））

（2）

［第二夜］

B　自分はいきなり拳骨を固めて自分の頭をいやと云ふ程擲つた。さうして奥歯をぎりぎりと噛んだ。④両腋から汗が出る。⑤背中が棒の様になつた。膝の接目が急に痛くなつた。膝が折れたつてどうあるものかと思つた。けれども痛い。苦しい。無は中々出て来ない。出て来ると思ふとすぐ痛くなる。腹が立つ。無念になる。非常に口惜くなる。⑥涙がぽろ〳〵出る。

［禅門法語集］

d　老夫も若かりし時、工夫趣向悪く、心源湛寂の処を仏道なりと相心得、動中を嫌ひ静処を好んて、常に陰僻の処を尋ねて死坐す。仮初の塵事にも胸塞り、心火逆上し、動中には一向に入る事を得ず、挙措驚悲多く、心身鎮へに怯弱にして、④両腋常に汗を生じ、⑥双眼断えず涙を帯ふ、常に悲歎の心多く、学道得力の覚えは毛頭も侍らざりき。

（白隠禅師「遠羅天釜」（正五八二〜五八三頁））

e　眼を瞠り②牙を咬み①、拳を握り⑤梁骨を竪起して坐すれば、万般の邪境、頭を競つて生ず、

（白隠禅師「遠羅天釜」（正五九八頁））

f　自ら謂へらく猛く精彩を着け、重て一回捨命し去らんと。こゝにおいて①牙関を咬定し、②双眼睛を瞪開し、寝食ともに廃せんとす。（中略）④両腋常に汗を生じ、⑥両眼常に涙を帯ふ。

（白隠禅師「夜船閑話」（正六九七頁））

（3）

[第二夜]

C　一と思に身を巨厳の上に打けて、⑦骨も肉も滅茶々々に摧いて仕舞ひたくなる。

それでも我慢して凝と坐つてゐた。⑧堪へがたい程切ないものを胸に盛れて忍んでゐた。其切ないものが身体中の筋肉を下から持上げて、毛穴から外へ吹き出やう〳〵と焦るけれども、何処も一面に塞つて、丸で出口がない様な残刻極まる状態であつた。

g　一人あり錯つて人迹不到の処に到つて、下無底の断岸に臨めり、脚底は壁立苔滑かにして、湊泊するに地なし。進むことを得ず、退くことを得ず、只た一個の死あるのみ。纔かに頼む処は、左手に薜蘿を捉へ、右手に蔓葛にすがつて、且らく懸絲の命を続ぐ、忽然として両手を放撤せば、⑦七支八離枯骨また無けん。学道もまた然り、一則の話頭をとつて単々に参窮せば、必死し意消して、空蕩々、虚索々、万仞の崖畔に在るが如く手脚の着くへきなし、去死十分⑧胸間時々に熱悶して、忽然として話頭に和して心身共に打失す。

（白隠禅師「遠羅天釜続集」（正六六三〜六六四頁））

[禅法語集]

（4）

D　其の内に頭が変になつた。⑨行灯も蕪村の画も、畳も、違棚も有つて無い様な、無くつて有る様に見えた。と云つて無はちつとも現前しない。

［第二夜］

h　心にうかぶことかりはらひて、何の念もなきやうにと油断なく候は丶、おのづから御悟あるべし。道心うすきによりて心にかけ候はぬに付ては、申すこともなく候。⑨たとひ目に物を見るときも、心は見る物に執着せず、耳に声を聞くときも、聞くことに執着せず、鼻に香をかくとも、香に執着せず、舌に味ふとも、味に執着せず、心にさまさま念ありとも、二念をつかず、念おこるともその念をいろはず心うこかす、わか心もとよりぬしなき法界にて、仏なりとふかく信するが肝要にて候。

［禅門法語集］

（夢窓国師「二十三問答」（正九四頁））

多くの部分で対応関係を見ることができる。白隠の著作の描写については、必ずしも坐禅を組んでのものとは限らないが、悟りを求める上での状態についてである。「齒噛み」（A①）や「眼は普通の倍も大きく開けてやつた」（A②）と同様の表現が繰り返されていることに加え、「両腋から汗が出る」（B④）や「涙がぽろ〳〵出る」（B⑥）という描写にも共通するものがある。[*9]「第二夜」の「骨も肉も滅茶々々に摧いて仕舞ひたくなる」（C⑦）という点は、いっそのことそうやって楽になりたいという文脈であり、「一人あり錯つて人跡未到の処に到つて、下無底の崖岸に臨めり、（中略）忽然として両手を放撒せば、七支八離枯骨また無けん」（g）という坐禅における進むも退くもできない状況を語ったものとは文脈が異なるが、「七支八離枯骨また無けん」（身体微塵となり、骨もまた残らないだろう、[*10]g⑦）というイメージが重なる。また「堪へがたい程切ないものを胸に盛れて忍んでゐた」（C⑧）は、その後の描写とあわせて、「胸間時々に熱悶して」（g⑧）という描写と対応する。「第二夜」の「侍」について、「悟ろうとして、あせり、もがき、地団駄を踏んでくやしがる侍の姿は、漱石自身の姿でもある」という指摘は誤りではないが、一方で漱石の体験のみで描かれているわけでもないと言える。

共通点の多い白隠の著作であるが、江戸時代中期に活躍した白隠の著作は「仏教を超えて近世知識人に影響を与えた」（「坐禅と呼吸法のブーム」（栗田英彦担当、『近代仏教スタディーズ』一二二頁））とされ、明治期においても、同様に禅に関心のある知識人に一定の広がりがあった。漱石旧蔵書には『白隠全集　第一巻』（平本正次編、光融館、一八九八（明治三一）年八月）があり、『漱石資料——文学論ノート』（村岡勇編、岩波書店、一九七六（昭和五一）年五月）に白隠（正宗）への言及が見られる。[*11]ちなみに『白隠全集　第一巻』の中にも、ここで引用した「白隠法語」「遠羅天釜」「遠羅天釜続集」「夜船閑話」は掲載されている。漱石以外にも、例えば「予が見神の実験」（『新人』一九〇五（明治三八）年七月）によって思想界に大きな影響を与えた綱島梁川も白隠の著作を読んでおり、「予が見神の実験」にその影響が見られるとされる。[*12]その他にも、西田幾多郎が学生時代に北条時敬から最初に授けられたのが「遠羅天釜」であった。[*13]「第二夜」における禅の描写は、同時代の禅の修養のイメージとの共有関係の中で構築されたことも考えられる。『禅門法語集』の悟りに対してきわめて批判的な言葉を書き残した漱石ではあるが、坐禅や悟りのイメージ形成において、これら書物が大きな意味を持ったことは間違いない。

三　「悟り」の認識と禅書

清水孝純氏が「第二夜のいわば絶対探求はのちの、特に『行人』『道草』『明暗』の最晩年の作品群の中で展開されることになる」（「はじめに」（『漱石『夢十夜』探索――闇に浮かぶ道標』二一頁））と述べており、この中でも明確に禅との関わりがわかるのは、『行人』（『東京朝日新聞』一九一二（大正元）年一二月六日〜一九一三（大正二）年一一月一五日、中断期間有り）の「塵労」である。ここでは、「絶対」や「絶対即相対」などの言葉で悟りに似た心境が次のように語られる。

兄さんは神でも仏でも何でも自分以外に権威のあるものを建立するのが嫌ひなのです。（此建立といふ言葉も兄さんの使つた儘を、私が踏襲するのです）。それではニイチエのやうな自我を主張するのかといふと左右でもないのです。

「神は自己だ」と兄さんが云ひます。（中略）

「ぢや自分が絶対だと主張すると同じ事ぢやないか」と私が非難します。兄さんは動きません。

「僕は絶対だ」と云ひます。（中略）

兄さんの絶対といふのは、哲学者の頭から割り出された空しい紙の上の数字ではなかつたのです。自分で其境地に入つて親しく経験する事の出来る判切した心理的のものだつたのです。

兄さんは純粋に心の落ち付きを得た人は、求めないでも自然に此境地に入れるべきだと云ひます。一度此境界に入れば天地も万有も、凡ての対象といふものが悉くなくなつて、唯自分丈が存在するのだと云ひます。さうして其時の自分は有とも無いとも片の付かないものだと云ひます。偉大なやうな又微細なやうなものだと云います。何とも名の付け様のないものだと云ひます。即ち絶対だと云ひます。さうして其絶対を経験してゐる人が、俄然として半鐘の音を聞くとすると、其半鐘の音は即ち自分だといふのです。言葉を換へて同じ意味を表はすと、絶対即相対になるのだといふのです、従つて自分以外に物を置き他を作つて、苦しむ必要がなくなるし、又苦しめられる掛念も起らないのだと云ふのです。

「根本義は死んでも生きても同じ事にならなければ、何うしても安心は得られない。すべからく現代を超越すべしといつた才人は兎に角、僕は是非共生死を超越しなければ駄目だと思ふ」

兄さんは殆んど歯を喰ひしばる勢で斯う言明しました。

（「塵労」四十四）

ここでまず注目したいのは「歯を喰ひしばる勢」という描写である。先に「第二夜」で確認したとおり、これは白隠の著作において悟りを開こうとしてもがく際の常套句のようなものであった。次に「生死を超越」という点であるが、そもそも仏教は生と死の繰り返しから離脱し、絶対の安らぎの境地を求めるものであり、禅に限ったものではないが、禅書に限っても近い表現が散見される。その中で、『禅門法語集』の記述について検討するならば、章題である「塵労」と関連させて、「夫出家と云ふは、直に生死を離れ塵労を出るしるしにてあるを」（道元禅師「永平仮名法語」（続二七頁））[*14]が注目される。ここは「出家」することを述べたものであり、「塵労」という言葉も様々な禅書に見られるが、「生死を超越」することで「塵労」を出るというイメージが共通していることは指摘しておく。[*15]

また「神は自己だ」、「僕は絶対だ」という言葉も、禅で語られる「即心是仏」、自己の心こそが「仏」であるとする考えに連なるものとも言える。同様の言葉は『禅門法語集』にも「自心是仏なりと云ふことを知るべし」（抜隊禅師「抜隊仮名法語」（正一〇八頁））とある。従来、西洋的な近代的「自我」の強調と解される一郎の言葉であるが、

「ニイチエのやうな自我を主張するのかといふと左右でもない」という言葉からも、禅的な観点から再考の余地があるものと思われる。[*16]

そして最も注目したいのは悟りへと至る行程である。ここでは、「絶対」が「凡ての対象といふものが悉くなくなつて、唯自分丈が存在するのだ」、「さうして其時の自分は有とも無いとも片の付かないものだ」という状態、「絶対即相対」は「俄然として半鐘の音を聞くとすると、其半鐘の音は即ち自分だ」という状態として説明される。この認識を「絶対」を経て「絶対即相対」という悟りへと至るものとして読むなら、それは、漱石が明治四〇年一一月に書いた「虚子著『鶏頭』序」で、「禅坊主が書いた法語とか語録とか云ふもの」にあるとされる次のような認識と共通したものと言える。

着衣喫飯の主人公たる我は何者ぞと考へ〳〵て煎じ詰めてくると、仕舞には、自分と世界との障壁がなくなつて天地が一枚で出来た様な虚霊皎潔な心持になる。それでも構はず元来吾輩は何だと考へて行くと、もう絶体絶命。につちもさつちも行かなくなる、其処を無理にぐい〳〵考へると突然と爆発して自分が判然と分る。

「虚霊皎潔な心持」とは、何もなく透き通った心境という意味であると考えられるが[*17]、「自分と世界との障壁がなくなつて天地が一枚で出来た様な」という点とあわせて、『行人』の「天地も万有も、凡ての対象といふものが悉くなくなつて、唯自分丈が存在するのだ」、「さうして其時の自分は有とも無いとも片の付かないものだ」とする「絶対」の認識と近いものであると言える。ここでは、そこでとどまることなく「無理にぐい〳〵考へる」ことで悟りへ達するものとされる。

この「虚子著『鶏頭』序」での「禅坊主の書いた法語とか語録とか云ふもの」が明確に何をさすのか、時期的に考えて『禅門法語集』の可能性がないわけではないものの明らかにできていない。ただし、ここで述べられていることは多くの点で『禅門法語集』で述べられることと一致する。[*18] その中でも注目すべきは、先に見たような悟りへといいたる行程についてである。『禅門法語集』の関連部分を挙げていく。

i　或は一期の勇に謾りに印可をなし、亦は一時憤志起て、長坐不臥し、心識困労して、万事一片となる、動用纔に止て、念慮静なる、虚々霊々として、独朗のことくなるところ、是れ即ち内外打成一片のところ、自己本分の田地ならんと邪解して、此の見解を以て無眼の禅師に向つて呈其見解。

（孤雲禅師「光明蔵三昧」（正二二一〜二二三頁））

j　只此の音を聞く底のもの何者ぞと、立居につけて是れを見、坐しても是れを見るとき、きく物も知られす、工夫も更に断えはて、、茫々となるとき、此の中にも音の聞かる、ことは断えざる間、いよ〳〵深く是れを見るとき、茫々としたる相も尽きはて、、晴れたる空に一片の雲なきか如し。此の中には我と云ふべきものなし。聞く底の主も見えず、此の心十方の虚空と等しくして、しかも虚空と名くべき処もなし。是れ底のとき、是れを悟と思ふなり。此の時又大に疑ふべし。此の中には誰か此の音をは聞くぞと、一念不生にして、きはめて行けは、虚空の如くにして、一物もなしと知らる、処も断えはて、更に味なくして、暗の夜になる処について、退屈の心なくして、さて此の音を聞く底のもの是れ何者そと、力を尽くして疑ひ十分になりぬれば、うたがひ大に破れて、死はてたるもの、蘇生するが如くなるとき、則ち是れ悟なり。

（抜隊禅師「抜隊仮名法語」（正一〇三頁））

k　ひたとおこたらず坐禅すれば、はじめはしばらくの間、すめる心になりたるか、漸々にその心すみわたり、坐禅のうち三分か一すむこともあり。あるひは三分か二すむ事もあり、あるひは初めをはりすみわたりて善悪の念もおこらず、無記の心にもならず、はれたる秋の空の如く、とぎたる鏡を台にのせたるがごとく、心虚空にひとしくして、法界むねのうちにあるかごとくおぼえて、そのむねのうちのすゞしきこと、たとへていふべきやうもなくおぼゆる事あり。（中略）かやうの事しばらくもあれば、初心の人ははやさとりて、釈迦、達磨にもひとしきかとおもへり、これ大なるあやまりなり。（中略）もし修行の人此の処へゆきつきなば、いよ〳〵精を出して修行すべし。

（鉄眼禅師「鉄眼仮名法語」（正三六八～三七一頁））

l　真実大疑の起りたる時は、只一七日にも一則の公案を寝床に恒にして、万縁に転せられす、只渾然たる境界になる者ぞ。其の時自心歓喜の心か生して休まんぞ。纔かも此の心起れば、早く般若の種子となつて、菩提心を退く事は無き者ぞ。此の上を修行するが、真実不虚底の弁道ぞ。

（月舟禅師「月舟夜話」（正四六〇頁））

m　心空境寂照々霊々、不起一念の処を仏性と思ふは、識神を本来人となし、賊を子となし、磚を鏡となし、鍮子を真金となすが如し。是れはこれ根本生死の無明にして、気息ある死人の如し。

（卍庵禅師「卍庵法語」（正四八五頁））

n　参玄の人々纔に大疑現前する事を得は、百人か百人千人か千人なから、打発せさるは是れあるへからす、若し人大疑現前する時、只四面空蕩々地、虚豁々地にして、生にあらす死にあらす、万里の層氷裏にあるか如く、瑠璃瓶裏に坐するに似て、分外に清涼に、分外に皎潔なり、癡々呆々坐して起つ事を忘れ、起つて坐する事を忘る、胸中一点の情念なくして、たた一箇の無の字のみあり、恰も長空に立つか如し。此の時恐怖を生せず、了智を添へす、一気に進んで退かさるときんは、忽然として氷盤を擲摧するか如く、玉楼を推倒するに似て、四十年来未た曾て見す、未た曾て聞さる底の大歓喜あらん。

（白隠禅師「遠羅天釜続集」（正六七〇～六七一頁））

o　未た初心の人の為めにしづめ、湛然寂静なれと示す。実には湛然寂静なる処を宗とすることなし。故に大恵の云、寂静波羅蜜は、是れ衆生散乱の病を止めん為め也。若し寂静波羅蜜湛然として閑なる処を、爰を道のきはめと執定すべからず。
（蛍山国師「仮名法語」（続一四七頁））

p　或は又、心源空寂にして、晴れたる空の如く、清水波なきが如し、生死去来の姿なし。（中略）此空寂の躰をも廻る事を得んと思はゞ、是れ此中に又更に空ならずして物を承くる者は、如何なるべきぞと還て工夫す、
（峨山禅師「峩山仮名法語」（続二一六頁））

q　私案をすつれば、活きながら身は覚えぬもの也。此時は我即虚空に似たり。其虚空が万の音声を聞くなり。これは我なきに何が聞くぞと明けくれさがし求むれば、一旦忽然として我なき故よく聞くといふことを知る也。
（一休禅師「水鏡目なし用心抄」（続二二七頁））

r　此の時夢中ともにぬけす、金剛心となり熟して内外打成一片となつて、内にも一念不生、外にも一塵碍る境界なく、業職無明の魔軍共を尽く打滅す也。然れ共是れまてはまだ夢中に打て取つた也。未だ実有は尽きぬぞ。ほつかと大夢醒め、はらりと実有破れ、生死を出て、一切を離れて大安楽に住する也。
（鈴木正三「驢鞍橋　中」（続四九六頁））

s　工夫の人、十に八九は沈病をとめて殃を招くことあり、沈病とは眠にもあらす、散乱もなく、妄想の念慮すべてつきたるやうにして、然かも慶快清浄にして、久坐すれども労せす、天地一たび平等の如くにして、空にもあらす、寂にもあらす、有無是非もあらすと思へり、工夫の人、これをとめて悟道と思ふものあり、甚た畏るべし。こゝに住る時は、是れより邪路におつ。この趣あらん時は、一切を放下して、いよ〳〵大疑を起すべし。
（沢水禅師「澤水仮名法語」（続八七三～八七四頁））

用いられる語句の違いや微妙な認識の差異があるものの、これら法語において共通して強調されるのは、最初におとずれる何もないような状況（「心虚空」、「心空境寂照々霊々」、「心源空寂」、「我即虚空」、「内にも一念不生、外にも一塵碍る

境界なく」など）、つまり「虚子著『鶏頭』序」の「虚霊皎潔な心持」を悟りとしないことである。「光明蔵三昧」には「虚々霊々として」（i）、「遠羅天釜続集」には「分外に皎潔なり」（n）とあり、同じ状態が「虚々霊々」「皎潔」という言葉で表現されている。そして、この状態を「自己本分の田地ならんと邪解して」（i）、つまり悟りと捉えるべきでないこと、また「恐怖を生せず、了智を添へす、一気に進んて退かさるときんは」（n）、さらに突き抜けることが説かれている。『行人』の「絶対」の認識、「凡ての対象といふものが悉くなくなつて、唯自分丈が存在するのだ」、「さうして其時の自分は有とも無いとも片の付かないものだ」というのは、例えば「抜隊仮名法語」の「茫々としたる相も尽きはて、、晴れたる空に一片の雲なきか如し。此の中には我と云ふべきものなし。聞く底の主も見えず、此の心十方の虚空と等しくして、しかも虚空と名くべき処もなし」（j）とするあり方とほぼ共通するものである。[*19]「抜隊仮名法語」ではその上で、「此の時又大に疑ふべし」（j）と語られる。一郎の認識はこのような考えが下地となっていることがうかがえる。

このように同じ内容が繰り返されることは、禅僧の悟りの体験の共通性が想定される一方で、書物を遡ることでも考えることができる。禅宗において「宗門第一の書」とされる『碧巌録』を見てみたい。ちなみに漱石旧蔵書にはいくつかの種の『碧巌録』（『碧巌集』）があり、また『天桂禅師提唱　碧巌録講義』（光融館、一八九八（明治三一）年六月〜八月、以下『碧巌録講義』）など関係書物も所蔵されており、関心が高かったものと思われる。

胸中若有一物。山河大地縦然現前。胸中若無一物。外則了無糸毫。（中略）忽若打破陰界。身心一如。身外無余。猶未得一半在。（『碧巌録』「第六十則　雲門拄杖化為龍」、「本則」の「評唱」）

［書き下し］

胸中若し一物有らば、山河大地縦然として現前せん。胸中若し一物無くんば、外則ち了に糸毫無し。（中略）忽ち若し陰界を打破して、身心一如、身外無余なるも、猶ほ未だ一半を得ざること在り。*20

『碧巌録』の言葉は、極めて難解であり意味を取ることが難しい。だが、この部分は、「胸中」に「一物」があれば「山河大地」、つまり外界の対象物が現れ、「胸中」になにもなければ、そのような対象物が消え去るとされた上で、傍線部において「陰界」（身心及び一切の現象世界）を打破し、「身心一如。身外無余」（身と心が一如である時、身のそとに余計なものは何ひとつない）となり外界の対象物が消え去った状態になったとしても、それは「一半」もいっていないということが述べられていると解せる。この部分の解釈について、『碧巌録講義』でも「身心一如ｰｰ、ト云ヘバ、コネ合ハスル様ニ思フガ、走デ無イ、只如身如心ト也、爰ニ至ルスラ半提ヂヤ、況ヤ即色明心等ヲヤ、」と解説されており、「如身如心」という状態があくまでも「半提」（半分だけの表白）とされている。

この「半提」という言葉は、『碧巌録』の次の箇所にも見られる。

不見雲門道。直得山河大地。無纎毫過患。猶為転句。不見一切色始是半提。更須知有全提時節向上一竅。始解穏坐。若透得。依旧山是山水是水。各住自位。各当本体。如大拍盲人相似。

（『碧巌録』「第三十六則　長沙逐落花回」、「頌」の「評唱」）

［書き下し］
見ずや雲門道く、「直に山河大地、纎毫の過患無きを得るも猶ほ転句と為す。一切の色を見ざるも、始めて是れ半提。更に須らく全提の時節、向上の一竅有ることを知つて、始めて穏坐を解すべし」と。若し透得せば、旧に依つて山は是れ山、水は是れ水。各自位に住し、各本体に当つて、大拍盲の人に如くに相似ん。

傍線部の訳は、「一切の対象物が見えなくなって、やっと半分を現わす。全部が現れる時もう一つの上の竅があることがわかって、はじめてくつろいで坐ることができるのだ」となる。「雲門道（雲門道く）」と雲門の言葉として紹介されているが、ここでも同様に「不見一切色（一切の色を見ざる）」という状態が「半提」とされている。[21]そして、その状態を突き抜けることで、「依旧山是山水是水（旧に依つて山は是れ山、水は是れ水）」、山は山のまま、川は川のままでありながら、「各住自位。各当本体（各自位に住し、各本体に当つて）」、それぞれが本来の場所に収まり、本体と合致するものとして捉えられるとされる。

このように『禅門法語集』において、多くの禅僧によって繰り返し述べられてきた、「虚霊皎潔な心持」のような状態を突き抜けることで悟りが開かれるというあり方は、『碧巌録』にまで遡ることができるような禅の根本的な考え方であると言える。このような認識は例えば、先に検討した「第二夜」においても次の点に見ることができる。

其の内に頭が変になつた。行灯も蕪村の画も、畳も、違棚も有つて無い様な、無くつて有る様に見えた。と云つて無はちつとも現前しない。たゞ好加減に坐つてゐた様である。

ここでは、「行灯も蕪村の画も、畳も、違棚も有つて無い様な、無くつて有る様に見えた」状態となったものの、「無はちつとも現前しない」というように悟りにはいたっていないとされる。確認してきたように、この状態を突き抜けることで、悟りが開かれるのである。

『行人』の一郎が語る認識、「凡ての対象といふものが悉くなくなつて、唯自分丈が存在するのだ」、「さうして其時の自分は有とも無いとも片の付かないものだ」とされる「絶対」の状態もまた、禅書において語られてきたこのような悟りへと至る過程の途中、「半提」とされるものとして捉えることができる。その先へ進むことで、何かを契機に悟りが開かれるのである。「絶対」から「絶対即相対」として語られる一郎の認識は、このような禅の伝統に連なるものと言える。

結び

漱石の禅認識は書物により伝えられてきた禅の認識と密接な関係にある。禅の悟りにおいては、禅書によって語句や微妙な認識の違いがあれ、「無念無想」のような状態を突き抜けることで悟りが開かれるものとされており、このような認識は『碧巌録』にまで遡って考察することができる。では、このような禅の認識、悟りの前半部分とも言える「無念無想」のような状態はどのような意義のもと捉えることができるか。この点については、他の禅書とのさらなる比較や、明治、大正期における禅理解の様相などをもとに、慎重な考察を要するものと思われるが、本稿では最後に『行人』を中心にして一定の方向性を提示したい。

『行人』の一郎について藤沢るり氏は「一郎は彼の問題の対極を非言語的交流に求める。相手への暴力、雨中で叫び声をあげる行動、香厳の境地への憧憬、すべてに言語が介在しない」（「行人」（『漱石辞典』翰林書房、二〇一七（平成二九）年五月））と指摘する。一郎の求める境地が禅的なものであることを考えるならば、先のような認識と言語、言葉との関わりが問題となる。これは、冒頭で述べた禅が「不立文字」を唱えることの意義を問うことにもつながるものであろう。『碧巌録』においても、言葉の扱いがしばしば語られる。仏教学者である末木文美士氏は、『碧巌録』などの禅の言葉について、「名前を付け、言葉を持つということは、われわれの文化にとって非常に重要なことではあるけれども、言葉というのが常に固定されたものとして捉えられてしまったときに、逆にそれが人間を縛るものになっていく。それを一度、ぜんぶ解きほぐしてみよう。それが禅の言葉なのです」（「第一講　禅の根本問題」（『碧巌録を読む』岩波書店、一九九八（平成一〇）年七月、五五頁））と述べ、禅の言葉に、「日常の言葉を使いながら、それを徹底的に破壊し尽くすその力」（「第二講　禅の言語論」（同一〇〇頁））、既成の言葉の体系を破壊する力を指摘している。そもそも漱石が『禅門法語集』を否定的に捉えていたのは、禅の公案を「珍分漢ノ囈語」とする認識によるものであった。この書き込みは、漱石が禅の言葉をあくまでも「日常的な意味の体系」において理解しようとしていたことを示している。[*22] このような禅と言語の関わりについて、井筒俊彦氏の『意識と本質』（岩波書店、一九九一（平成三）年八月による）に次のようにある。

こうして禅は、すべての存在者から「本質」を消去し、そうすることによってすべての意識対象を無化し、全存在世界をカオス化してしまう。しかし、そこまでで禅はとどまりはしない。世界のカオス化は禅の存在体験の前半であるにすぎない。一たんカオス化しきった世界に、禅はまた再び秩序を戻す、但し、今度は前とは違った、まったく新しい形で。さまざまな事物がもう一度返ってくる。無化された花がまた花として蘇る。だが、また花としてといっても、花の「本質」を取り戻して、という意味ではない。あくまで無「本質」的に、である。だから、新しく秩序付けられたこの世界において、すべての事物は互いに区別されつつも、しかも「本質」的に固定されず、互いに透明である。（「意識と本質Ⅵ」（『意識と本質』一一九頁）、傍点　原文）

ここで井筒氏が述べる「本質」は、「通常の社会生活の場で使用される言語の意味分節」（同一二〇頁）により生み出されるものとされる。井筒氏の理論を、先の『碧巌録』「第三十六則　長沙逐落花回」に即して言うなら、「半提」とされていた段階は、「すべての存在者から「本質」を消去し、そうすることによってすべての意識対象を無化し、全存在世界をカオス化してしまう」（＝「不見一切色（一切の色を見ず）」）ものとして捉えることができる。その後に「無化された花がまた花として蘇る」（＝「依旧山是山水是水（旧に依つて山は是れ山、水は是れ水）」）[*23]のである。[*24]つまり禅の言葉、禅の認識というものを、既成の言葉による認識を「徹底的に破壊し尽く」し、新たな認識を生み出すものとして捉えている。

『行人』について考えるなら、一郎の言う「絶対」は、「意識対象を無化」し既成の言語認識から離れることを意味するものとなる。一郎が自らの憧れとして語る香厳の挿話についても、書物を燃やし「一切を放下し尽して仕舞つた」（「塵労」五十）とする過程を同様の意味づけのもと捉えることができる。[*25]一郎が「何うしても信じられない」（「兄」二二）とし、「何うかして己を信じられる様にして呉れ」（同）と切望する宗教的境地として、他の宗教ではなく禅が提示されるのは、このような禅の言語観に対する洞察が存在することが考えられる。

注

1　「観念的な解釈」（『禅語辞典』思文閣出版、一九九一（平成三）年七月）のこと。読みは「ちげ」。

2　「虚子著『鶏頭』序」（『東京朝日新聞』一九〇七（明治四〇）年一二月二三日）

3　「京都と東京の仏教書出版社」（引野亨輔担当、『近代仏教スタディーズ』法藏館、二〇一六（平成二八）年四月）参照。

4　加藤二郎「漱石と禅――「明暗」の語に即して――」（『漱石と禅』翰林書房、一九九九（平成一一）年一〇月）、重松泰雄「漱石と老荘・禅　覚え書」（『漱石　その新たなる地平』おうふう、一九九七（平成九）年五月）など。

5　漱石の参禅について、一般には一八九四（明治二七）年末から翌年一月七日まで参禅し「父母未生以前本来面目」の公案を授けられたとされる。

6　『漱石全集　第十二巻　小品』（岩波書店、一九九四（平成六）年一二月）の「注解」（清水孝純・桶谷秀昭担当）

による。また、「注解」を担当した清水氏は「第二夜　知の栄光と悲惨」（『漱石『夢十夜』探索――闇に浮かぶ道標』翰林書房、二〇一五（平成二七）年五月）においてもこの点について言及している。

7　笹淵友一氏は「しかしこの作品の構想は漱石の想像の中で純粋培養されたものかといえば、必ずしもそうではないようだ」（「第二夜」（『夏目漱石――「夢十夜」論ほか――』明治書院、一九八六（昭和六一）年二月、四九頁））として、「驢鞍橋」の「腹立てる機」に漱石が関心を寄せていたことを示す書き込みから、「第二夜の構想には「驢鞍橋」の影響が想像できる」（同五〇頁）と指摘している。

8　『禅門法語集』の引用の後にある「正」「続」と頁数は、それぞれ「正編」「続編」の頁数を示す。

9　「牙関を咬定し」と同様の表現は『門』の義堂が勧める『禅関策進』にもある。ちなみに、坐禅の際の姿勢について、秋月龍珉『公案』（筑摩書房、一九八七（昭和六二）年一〇月）によると、「けっして眼をつぶってはならない」（四〇頁）とあり、また道元「普勧坐禅儀」にも「目はすべからく常に開くべし」（『道元「小参・法語・「普勧坐禅儀」』（講談社、二〇〇六（平成一八）年六月）より）とあり、坐禅の際には視界を物理的に遮ることは禁止されている。

10　『日本の禅語録　第十九巻　白隠』（講談社、一九七七（昭和五二）年一〇月）の二七七頁の訳文による。

11　岡三郎「漱石における古今東西」（『講座　夏目漱石　第五巻　漱石の知的空間』有斐閣、一九八二（昭和五七）年四月）参照。

12　行安茂「綱島梁川の見神――明治30年代の思想動向との関連において――」（『岡山大学教育学部研究集録』一九九六（平成八）年七月）参照。

13　西田が禅に初めて触れたのは、北條時敬によるものと考えられている。西田は北條から「遠羅天釜」を授けられている（西田幾多郎「北條先生に始めて教を受けた頃」（『西田幾多郎全集　第十二巻』岩波書店、一九五〇（昭和二五）年一二月）参照）。

14　『禅門法語集』の「続編」は、一〇〇頁までは通しの頁数が書かれていない。この頁数は、「永平仮名法語」のものである。

15　「塵労」という章題について、『漱石全集　第五巻』（昭和四一年版、岩波書店、一九六六（昭和四一）年四月）の「行人　注釈」（古川久編）には、「塵労　心を汚し疲らせるもの、すなわち煩悩を言う仏語。『碧巌録』夾山無碍禅師降魔表に「塵労日に翳し欲火天に亙り、法城を飄蕩し聖境を焚焼す」とある。」とあり、また近年では野網摩利子氏が「塵労」という章題がこの『碧巌録』「夾山無碍禅師降魔表」から付けられたとしている（「行人の遂、未遂」（『文学』二〇一三（平成二五）年一一月））。

16　拙稿「『行人』における禅――公案との関りから」（『九大日文』二〇一六（平成二八）年三月）参照。

17　参考として、『大漢和辞典』には、「虚霊」は「明徳の霊妙をいふ」（『大漢和辞典　第九巻』（縮刷版、大修館書店、一九五八（昭和三三）年一二月）とあり、また「虚霊不昧」に「虚は空で、寂然として動かないこと。霊は神で、感じて遂げ通ずること」（同）とある。「皎潔」は「白くけがれなく清らかなこと」（『大漢和辞典　第八巻』（縮刷版、大修館書店、一九五八（昭和三三）年八月）とあり、また、『日本の禅語録　第十九巻　白隠』の「注」に「月光のごとく、白くてけがれがないこと」（一一六頁）とある。

18　小宮豊隆によると、「漱石は明治四十年の秋のころにも『禅門法語集』などを繙き」（「『門』」（『夏目漱石（下）』岩波書店、一九八七（昭和六二）年二月、七七頁）とあり、「虚子著『鶏頭』序」を書いた頃の時期に読んだとされている。ただし「虚子著『鶏頭』序」で述べられる「魚が木に登つたり牛が水底をあるいたり」という記述は『禅門法語集』の中に見当たらなかった。「虚子著『鶏頭』序」の悟り前後の認識について、『禅門法語集』と共通する部分を挙げておく。

（1）

〔虚子著『鶏頭』序〕

　着衣喫飯の主人公たる我は何者ぞと考へ〳〵て煎じ詰めてくると、

〔禅門法語集〕

・たゞ寝ても寤めても、立居につけても、自心これ何者ぞと深くうたがひて、悟りたきのぞみの深きを、修行とも、工夫とも、志とも、道心とも名けたり。

（抜隊禅師「抜隊仮名法語」（正九九頁））

分るとかうなる。元来自分は生れたのでもなかつた。又死ぬものでもなかつた。増しもせぬ、減りもせぬ何だか訳の分らないものだ。

［虚子著『鶏頭』序］

（2）

・生れもせす死することもなしとは、如何やうなることぞや。答へて云ふ、まことに生れ死ぬることなきを肝要とする也。（中略）まことに生れ死ぬることはなく候、たゝ生死のみならず、目に見え耳に聞き、心にうかふこと、相かまへてく〳〵みな夢幻と深く信すべし。（夢窓国師「二十三問答」（正七四頁））

・汝が一霊の心性は、生する物にもあらす、死する物にもあらず。非有非無、非空非色。苦を受け、楽を受くる物にもあらす、（抜隊禅師「抜隊仮名法語」（正一一四頁））

・此のさとりをひらきて見れは、我が身は我が身ながら本より法身の躰にして、生れたるにもあらず。生れざる身なれば、死するといふ事もなし。これを不生不滅といひ、または無量壽仏といふ。生すると見、死すると見る。これをまよひの夢となづく。（明道禅師「鉄眼仮名法語」（正三四二～三四三頁））

［禅門法語集］

（3）

しばらく彼等の云ふ事を事実として見ると、所謂生死の現象は夢の様なものである。生きて居たとて、夢である。死んだとて夢である。生死とも夢である以上は生死界中に起る問題は如何に重要な問題でも如何に痛切な問題でも夢の様な問題で、夢の様な問題以上には登らぬ訳である。従つて生死界中にあつて尤も意味の深い、尤も第一義なる問題は悉く其光輝を失つてくる。殺されても怖くなくなる。金を貰ても有難くなくなる。辱しめられても恥と思はなくなる。と云ふものは凡て是等の現象界の奥に自己の本体はあつて、此流俗と浮沈するのは徹底に浮沈するのではない。しばらく冗談半分浮沈して居るのである。いくら猛烈に怒つても、いくらひい〳〵泣いても、怒りが行き留りではない、涙が突き当りではない。奥にはちやんと立ち退き場がある。いざとなれば此立

［虚子著『鶏頭』序］

退場へいつでも帰られる。

［禅門法語集］

・又仏は鏡の如し、うつる影は衆生に似たり、鏡に影うつれども、根本鏡は物をきらはす。されは火うつれども鏡やけず、水うつれとも鏡ぬれず。又仏は水の如し、波は衆生に似たり、波たてとも水は元の水にてかはらず。又心は実の仏也、念のおこるは衆生なり、念なければ心やかて仏也、曇なければ月明なり。

（夢窓国師「二十三問答」（正七七～七八頁））

・一切皆夢幻なりと観して、なげきの厭ふべきなく、喜ひの求むべきなしと知りぬれば、目にそひて心おだやかになり、情識とらけば、病気も次第になほるべし。（抜隊禅師「抜隊仮名法語」（正一二三頁））

・我が本心のうちには、かゝるさま〴〵の妄想の本よりたえてなき事は、鏡のきよきがごとく、また水のすめるに似たり。此の本心をさとらさるゆゑに、その本心の上にうつる妄想のかげをとゞめて、まことゝおもひてこれをかたく執着する故に、その妄想いよ〳〵さかんになりて、まよひます〳〵ふかきなり。にくしとおもふも、かはゆしとおもふも、みなみづからがおもひなしなり、此のおもひなしのところを妄想となづけたり。

（鉄眼禅師「鉄眼仮名法語」（正三四八～三四九頁））

・されば我が本心のうつりかはらざる事は、たとへば鏡の本体に似たり。明かなる鏡の中に終日かげのうつるを見れば、天をうつし、地をうつし、花をうつし、柳をうつし、人間をうつし、鳥獣をうつし、さま〳〵の色かはり、しなことなりて、刹那もとゞまらざるに似たれども、その鏡の本体は、鳥獣にもあらず、人間にもあらず、柳にもあらず、花にもあらず、地にもあらず、天にもあらず、たゞ明々としてくもりなき鏡の全体なり。我が本心の万法をうつしてらして、その万法の差別にもあづからす、生滅にも嘗てうつらざる事を、鏡のたとへにて知りぬべし。（鉄眼禅師「鉄眼仮名法語」（正三五四頁））

・万法もまたそのごとし。真如のかたよりこれを見れば、たゞ黄金のごとくにして、毛頭も差別なし。万法の方よりこれを見れは、さま〴〵のかたちわかれたり。衆生はそのかたちにまよひ、諸仏はその真如をさとる。真如の体の黄金をさとれば、さま〴〵の差別のかたちはあるにまかせて、たゞ平等にして一味なり。きらふべき鬼もなく、たつとむべき仏もなく、したしむべきものなきゆゑに、うとんずべき人もさらになし。何をかきらひ、何をかこのみ、たれかをそしり、誰れをかほめん。恨みもなく、ねたみもなし。一切もろ〳〵の煩悩は、断する事なけれども、おのづからたえてさらになし。

（鉄眼禅師「鉄眼仮名法語」（正三五六頁））

・是れ皆彼の主人公に相逢ふことなり。彼の肉身は家なり、家には必ず主人有るべし。彼の家主をば、本来の面目と云ふなり。誰とも我とも云ふなり。熱き寒き抔と知り、或は物に貪着の心あり、或は欲心あるは皆妄念なり、真の家主にては無きなり。彼の妄念は附物なり、一息の息きる、時、同じく消する物なり。

（大灯国師「大灯仮名法語」（続一五七頁））

・初め云ふ如く、明かなる手前で見た時には、一切衆生の輪廻夢の如く、生死も夢の生死、嗔る人を見るに夢で嗔り、欲の人を見るに夢て貪り、畜生、餓鬼、人天、仏果まてか夢の畜生、夢の餓鬼、夢の人天、夢の仏、千万億無量恒河沙の形を得来る衆生も、皆空華往来にして、生も空華、死も空華なり。是れを慥に知つたる時は、日用一切〳〵の上で空華をしり、夢としつて取りもせす捨てもせす、吾にたかふたるは、夢の差ひとしり、順したることは、夢の順なりと知て、差ふことを憎ます、順したるを愛せす、憎むまい愛すまいと云ふ用心もせす、金銀財宝も、その如く捨てもせす欲もなく、ありの侭てさはく時には、鳥の虚空をとぶ時、空の中に鳥の足跡なきが如く、魚の水におよきてさはりなきが如し。

（正眼国師（盤珪）「心経抄」（続七五八頁））

19 この一郎の語る境地と「抜遂仮名法語」の共通性については、松尾直昭氏の指摘がある。（「「行人」における自意識の矛盾　「行人」論（二）」（『夏目漱石　「自意識」の罠——後期作品の世界——』和泉書院、二〇〇八（平成二〇）年二月）

20 『碧巌録』の漢文、書き下しの引用は、「伝統的な解釈に従った定本」（末木文美士「『碧巌録』を読むために」（入矢義高他訳注『碧巌録　下』、岩波書店、一九九六（平成八）年二月））とされる朝比奈宗源訳注『碧巌録』（全三冊、岩波書店、一九三七（昭和一二）年七月〜一〇月）による。漢文の返り点は省いた。引用の後の解釈や現代語訳は朝比奈氏の注と近年の禅籍研究の成果を取り入れた末木文美士『現代語訳　碧巌録』（全三冊、二〇〇一（平成一三）年三月〜二〇〇三（平成一五）年三月）や『禅語辞典』を参照したものである。読みやすさを考え、書き下しの必要と思われるところに「」を付した。

21 同様の見解は、『碧巌録』「第四二則　龐居士好雪片片」の「頌」の「評唱」にも見られる。

22 末木氏は禅の言葉の理解について、「言葉で言えないのではなくて、言葉で言ってはいるのだけれども、言っている言葉そのものが、日常の言葉とずれている。それを日常的な意味の体系で理解しようとしたら、禅の言葉のエネルギー、つまり、日常の言葉を使いながら、それを徹底的に破壊し尽くすその力がうしなわれてしまう」（「第二講　禅の言語論」（『碧巌録を読む』一〇〇頁））と指摘している。

23 同様の表現は、『碧巌録』に散見される。例えば第九則「趙州四門」、「本則」の「評唱」には「若是情識計較情尽。方見得透。若見得透。依旧天是天地是地。山是山水是水。（若し是れ情識計較の情尽くれば、方に見得透せん。若し見得透せば、旧に依つて天は是れ天、地は是れ地、山は是れ山、水は是れ水。）」とある。

24 小川隆氏は井筒氏のこの論理について次のように述べる。

　この論理は、おそらく、いにしえの禅僧たちが直観的に前提としていた存在の認識の構造を、的確かつ明晰に論理化したものと言ってよく、確かに、これを踏まえることで合理的な解釈を与えうる問答は少なくない。（「序論　庭前の栢樹子」（『語録の思想史』岩波書店、二〇一一（平成二三）年二月、一〇頁））

ただしここでの小川氏の立場は、井筒氏の解釈が宋代以降の「看話禅」による解釈にすぎないという意味で批判するものである。だが、明治期日本の禅理解に限定するならば小川氏は「大慧系の「看話禅」が中国禅の歴史的演変の最終段階に位置し、その後、中国・朝鮮・日本の禅の主流となったものであることは周知の所であろう。とくに日本では江戸期の白隠慧鶴が看話禅の階梯的な体系化に成功し、その影響力は今日にまで及んでいる」（「序論　庭前の栢樹子」（同三〇頁））と述べている。

25 拙稿「『行人』における禅――公案との関りから」、拙稿「『行人』一郎の「実行的な僕」をめぐって――講演「中味と形式」との関わりから――」（『近代文学論集』二〇一七年二月）参照。

※ 漱石の作品、評論、談話、書き込み等の引用は全て『漱石全集』（岩波書店、一九九三（平成五）年一二月～二

〇〇四（平成一六）年一〇月）からのものである。全ての引用について、ふりがなは省略した。旧字体は新字体に改めた。

本稿は日本近代文学会二〇一六年度秋季大会（於　福岡大学）における発表内容の一部をもとにしたものである。会場にてご教授下さいました方々に厚く御礼申し上げます。

シンポジウム「漢文脈の漱石」（二〇一七年三月一一日・一二日）の記録

文部科学省私立大学戦略的研究基盤形成支援事業（ＳＲＦ）
夏目漱石生誕一五〇周年・二松學舍大学創立一四〇周年記念事業

漢文脈の漱石

第一部　三月一一日（土）一三：〇〇～一八：〇〇
　会場　二松學舍大学九段キャンパス一号館四階四〇一教室

講演（一三：〇〇～一四：一五）
　齋藤希史（東京大学教授）「漱石と漢詩文――修辞から世界へ」

パネル・ディスカッション
　パネリスト報告（一四：三〇～一六：一五）
　北川扶生子（天理大学教授）「〈文〉から〈小説〉へ――漱石作品における漢語・漢文脈と読者」
　合山林太郎（慶應義塾大学准教授）「蔵書を用いた漱石漢詩読解の試み――『漾虚碧堂図書目録』所載文献に焦点をあてて」
　牧角悦子（二松學舍大学教授）「夏目漱石の「風流」――明治人にとっての漢詩」
　討論（一六：三〇～一七：五〇）

第二部　三月一二日（日）一三：〇〇〜一七：〇〇
会場　二松學舍大学九段キャンパス一号館地下二階中洲記念講堂

研究発表＋討論

研究発表（一三：〇〇〜一五：三〇）
阿部和正（二松學舍大学東アジア学術総合研究所ＳＲＦ研究助手）「漢学塾のなかの漱石——講義録・証言でたどる「教養」形成」
伊藤かおり（東京学芸大学専任講師）「〈趣味〉を偽装する——夏目漱石と近代日本の社交文化」
木戸浦豊和（東北大学大学院）「夏目漱石の「趣味《テイスト》」——漢文脈と欧文脈の交差」
藤本晃嗣（近畿大学非常勤講師）「漱石晩年の思想と漢学の伝統——西田幾多郎との比較から」
討論（一五：五〇〜一七：〇〇）

関連企画　漱石アンドロイドと漱石研究の「これから」
会場　二松學舍大学九段キャンパス一号館地下二階中洲記念講堂
三月一二日（日）一〇：三〇〜一二：〇〇
作品朗読　漱石アンドロイド（二松學舍大学特別教授）
講演　増田裕美子（二松學舍大学教授）「漱石と漢語——謡曲との関連から」

※所属は、シンポジウム開催時のもの。

あとがき

本論文集『漢文脈の漱石』は、文部科学省私立大学戦略的研究基盤形成事業（略称ＳＲＦ）の事業の一つとして、二〇一七年三月一一日（土）・一二日（日）に行われたシンポジウム「漢文脈の漱石」に基づくものである。シンポジウムに先立って実施したテーブルスピーチ（二〇一六年五月二十八日）でお話いただいた野網摩利子氏にもご寄稿いただいた。登壇者の方々には、ご講演、ご発表を引き受けていただいただけでなく、文章化にあたってもご尽力をいただいた。

二松學舍大学は、ＳＲＦに「日本近代の「知」の形成と漢学」という課題で申請を行い、採択された。本事業は、幕末維新期より急速な西洋化が進んだ日本において、文化の領域で漢学が近代化に果たした役割を問い直すことを目的とする。期間は、二〇一五年度から二〇一九年度の五年間、組織は、東アジア研究班、学術研究班、教学研究班、近代文学研究班の四班から構成され、相互に連携しながら多角的な研究活動を展開している。「漢文脈の漱石」は、夏目漱石生誕一五〇年、二松學舍大学創立一四〇年の節目の年に合わせて、近代文学研究班の二〇一六年度の活動の柱として企画されたものである。プログラムの詳細は別掲の通りであり、二日間に亙って多くの参加者を集めた。

近代文学研究班の研究課題は、「文学者の教養形成における漢学の受容——夏目漱石を中心として」である。出発期の近代文学の担い手は、身につけるべき知識と規範とが劇的に転換する中で成長していった。彼らは、個人として抱えた心身の葛藤を表出することで新しい時代の文学を創造していく。しかし、文学者の功績はこれまで西洋の思想・文化の受容面からのみ語られがちであった。彼らが最初に獲得した知が果たした役割については、十分に光が当てられてこなかった観がある。

夏目漱石は、漢学塾二松學舍で学ぶことを選びながらやがて英語の勉強に転じていく進路が示すように、転換の時代を生きた文学者の典型である。漱石については一般の関心も高く、同時代から熱心に論じられてきた。近代の作家で最も研究が進んでいる対象と言える漱石であるが、しかし、漢学や漢詩文の影響については課題を残している。シンポジウム「漢文脈の漱石」、本書『漢文脈の漱石』は、未開の領域を切り拓く一つの試みである。

「漢文脈の漱石」という題名は、もとより単一の視角あるいは帰着点を示すものではない。日本人にとって有力な書記言語である漢文は、言うまでもなく歴史性を帯び、多層性を持つ媒体である。それを個人が受容し、表現していく過程の検証は、自ずと開かれたものとなっていかざるをえない。学んだ教育の実態を明らかにし、摂取した漢詩文を特定していくこと、教養として蓄積された言葉の意味や機能の変容の推移を解明すること、評論や小説において漢文脈が果たした役割を分析すること、西洋文化の理解を促した作用を測定すること、個人の表現の特異性と普遍性とを同時代文脈の中で位置づけることなど、収載の論考は、それぞれ重要かつ魅力的な論点を提出し、説得的な議論を展開している。本論集の複数の切り口が漱石文芸、ひいては近代文芸の立体的な把握に資するものとなればと思う。

本書を『漱石研究』や『漱石辞典』を始めとする夏目漱石関連書籍で実績のある翰林書房から刊行することができたことは、大きな喜びである。編集担当の今井静江さんには、編者の手際の悪さで編集作業が随分遅れてしまいご迷惑をおかけしたが、今井さんは手際よく渋滞を解消し、予定通りに論集を完成させてくれた。下支えの労に深く感謝したい。

細かな文字を表す「蠅頭《ようとう》の細字」は、『文学論』の「序」で用いられている語である。漱石は留学中の研究成果を「余が蒐めたるノートは蠅頭の細字にて五六寸の高さに達したり」と記している。「蠅頭の細字」は、また、一九一六（大正五年）年一〇月二日、『明暗』執筆中の日課であった漢詩作りにおいて成った七言律詩の中にも見出すことができる。現象を詳述することの煩わしさを体感し、何事にも精確さを強いる時代性から逃れたい気持ちを切実に抱きながら、漱石は小説を書くことを続けた。「蠅頭の細字」による緻密で周到な論考を集積した本論集を貫く精神も、漱石と同様であろう。執筆者各位のご苦労に改めて謝意を表したい。優れた論集の編むことができた喜びには格別のものがある。（山口直孝）

執筆者紹介（執筆順）

齋藤希史（さいとう・まれし）東京大学大学院人文社会系研究科教授、中国古典文学、『漢文脈の近代　清末＝明治の文学圏』（名古屋大学出版会、二〇〇五年）・『漢文脈と近代日本』（角川ソフィア文庫、二〇一四年）・『詩のトポス　人と場所をむすぶ漢詩の力』（平凡社、二〇一六年）

北川扶生子（きたがわ・ふきこ）天理大学文学部教授、日本近代文学、『コレクションモダン文化都市　53　結核』（編著、ゆまに書房、二〇〇九年）・『漱石の文法』（水声社、二〇一二年）・「戦死者遺族からみる『こころ』――軍人未亡人の家」（『日本文学』二〇一五年一二月）

合山林太郎（ごうやま・りんたろう）慶應義塾大学准教授、日本漢文学（近世・近代）、『幕末・明治期における日本漢詩文の研究』（和泉書院、二〇一四年）・「大槻磐渓と福澤諭吉――いわゆる「楠公権助論」をめぐる応酬について」（前田雅之・青山英正・上原麻有子編『幕末明治――移行期の思想と文化』勉誠出版、二〇一六年）・「正岡子規が読んだ江戸漢詩詞華集――『才子必誦崑山片玉』及び『日本名家詩選』について」（『藝文研究』二〇一七年一二月）

牧角悦子（まきずみ・えつこ）二松學舍大学文学部教授、中国古典文学（詩経・文選など）、『列女伝――伝説になった女たち』（明治書院、二〇〇一年）・『中国古代の祭祀と文学』（創文社、二〇〇六年）・『ビギナーズ・クラシックス　中国の古典　詩経・楚辞』（角川ソフィア文庫、二〇一二年）

野網摩利子（のあみ・まりこ）国文学研究資料館准教授（総合研究大学院大学准教授併任）、日本近代文学（日本近代における東西の文学・思想の受容）、『夏目漱石の時間の創出』（東京大学出版会、二〇一二年）・『漱石の読みかた　『明暗』と漢籍』（平凡社、二〇一六年）・「思想との交信　漱石文学のありか」（上）（下）（『書物学』二〇一八年）

山口直孝（やまぐち・ただよし）二松學舍大学文学部教授、日本近代の小説、『「私」を語る小説の誕生――近松秋江・志賀直哉の出発期』（翰林書房、二〇一一年）・『横溝正史研究』（共編著、戎光祥出版、既刊六冊二〇〇九年～）・『大西巨人――文学と革命』（編著、翰林書房、二〇一八年）

阿部和正（あべ・かずまさ）二松學舍大学ＳＲＦ研究助手、日本近代文学、「ねじれた「近代」――『坊っちゃん』における命名と移動」（『日本文学』二〇一四年九月）・「『彼岸過迄』における「好奇心」の行方――教科書としての〈新アラビア夜話〉受容」（『日本文学』、二〇一六年一二月）・「漱石漢詩と日本漢詩文を知るためのブックガイド」（『漢文教室』、二〇一七年五月）

木戸浦豊和（きどうら・とよかず）東北大学大学院文学研究科、日本近代文学（夏目漱石）、「Sympathy の文学論――夏目漱石『文学論』における「同感」と「同情」をめぐって」（『日本近代文学』二〇一三年五月）・「夏目漱石の文学理論における読者の感情の意義――ヴァーノン・リーの美学・文学論を視座として」（『比較文学』二〇一七年三月）・「夏目漱石・島村抱月・大西祝における「同情」の文学論――一八世紀西洋道徳哲学の《sympathy》を視座として」（『日本近代文学』二〇一七年五月）

藤本晃嗣（ふじもと・あきつぐ）米子工業高等専門学校助教、日本近代文学、「『それから』における「誠」――夏目漱石と日本近世儒学の伝統」（『九大日文』二〇一五年三月）・「『行人』一郎の「実行的な僕」をめぐって――講演「中味と形式」との関わりから」（『近代文学論集』二〇一七年二月）

漢文脈の漱石

発行日	2018年3月20日　初版第一刷
編　者	山口直孝
発行人	今井　肇
発行所	翰林書房
	〒151-0071 東京都渋谷区本町1-4-16
	電話 (03)6276-0633
	FAX (03)6276-0634
	http://www.kanrin.co.jp/
	Eメール●Kanrin@nifty.com
装　釘	須藤康子＋島津デザイン事務所
印刷・製本	メデューム

落丁・乱丁本はお取替えいたします

ISBN978-4-87737-425-9